目を閉じればいつかの海

崎谷はるひ

13516

角川ルビー文庫

目次

目を閉じればいつかの海　五
あとがき　三一五

口絵・本文イラスト／おおや和美

＊　10 Years ago　＊

逗子《ずし》から江《え》ノ島《しま》に向かう、国道134号線。海岸沿いの道はゆるやかなカーブを描《えが》いている。時刻は夕刻近く、秋の日が落ちるのは早い。

沖《おき》に点在するサーファーたちも、目が利《き》かなくなる前にと引き上げて、いまは浜辺《はまべ》で火を焚《た》き、晩秋の海に冷えた身体《からだ》をあたためているのが遠目に見えた。

「……本気なのか」

車窓を流れていく、オレンジに染まった光景をぼんやりと眺《なが》めていた藤木《ふじき》聖司《せいじ》は、運転席から聞こえてきた低く硬質《こうしつ》な声に対し、いかにもうんざりとした返答を返した。

「そう言ってるじゃん。何度同じこと言わせんだよ」

全国的に有名な湘南《しょうなん》の海を尻目《しりめ》に、なめらかな走りを見せる車の中では、ふたりの青年の緊《きん》迫感《ぱくかん》を孕《はら》んだ会話が長く続いている。

「そもそも、状況的《じょうきょうてき》にさ。別れるしかないでしょうが？　嘉悦《かえつ》さん」

藤木の発する、疲《つか》れたようなため息混じりのそれに、ハンドルを握《にぎ》る嘉悦政秀《まさひで》は痛みを無理矢理呑《の》みこんだかのような沈黙《ちんもく》で答えた。

重苦しい空気が満ちる車内、間が持たないとつけっぱなしだったラジオからは、FM横浜《よこはま》DJのなめらかな語りにかぶさって曲が流れてくる。

『――というわけで本日は、サザンオールスターズの特集をお送りしております。次のナンバーは「勝手にシンドバッド」。やー、やっぱ地元湘南の人間にとってはね。桑田《くわた》さんはもう、カリスマですから――』

軽薄《けいはく》にすら響《ひび》くそれに、どこか現実感のないようなむなしさを持て余していた藤木は、歌詞にある通りに近づいてきた江ノ島を、遠い目で眺めやる。

観光シーズンをはずしたウイークデイとあって、この海岸線もいまは渋滞《じゅうたい》の気配がない。おかげで藤木と嘉悦を乗せたアウディはどこまでもなめらかな走りを見せる。

(いっそ、渋滞にでもはまっちまえばよかったのに)

この車が東京へ――藤木の住まう場所にたどり着いてしまえば、そこでふたりは別れる。少しでも引き延ばしたいのは、それが単なる逢瀬《おうせ》の終わりでなく、二度と恋人《こいびと》としての時間を持てない別離《べつり》であると、藤木も、そして嘉悦も知っているからだ。

「しかし、就職してすぐアメリカ行きとはね。どうせ嘉悦さんのことだから、入社試験でトップでも取ったんだろ」

わざとらしいほど明るい声で指摘《してき》すると、一瞬《いっしゅん》嘉悦は言葉につまったようになり、その後彼らしい平坦《へいたん》な声でこう答えた。

「いまは人材を育てるのに力を入れているそうだから、……今年度からその制度ができたそうだし、たまたまだ」

「まーたまた。嘉悦さん、あんたの謙遜《けんそん》は嫌味《いやみ》になるから、よしなって」

平行線のこの会話は、嘉悦の就職が内定し、ガイダンスで説明された内容に藤木が青ざめたその日から、もう二ヶ月近く続いている。

「ビジネススクールに留学かあ。基本課程三年で……マスター取るまで戻《もど》れないってなると、五年は最低でもかかるな。ああ、そのまま海外支社赴任《ふにん》、なんつう可能性もあるわけだよな？」

「藤木……」

「それに、あれでしょ？　金髪《きんぱつ》のお嫁《よめ》さんなんか冗談《じょうだん》じゃないわーって、お母さん言ってたわけだし……この間の見合い話はどうなったわけ？　なんたら銀行の頭取の娘《むすめ》さん」

「藤木！」

つらつらと、彼の置かれた現状について、他人事《ひとごと》のように並べ立てる藤木に対し、嘉悦はめずらしく声を荒《あら》らげた。その悲痛な叫《さけ》びに藤木もまたふつりと口をつぐむ。

『それでは、秋のこんなメロウな日にぴったりの曲でお別れです。——See you next week!』

そして沈黙を縫《ぬ》うように、明るいDJの声に続いた、その選曲の皮肉さに笑った。

(別れ話の真っ最中に『いとしのエリー』はないよなあ。はまりすぎ)

あまりにも有名なそのラブソングが、このシチュエーションのBGMになるなどと、タチの悪い冗談としか言いようがない。

「……いつまでもこのままなんて、もともと思ってなかったよ」

藤木は口角を上げて呟《つぶや》く。

「俺は思ってた」

「でもあんたは、行っちまうんだろ。待てないよ何年も……いつ帰ってくるかもわからない男のことなんか」

その諦《あきら》めきった声に対して、嘉悦はこの二ヶ月ずっと繰《く》り返している言葉を、彼らしい辛抱《しんぼう》強《づよ》さでまた口にする。

「俺は、別れる気はない」

「現実考えてよ、嘉悦さん。俺ら、いつまでもこうやってなんて、いらんないでしょ」

別れを覚悟《かくご》したのはこれで二度目。そして今回は実際に、その不安が現実になっただけのことだ。

二学年上の嘉悦とは、高校時代に知り合った。出会いは十五歳の春。そしていまの藤木は十九になった。

彼の高校卒業時に終わってもおかしくはなかった恋愛《れんあい》は、互《たが》いの熱意と努力で奇跡《きせき》的に、その後四年間続いてきた。

「子どもの時間は、もう終わりだ」

「おまえはどうして、そうやって……！」

どんなことがあってさえ動じない男が、残酷《ざんこく》な宣言に揺《ゆ》れている。傷ついた声で訴《うった》えるその響きに、藤木の胸は裂《さ》けそうなほど軋《きし》んだ。

薄暗《うすぐら》い車の中で、消えてしまいそうな端整《たんせい》な横顔をそっと、盗《ぬす》み見る。

嘉悦は、端的に言ってうつくしい男だった。言うなれば丹念《たんねん》に鍛《きた》え抜《ぬ》かれた刀剣《とうけん》のように、鋭《するど》く静謐《せいひつ》な輝《かがや》きのある男だった。

すっきりと高い鼻梁《びりょう》に、鋭い目元。華《はな》やかで中性的だと言われる藤木自身のように、女性的であるとか柔和《にゅうわ》なラインは少しもなかったけれども、嘉悦の完璧《かんぺき》な容姿はどこに行っても人目を惹《ひ》いた。

そして彼の魅力《みりょく》は顔立ちやその飛び抜けて高い長身のみではなかった。優秀《ゆうしゅう》な頭脳もさることながら、年齢《ねんれい》よりも落ち着きのある所作や存在感で、誰《だれ》もが彼に憧《あこが》れていた。

あまり表情の動かない彼は、黙《だま》っていると近寄りがたいほどの迫力《はくりょく》があり、けれど笑うとこの上もなくやさしいことを知っている。

冷静で平等な彼が時折見せる、藤木だけに向けられた情熱的なまなざしは、陶酔《とうすい》の混じった優越感《ゆうえつかん》さえも覚えさせた。

ハンドルを握る長い指の甘い器用さも、饒舌《じょうぜつ》でないけれど真摯《しんし》な言葉を紡《つむ》ぐ唇《くちびる》のあたたかさも、全部いとおしい。同じだけの熱量で愛してもらったことを、ちゃんとわかっている。

それでも、この先の彼を思えばこそ、終わりにしなければならないのだ。

嘉悦の就職先は、海外支社をいくつも持つ企業《きぎょう》だった。おそらく彼はいずれその優秀さでもって、社内でも高い地位に就《つ》くだろうことは、藤木の想像にも難《かた》くない。

また外国相手の取引も当然あって海外赴任をすることもめずらしくはない。その際には、家庭を大事にしてこそ一人前とされる欧米《おうべい》相手の仕事上、彼のステイタスを高めるための妻の姿も必要になってくるはずだ。

なにより、松濤《しょうとう》にある嘉悦の実家は代々続いた家柄《いえがら》で、いまだ古くさい慣習や血筋というものを重んじるところがある。

次男である彼は跡取《あとと》りでこそないけれど、それだけに両親に非常に大事にされてきたのを、藤木は知っていた。

――政秀さんには、ちゃんとしたおうちのお嬢《じょう》さんをもらってほしいのよね。藤木くん、あなたどなたか、おつきあいしているお嬢さんとか……知っていらっしゃる？

嘉悦の母親は、兄である惟嗣《ただつぐ》が、両親のあまりお気に召《め》さない奥方を迎《むか》えたため、次男こそはと思っているようだった。

血の気を失った顔をごまかすように藤木は薄く微笑《ほほえ》んでみせた。

――さあ、……そういう話はあまり。でも嘉悦先輩《せんぱい》は、浮《うわ》ついた方じゃありませんから。

内心をひたすら押し隠《かく》し、安心してくださいと伝えると、うつくしい母親は目に見えてほっとした表情になった。

ひとのいい、良家のお嬢様がそのまま母親になったような彼女に、藤木も好感を抱《いだ》いていた。嘉悦の後輩《こうはい》として、ずいぶんとかわいがってくれたそのひとに、「結婚《けっこん》相手については慎重《しんちょう》になってほしいのだ」と訴えられ、ほかになにが言えただろう。

国籍《こくせき》の違《ちが》いですらも眉《まゆ》をひそめる、古風で常識的な嘉悦の母に対して、自分こそが恋人なのだと言えるわけがない。

——なにか間違《まちが》えそうになったらがつんと言ってやりますよ。

——まあ。頼《たの》もしいわ。よろしくね、藤木くん。

茶化してみせるほかに、藤木にはなにもできなかった。たとえ胸の奥が、罪悪感に軋んでも。

思えばあのときから、自分の決心は固まりかけていたのだろうとぼんやりと藤木は思う。

「冷静になれよ、嘉悦さん」

腕《うで》を伸《の》ばした藤木はラジオのチューナーをいじり、FEN《フエン》にあわせる。

アッパーな英語の方がメロウな曲よりこの際ましだと思ったけれど、それはそれで別の思い出を呼び覚ますのが皮肉だ。

関東圏《けん》では810kHzで流れてくる、この在日米軍のための英語放送を「勉強になるから聴《き》いてみろ」と教えてくれたのは嘉悦だった。けれど、当時勧《すす》めてくれた番組は既《すで》にもう、放送を終了《しゅうりょう》している。

ときが流れれば、否応《いやおう》なしに変わるものがある。きっと、そんな風にささやかな変質をいくつも迎えて、嘉悦と藤木のいまがあるのだろう。

「最初から俺は冷静だ……どうしてそうやって、ひとりで決めつけるんだ」

なにを見ても聞いても、彼との記憶《きおく》に繋《つな》がってしまう自分が嗤《わら》えて仕方なかった。

だがそんな感傷はおくびにも出さず、窘《たしな》めるような声を出した藤木に、苛立《いらだ》ちと歯がゆさを堪《こら》えきれないような声を嘉悦は出す。

「……じゃあ言うわ。都合のいいことばっか、考えてんじゃねえよ」

「藤木……」

声を発することすらつらい痛みが胸を貫《つらぬ》く。それでも藤木はどこまでも軽い口調で、揶揄《やゆ》さえも滲《にじ》ませて、笑い声を作った。

「俺も捨てたくない、家も大事、仕事も大事。全部丸どりしようったって、そうはいかないだろ?」

「それは、だから」

意志の固い彼が、周囲の反対を押し切ってでも自分との恋愛を続けようと思っていることは、うすうす知っていた。

今日のこれも、本当は藤木が別れ話など切り出さなければ、一緒《いっしょ》に来いとでも言うつもりでいたのだろう。そしてまた、簡単に投げるなと説得するために、彼は根気よく「諦めない」と繰り返してくれている。

けれどそれはあくまで、藤木が受け入れればの話だ。

「あー、言っておくけど実家と縁《えん》切ってもいいだの言うなよ。それって結局俺のせいになっちゃうんだからさ」

「な……っ」

あえてしらけたような声で告げると、嘉悦はぎょっとしたように目を瞠《みは》った。その顔を見つめることはとてもできないまま、藤木はひたすら冷静を装《よそお》う。

車窓の向こうでは、既に深遠な闇《やみ》が降り、なにもかもの輪郭《りんかく》を曖昧《あいまい》にする。

藤木が幼い頃《ころ》、父親の運転する車の中でこんな薄闇《うすやみ》を見つめていたときには、ただまっすぐに走り続ける道路の先には世界の果てがあるような気がしていた。

特に四車線の道路では、抜いたり抜かれたりを繰り返す中、一番にその先にたどり着くのはどの車なのだろうと、小さな藤木は遊び疲《つか》れた幼い身体《からだ》で、うとうとしながら思ったものだ。

けれどいまではそれが、無知な子どもの空想めいた思いこみだと藤木は既に知っている。

どこまでも永遠に続くかのような夜のドライブ、その先に待っているのは世界の果てなどではなく、藤木のもっとも大切にしてきたなにかが壊《こわ》れる瞬間《しゅんかん》だった。

「お家騒動《いえそうどう》になんかなっちゃったらどうすんのよ。重たい重たい。そんな逆恨《さかうら》みされてまで、あんたといちゃこらやってらんないっつの」

鼻先で笑い、呆《あき》れたようにお手上げのポーズを取ってみせながら、藤木は顔を車窓に向けた。

そうして、この曖昧な闇にひどく感謝もした。

重荷を背負わせないでくれと嗤う声とは裏腹に、震《ふる》える唇は痛みを堪えて歪《ゆが》み、瞳《ひとみ》には溢《あふ》れそうなほどの雫《しずく》がたまっている。

「だいたいさあ、本気でこの先ホモやってけるわけないんだし」

「……おまえ、そんなことを……考えてたのか」

身体中の関節が壊れたように痛い。嘉悦を心ない言葉で徹底的《てっていてき》に傷つけるために、藤木が贖《あがな》う供物《くもつ》は、心臓ひとつくれてやるだけでは、足りないらしい。

「俺は、……おまえには、重かったのか」

こんなことを言わせて、いままでの思い出もなにもかも踏《ふ》みにじって、どれくらい大事なひとを傷つけているだろうと、想像するだけで息が苦しい。

「そうやってぐちゃぐちゃ言ってる時点で重いね」

「そう、か……」

いままで、悪かった。

自嘲《じちょう》気味に呟《つぶや》いた嘉悦の苦渋《くじゅう》に満ちた顔が、対向車からのライトの反射で車窓に一瞬《いっしゅん》だけ浮《う》かび上がり、その瞬間すべて嘘《うそ》だと叫《さけ》びたかった。

「いろいろ……勝手に、思いこんでたみたいだな」

押し殺した呻《うめ》きに、藤木はふんと鼻を鳴らすしかできなかった。少しでも口を開けば、もう涙声《なみだごえ》をごまかすことができそうになかったからだ。

（本当はいまでも……ずっと、愛してるよ。なによりも……誰《だれ》よりも、大事だよ）

それでもいま、藤木は悲鳴をあげる自分の内なる声に従うわけにはいかない。

いままで本当に、大事にされていたと思う。

いまこの瞬間でもまだ、嘉悦がこの先の人生を添《そ》わせる形での愛情をきちんと、向けてくれていたことも知っている。それがわからないほど、浅いつきあいではない。

嘉悦はたとえ実家の両親に後ろ指をさされても、藤木を捨てたりしないだろう。どころか下手をすればせっかく決まった――以前から望んでいた語学力を活《い》かせる就職先さえ、自分のために振《ふ》り捨てようとするだろう。

冷静で賢《かしこ》く、意志が強いだけに変なところで頑固《がんこ》な男だったから、意地でもそれを貫き通してしまうだろう。

どんな困難な、痛い道でも、長く強い脚《あし》で藤木を抱《かか》えて歩こうとするだろう。

藤木にはなにひとつ、背負わせようとはしないままで。

（そんなのは、だめだよ）

想《おも》う気持ちならば、こちらも同じなのだ。

嘉悦がつらい思いをするとわかっていて、どうしてのうのうと、広い胸に甘えたままでいられるだろう。

彼が、家族を愛しているのを知っている。いまの仕事に就《つ》くことをどれだけ望んで、そして努力してきたのかも、隣《となり》にいてずっと見てきたのだ。

（だから、さよならだ）

嘉悦には、なにも裏切らせない。間違わせたりしない。誰にも後ろ指さされることのないはずの最愛のひとをこのまま、完璧《かんぺき》で最高の男でいさせてやりたい。

そのために藤木はなんでもする。嘉悦の未来を邪魔《じゃま》するものは排除《はいじょ》する。

なにもかも、すべてを。自分の存在も、この恋《こい》さえも。

「……家までは、せめて送らせてくれ」

長い沈黙《ちんもく》のあとに呟いた嘉悦の声に、すべてが終わったと感じた。喉《のど》の奥につかえた痛みのかたまりに声をふさがれ、少しでも唇《くちびる》を開けば嗚咽《おえつ》が漏《も》れてしまいそうで、返答を口にすることもできないまま、黙《だま》って頷《うなず》いた。

（ひどいこと、言って、ごめん……）

最後になにか、せめて彼の心の痛みを償《つぐな》ってやりたいと思って、しかし次の瞬間に藤木はそれを打ち消した。

もう戻《もど》れない。許されないだけのことを言った。そしてまた本当に、なにを言っていいのか藤木にはわからなくなっていた。

見えないけれど堅牢《けんろう》な遮蔽物《しゃへいぶつ》があるかのように、隣にいる彼が遠い。

嘉悦と自分がこの瞬間きっぱりと、なにかを隔《へだ》てたことを知ると、ぞっとするような寒さが藤木の細い身体を取り巻いた。

すぐ隣にいるはずの男にかける言葉もない。声を出すことも恐《おそ》ろしいまま、ただ時間だけ流れていく。

（まるっきり、さっきの歌のまんまだな）

藤木は、この痛みばかり強い時間のうしろに流れていた『いとしのエリー』を、きっと一生嫌《きら》いなままでいるだろう。

近しかった誰かと、こんなにも遠い距離《きょり》感《かん》を覚えること。それが、共有していた時間の――恋の終わりなのだと藤木は思う。

こっそりと盗《ぬす》み見た嘉悦の横顔には、いつものように表情はなかった。けれどその強《こわ》ばった頬《ほお》には、彼の若さにはあまりに似合わない疲《ひ》労《ろう》と苦痛が滲んでいた。

自分はもう、いとおしいひとの痛ましいようなその頬を、撫《な》でて宥《なだ》めてやることもできない。

そんな権利すら自分で放棄《ほうき》してしまったことが、たまらなかった。

（ごめんね……）

こんなひどい自分を、早く忘れてくれと思う。引きずる痛みはすべて藤木が抱えていくから、嘉悦に似合いの、正しくうつくしいままの、健《すこ》やかな人生を送ってくれと祈《いの》る。

いまはそれだけが、ただひとつの藤木の願いだった。

＊　＊　＊

秋空はどこまでも高く、眼下に広がる海もうつくしい。

湘南の海を一望できる、国道134号線沿いのバーレストラン『ブルーサウンド』の売りでもある、ボサ・ノヴァの流れるオープンテラスでは、休日とあってかなりの席が埋《う》まっている。

この店は三階建てで、ドライブがてらの観光客誘致《ゆうち》のため一階部分に大きなガレージがある。二階部分とそこからせり出したテラスが客席となっており、そこからはのびやかな湘南の光景が余さず見て取れる。

相模湾《さがみわん》沿いの海岸線、左端《ひだりはし》には逗子マリーナ、右には江ノ島。こんな晴れた日にはそれぞれ海の光を受けその輪郭をやわらかにして、けぶるようにうつくしい。

（今日もいい天気だなあ……）

胸の奥に淀《よど》んだものさえ押し流すような光景と、潮の匂《にお》いを孕《はら》んだ風を感じてふうっと息をついた藤木は、薄《うす》く形よい唇を綻《ほころ》ばせた。

数名のバイト店員が段差のあるテラスと店内を行き来するのを素早《すばや》くチェックし、うまく回っているようだと確認《かくにん》したあと、手にした氷をまた削《けず》りはじめる。

大学を卒業した藤木が、ブルーサウンドに勤めて既《すで》に七年が過ぎた。はじめはバーテンダー兼ウェイターとしてバイトをはじめたけれど、いまでは雇われ店長としてこの店を切り盛りしている。

きらきらとまばゆい波光の中、ウインドサーフィンのカラフルな帆《ほ》が行き交《か》う。天気もよく、波もほどほど高いこんな日は、絶好のサーフィン日和《びより》ということなのだろう。

平和でいいことだ、とその光景に満足して微笑《ほほえ》む藤木の、二十九の男のものとは思えない、やわらかな細面《ほそおもて》の顔立ちに外から入りこんできた細い陽光が反射して、淡《あわ》くけぶるような睫毛《まつげ》に光の雫が震えた。

光が当たるとよりはっきりわかるが、藤木の髪《かみ》は透明感《とうめいかん》のある栗色《くりいろ》だ。染めたわけでもないし、生まれつき肌《はだ》の色も瞳の色も全体に色素が薄い。幼い頃《ころ》にはもっとその色が淡く、光彩《こうさい》はいっそ赤いほどに茶色くて、本当に日本人かと言われたことも何度かある。

この店の内装は、エスニック系創作料理をメインとするコンセプトにあわせ、アジアンテイストになっている。竹細工のパーティションや幌布《キャンバス》のカーテンに仕切られ、あえて統一性のないファニチャーを入れているが、その雑多な雰囲気《ふんいき》は不思議な調和を保っていた。

内装の雰囲気にあわせて照明を落とし気味にし、日中でも薄暗く感じられる店内では、藤木の姿だけがふわりと光を孕んでいるように映る。

うつくしく穏和《おんわ》な店長目当ての常連客からは、ほうっと感嘆《かんたん》のため息さえ零《こぼ》れるけれど、現《げん》実離《じつばな》れして見える美形の考えることといえば、ごく他愛もない。

（あ、しまった。天気いいんだから布団《ふとん》干しておけばよかった）

ロケーションに似合わず、所帯じみたことを考えつつも藤木は手元の氷を削る。

この店があるビルの、最上階となる部分には大きく店名を記した看板があるのだが、そのフロアはいまは丸ごと藤木の住居になっている。

各部屋が十二畳《じょう》から十五畳ある4LDKのひろびろとしたスペースは、二十九歳の独身男にしては結構贅沢《ぜいたく》な住まいであるが、管理人代わりであるためそうのびのびとはいかないのが実情だ。

「聖ちゃん店長、ダイキリとカミカゼお願いしまーす」

バーカウンターの中にたたずみ、客席のチェックついでに海を眺《なが》めていた藤木は、この店の紅一点であり、押しかけ居候《いそうろう》第二号、林田真雪《はやしだまゆき》の元気な声にやんわり微笑みながら頷いた。

「了解《りょうかい》。まゆきち、こっち三番さんあがりね」

「はーい」

サーファーらしく年間を通してこんがり焼けた彼女は明るく活発だ。ウエーブのきつい髪をアップにして、その後《おく》れ毛《げ》も色気にはほど遠く、厨房《ちゅうぼう》に身を乗り出す真雪の動きにあわせてぴょこぴょこと跳《は》ねる。

この店の店員の制服は、店名のロゴがはいったTシャツにブラックジーンズと白いタブリエだが、華奢《きゃしゃ》な真雪の少年っぽい体型にはよく似合っている。

「それから大智《だいち》、ナシゴレンふたつ、五番さんで。あと鶏肉《とりにく》のフォー、香草《シャンツァイ》抜きね」

「うーい。あ、こっち冷麺《れいめん》あがり。聖司さんお願いします」

厨房からカウンター越《ご》しにひょいと顔を出した中河原《なかがわら》大智は、大柄《おおがら》な身体《からだ》にふさわしい大きな手で大振《おおぶ》りな皿を差し出してくる。

藤木より四つ年下の彼はもう五年ほど勤めてくれている。厨房担当のチーフであり、ほとんど接客はしないのだが、長身に野性的な顔立ち、わざと不揃《ふぞろ》いに伸《の》ばした漆黒《しっこく》の髪もワイルドでいいと、こっそり女性客のファンがついている。

「あっ、しまった！　聖ちゃん、あたしちょっと上行ってきていい？」

「ん？　なんで」

大智にオーダー票を渡《わた》したあと、真雪ははっとしたように華奢な手を振《ふ》ってみせた。

「陰干《かげぼ》しするつもりだったウェットスーツ、取りこみ忘れちゃった。このあと直射日光かぶっちゃうんだもん」

「いいよ、いっておいで」

ごめん、と拝んだ真雪に、鷹揚《おうよう》に藤木は笑ったけれど、それを咎《とが》めたのは大智の方だ。

「おまえなあ、仕事中にはそういうのやめろよ。洗濯《せんたく》も夜中にすんなっつってんだろ」

もともと、したり顔で窘《たしな》めるこの彼が藤木の住居への居候第一号であり、実のところそれを知った真雪が「大智がいいならあたしも」と乗りこんできたわけなのだ。

「うっさいよ、大智が言うことないじゃん。聖ちゃん《大家》がいいんだからいいじゃん」

い－、と歯を剝《む》いてみせる真雪と大智は、接客時の取り澄《す》ました様子が嘘《うそ》のように幼げな顔を見せる。五つの年齢《ねんれい》差に大抵《たいてい》は大智が彼女をあしらうばかりだが、まるで本当の兄妹《きょうだい》のようなやりとりをするふたりを眺め、藤木は思わず苦笑《くしょう》して取りなすしかない。

「まあまあ……早く行っておいで、ほら」

居候といっても、ホテル並みの設備が整ったあの部屋には各部屋にシャワーとトイレまでついている。共同になるのはキッチンとリビング、それから大智が言うように洗濯機のある洗面所くらいしかないので、お互《たが》いの生活には基本的に関《かか》わらずに済む。

おまけに、旅行が趣味《しゅみ》のバックパッカーである大智は年間を通して数ヶ月は日本にいないし、真雪は真雪でいい波があればどこかへ飛んでいってしまうので、現在の藤木邸《てい》は本当に旅行先の常宿のような有様だ。

そもそもあの部屋は、オーナーである曾我《そが》克鷹《かったか》の住まいであった。だが、趣味人で手広い事業をやっている彼は、飲食店のほかに宝飾品《ほうしょくひん》や宝石、衣類などの輸入雑貨も扱《あつか》っていて、日本のみならず世界のあちこちにペントハウスやらコテージやらを持っている。

数ヶ月おきにそこを転々として暮らすのは、商品の買い付けや仕入れを兼《か》ねての部分もあるのだろう。店の内装やインテリアもすべて、曾我がみずから買い付けてコーディネイトしたものだ。

ただどうにも彼は、店を作り上げるまでが好きらしく、軌道《きどう》に乗ったそれの経営維持《いじ》に関してはあまり熱心ではない。

潰《つぶ》れなければそれでいいと、藤木のように店長を雇い入れたらあとはおまかせというやり口は、実際本人が言うように、飲食店程度は彼にとっては道楽仕事だからだろう。

「預かりものの家なんだから、きれいに使ってくれればそれでいいよ」

あくまで自分も『下宿人』のひとりだからねと藤木が告げると、邪気《じゃき》のない顔で真雪が言う。

「曾我ちゃん、今度はどこいってんの？」

「いまは、タイじゃなかったかなあ？　この間、バンコクで山ほど仕入れしたとか聞いたから」

真雪にかかれば、あの多忙《たぼう》で有能な壮年《そうねん》の事業主もちゃんづけだ。苦笑するほかになく、それでもこの賑《にぎ》やかな面子《メンツ》といることで、ずいぶん助かっているなと藤木は思い知る。

「おう、まゆきち。おまえ上に行くんなら、ついでにチューナー切り替《か》えて。もうすぐ番組がニュースに変わっちゃうから」

「はいよん、適当でいい？」

住居スペースに向かう階段の入り口、大智の声に脚《あし》を止めた真雪は手慣れた様子で、壁《かべ》に据《す》えつけの店内放送用チューナーをいじった。

（あ……）

途端《とたん》流れ出すのはなめらかでテンポのよい英語――AFN《米軍放送》だ。カクテルをステアしていた手を止め、藤木はそっと唇《くちびる》を綻《ほころ》ばせる。

十年という時間の変化を、確実に感じるのはこんなときだ。

嘉悦との別れ際《ぎわ》に流れていたラジオ番組は、いまではもう存在しない。いまスピーカーから流れるラジオの放送局は、藤木が高校生の頃《ころ》にはFEN《フエン》と呼ばれていた。

そしてあの頃には藤木の父もまだ存命で、東京のアパートで、狭《せま》いながら穏《おだ》やかな暮らしを続けていた。

かつて、藤木には捨てられないものがたくさんあった。男手ひとつで自分を育て、その無理がたたって病に倒《たお》れた父もそのひとつだ。

だがそれも、藤木が二十一になるまでの話だった。

風の便りに、嘉悦が新妻《にいづま》を伴《ともな》ってアメリカに行ったと聞いたのは、あの別れから一年後の秋のことだ。その二年後、藤木の父も病状が悪化し、やはり秋に亡《な》くなって、藤木は本当にひとりになった。

凄《すさ》まじい寂寥《せきりよう》に押しつぶされそうになった日も、いまはただ懐《なつ》かしい。

ただそれ以来、藤木は秋が嫌《きら》いだ。けれど、この海だけはなぜか、嫌いになれなかった。

(まさか、ここに住むようになるなんて思わなかったな……)

嘉悦と別れたこの海を眺めながら、それでも穏やかにいられるのは、元気でやかましい仲間に囲まれているおかげだろう。真雪や大智は生活を共有する部分もあるおかげで、ほとんど家族のようなものだ。

父を亡くした頃から、当時はもう少し小さな店構えだったこのブルーサウンドに、藤木は通い詰《つ》めた。感傷的になっていたのかもしれない。なにもかもを自分がなくしその思い出となったこの海を見て、浸《ひた》っていたかったのだろうか。

思い詰めた顔でもしていたのだろう。週末ごとに訪《おとず》れる藤木の浮《う》かない顔は、オーナーである曾我の目に止まり、暇《ひま》なら働かないかと言われたのだ。

最初は週末だけ遠距離《えんきょり》を通ってのバイトだったけれど、苦にはならなかった。いっそもっと疲《つか》れ果てたいと思いながら真面目《まじめ》に勤める藤木に、いっそそのまま就職しろと勧《すす》めてきたのも曾我だった。

――もうすぐ卒業？　むろんここで勤めてくれるんだろう？

鷹揚で不可思議なオーナーは、ぼんやりとした顔で海を眺めてばかりの藤木にやさしく微笑《ほほえ》んだ。五十過ぎでありながらも、印象はひどく若々しい曾我のその表情はどこか、亡くなった父の元気でいた頃のあたたかさを思い出させて、藤木は少しだけ泣いた。

――住むところも考えてるとはちょうどいい。管理人を兼ねる店長も探していたんだ。きみ、ここに住みなさい。

もともと、高い学力を身につけたかったのも大学に進んだのも、男手ひとつで苦労しながら自分を育ててくれた、父に楽をさせてやりたかったからだ。目標をなくし、大学に通う意義さえも失いかけていた藤木に、居場所をくれた曾我の言葉はありがたかった。

曾我はかなり変わった男で、就職しに来る面子を採用する際のポイントは、彼がその人物を気にいるか否《いな》かのみだ。条件が悪かろうがかまわないらしく、だからこそ年中外国だ海だと飛び歩く大智や真雪を雇《やと》う気にもなるらしい。

そもそも大智に至っては、曾我がインドだかタイだかで食中毒を起こした際に、旅行中の彼がたまたま居合わせ、正露丸《せいろがん》をくれたことにいたく感謝しての就職斡旋《あっせん》だったというのだから呆《あき》れてしまうほかない。

――道楽でやってる店だからねえ。好きにやってよ、藤木くんにまかせるから。

足りない人手は適当なバイトで補えばいいでしょうなどと、店長の藤木が頭を痛めるようなことを言ってくれるのは困りものだが、その性格のおかげで自分自身助けられているだけに、なにも言えない。

それに、このところでは常勤のバイトで戦力になる人間も入ってくれた。

「聖司さん、こっちは青島《チンタオ》ビールに生春巻と、タコライスです」

いささか硬《かた》い声の青年がオーダー票を持ってくる。これがここ一年ブルーサウンドの主要戦力となってくれている宮上瀬里《みやがみせり》だ。

生真面目《きまじめ》で有能な瀬里はずいぶん小柄《こがら》で華奢《きゃしゃ》な、かわいらしいルックスをしており、真雪と並んでも一瞬《いっしゅん》性別がわからないほど中性的だ。

藤木もかなりの女顔だと言われるけれど、そこは年齢と、それから一応百七十五センチを超《こ》える身長のおかげで、さすがにいまでは女性だと思われることはない。

「ああ瀬里ちゃん、悪いけどジンが切れたみたいなんだ。奥のストック見てきてくれる？」

「わかりました。あと、なにかありますか」

「いまのところはいいよ。ありがとう」

瀬里はこの近くの大学に通っていて、空いた時間のほとんどはブルーサウンドで働いてくれている。大智が抜《ぬ》けた折りには足りない手を補うべく、講義のない時間のほとんどをシフトに当ててくれるほどで、この店ではいまもっともなくてはならない存在になりつつある。

「ああ、それと前年度対比表作っておきましたから。あとでROM渡《わた》します。参考にしてください。それと先月までの半期の収支計算も済んでますから」

「あー……ごめんね、わざわざ」

「いえ。というか、これだけの店でろくなデータ管理もしてない状況《じょうきょう》が、俺には信じられないです」

ふう、とため息をついた瀬里に頭が上がらないのは、実際各店舗《てんぽ》の経営については店長任せで放《ほう》り投げている曾我に習い、藤木自身も丼《どんぶり》勘定《かんじょう》での店の運営になっているからだ。

それでも赤が出ないのは、地の利があってこそだとわかってはいる。観光地である海を目の前にしていれば、ほどほどの努力でも充分《じゅうぶん》店は潤《うるお》ってくれる。

「確定申告するときには収支あってるんだけどなあ」

「それでも、もう少し真面目に商売しましょうよ」

ぼやいた藤木に、どちらが上司なのだと瀬里は深々とため息をついた。

経済学部の瀬里に、書類整理を手伝ってもらった折りにあまりにザルな状態を指摘《してき》され、以来なんだかんだと細かい書類関係を、まだ学生である彼に頼《たよ》ってしまっているのだ。

「ごめんね、瀬里ちゃん。ありがとう、助かるよいつも」

「聖司さんの役に立ってるなら、それでいいです」

手をあわせて拝むと、瀬里はくすぐったそうに笑った。どうしてかこのきれいで有能な青年は藤木を慕《した》っていて、そのためにはなんでもすると言ってくれている。

実のところ、常勤であるこの三人の中で、藤木がスカウトしたのは瀬里だけだ。昼時、ひとりでオープンテラスに通ってきては少しぼんやりと寂《さび》しそうに海を眺《なが》めているさまが、かつての自分を見るようで放っておけなかったのだ。

ひと慣れしない様子の瀬里も、親しげに声をかける藤木の中になんらかのシンパシーを感じてくれているのだろう。大智や真雪ほどオープンではないけれど、よくなついてくれている。

「おう、瀬里ちゃん。こっちオーダーあがりね」

「あ、はい……」

ただどうにも人見知りなのか、それとも大柄で押し出しの強いせいなのか、大智に対しては少し身構えてしまうようだ。大智はあっけらかんとしたものなのだが、毎度ながら瀬里は声をかけられるだけでぎこちなく頷《うなず》く。

(俺と真雪には普通《ふつう》なんだけどなあ)

おとなしい彼に、もう少しひと慣れしてもらわないとな、と思っていれば、不服そうな声が聞こえた。

「なんかどうでもいいんだけど、なんで男の瀬里はちゃんづけで、あたしは『まゆきち』なのよ」

用事を済ませたのだろう真雪がいつのまにか戻《もど》ってきていて、藤木らと瀬里の会話を聞くなり唇を尖《とが》らせたが、それを雑《ま》ぜ返したのはやはり大智だ。

「どうでもいいんならいいじゃん。似合ってるぞまゆきち。ぴょん吉《きち》みたいで」

「Tシャツにスタンプされたカエルと一緒《いっしょ》にすんなっ！　女子として変じゃん！」

ぎーっと歯を剝《む》いてみせる真雪に、大智は取り合わず鼻先で笑う。

「女子だったのか、おまえ。『性別・まゆきち』じゃないのか」

「なんなんだそれっ、立派に女子だっつの！　胸ついてんじゃん！」

「ついて……まあくっついてるレベルだな。かろうじて。寄せてあげて作ってB？」

なんでわかるんだ、とここだけは女の子らしく顔を赤くした真雪に、年中バストサイズが変わっていればもろわかりだと大智が意地悪く笑う。

「おまえチチ作るんだったらブラのサイズちゃんと統一しろよなー。それにウェットスーツ着たときのぺったんこ具合でわかるっつうの」

「さ……最低っ……うわぁん、聖ちゃん店長！　大智がセクハラするようっ」

ぎゃあっと叫《さけ》んで大智を蹴《け》りつけ、真雪は藤木の腕《うで》を摑《つか》んで泣き真似《まね》をした。しかしそれを藤木が取りなすより早く、にやにやと笑った大智の言葉の暴力は止まらない。

「おまえばかだろ。セクハラってのは雇《こ》用《よう》関係とかそういう権利を持った上位の人間が、立場を利用して性的な嫌《いや》がらせを仕《し》掛《か》けるってことだぞ。俺の場合そういう権利自体がないから、こりゃセクハラになんねえよ」

（いや、まあ、法的な定義ではそうだろうけど……）

失笑《しっしょう》を浮かべて藤木はそれを聞いていた。実際、雇用均等法などで定義されたセクハラとはそういう意味であるが、基本的な言語としての意味は単純に、性的なニュアンスを含《ふく》む嫌がらせである。むろん大智も知っていての雑ぜ返しなのだろうが、しゃあしゃあとした言いざまには呆れる気分になった。

けれど、詭弁《きべん》だろうと嚙《か》みつくかと思われた真雪は、さらにとんでもない切り返しを投げてくる。

「なにそれ大智、なんでそんなこと知ってんの。バッカみたい」

「――ば、ばか⁉」

BLUE SOUND
BLUE SOUND
BLUE SOUND

「うっざいうんちく垂れて、オッサンみたい。あーもー、これだから頭のいいガッコ出たやつ嫌《きら》いだよ」

ちょーうざい！　と叫んで真雪はさっさと身を翻《ひるがえ》す。呆気《あっけ》にとられたのは大智のみならず、藤木も同じだ。

「……知識がある方がばかっていうのが、最近のワカモノの流行なんすか」

「俺よりワカモノに近いきみがわかんないんじゃあ、わかるわけないだろ」

惚《ほう》けたように呟《つぶや》いた大智に、藤木もなんともつかない表情でため息をつく。そしておずおずと横から口を出してきたのは、真雪よりふたつ年上なだけの瀬里だった。

「あのう、すみません。……一応最近のワカモノのつもりですが、俺にもわかりません」

「瀬里ちゃんもか……」

あれは結局真雪の個性ということで、と苦笑した大智がしめて、ワカモノ談義は終わりを迎《むか》える。

「はいそれじゃオーダー確認《かくにん》してきて。七番さん、そろそろ皿が空いたみたいだから」

「はい」

追加はないか様子を見てきてくれと瀬里を促《うなが》し、大智にも厨房《ちゅうぼう》に戻ってくれと笑いかける。

「今日は週末だし、夜が混《こ》むと思うからね。みんな気合い入れて」

「うぃーす」

軽口を叩《たた》きつつも、仕事となればさっと切り替《か》えるのはいずれの面子《メンツ》も同じだ。なごやかで居心地《いごこち》のいい職場環境《かんきょう》を作れていることに、藤木はほっと息をつく。

（このまま、ずっといられればいい）

恋人《こいびと》も家族も、なにもかもなくした藤木の居場所になったこの店は、さほど大きくもないけれどそこそこ繁盛《はんじょう》していて、やりがいもある。

（恋はもう、できそうにないけど……それでいい）

嘉悦と別れたあと、誰《だれ》かとつきあおうと思ったけれどもあまりうまくはいかなかった。

実のところ誘《さそ》いはいくらもあった。嘉悦を失ったあとにはことに、よほど藤木は気が抜けていたようで、この店の常連であった頃《ころ》もバイトに入ってからも、その手の店ではないというのに誘いは引きもきらなかった。

ただ節操なく寝《ね》てかまわないと思えるタイプでもなかったので、大学時代から数人――それは男女取り混ぜてではあったが、まるで試《ため》すかのようにつきあってもみた。

けれど結局そのすべてが嘉悦と比較《ひかく》するためだけのばかばかしい実証行為《こうい》だと気づき、むなしさを覚えてからは、誰とも恋愛《れんあい》関係に陥《おちい》ったことがない。

実を言えば、大智と真雪にもそれぞれ、違《ちが》う時期に告白されてもいる。だがふたりとも思い詰《つ》めるタチではなく、出会って一週間のうちには「好きだ」と言われてそのまま丁重《ていちょう》にお断りしたため、さほど引きずるようなことはなかった。

いまではふたりとも、すっかりただの同居人で、仕事仲間としてのスタンスしかない。

そもそも大智はその自由な生き様に似合って相当に浮《う》き名を流しているし、真雪に関しては本来「男より海」というタイプで、好きだというのも冗談《じょうだん》混じりのそれのようだった。

ただ、大智はもう少しは真剣《しんけん》であったようで、「ごめん」と告げた藤木に対し、こう問いかけてきた。

——ねえ、聖司さんいっつも断るよね。その理由、訊《き》いてもいい？

五年前、まだ学生だった大智の問いに、口が滑《すべ》ったのはなぜだっただろう。

けろりとしたさまにうっかりしたのか、それとも飄々《ひょうひょう》とした彼に心の重荷を少し預けたら、楽になれるかと感じたのだろうか。

——ずっとね、好きなひとがいるんだ。そのひとしか、だめだから。

忘れられないひとがいるからと断ったのは方便ばかりでなく、事実誰とつきあおうとも嘉悦と比べてしまう不毛さを知っているからだ。

——ふうん、そうか。純愛してんだね。

自嘲《じちょう》気味に呟いた藤木に対し、大智はにっこりとやさしく笑った。年下の青年のおおらかな笑顔《えがお》に、そんなきれいな言葉で表せるものではないのだがと思ったけれど、こう続けた大智に藤木はただ曖昧《あいまい》に笑うしかなかった。

——いいんじゃない。そんなに好きなら、忘れないでいても。ふられちゃって残念だけど、そういうの、悪くないね。俺は好きだな。

そうやってふった相手を許して、からりと笑う彼だから、いまでもうまくつきあえるのだと思う。

（……甘えてるけどな）

相手の寛容《かんよう》さに助けられていると感じる。そういう意味では大智の存在は、藤木の中で曾我と似た位置づけになっているかもしれない。

また、あの青年や曾我、そして真雪の誰にも、嘉悦を思わせる部分がなにもないのも救いだった。

にこやかで人当たりのいい彼らとは違い、嘉悦は滅多《めった》には笑わない男だった。静謐《せいひつ》で、むしろ愛想《あいそ》はなく、それだけにごくたまに漏《も》らす笑みには胸が痺《しび》れるほどにときめいた。

軽口を叩くことが苦手で、真面目《まじめ》すぎて少し硬《かた》いような――いまどきめずらしいほど、まっすぐなひとだった。

（また……）

性懲《しょうこ》りもなく思い出している自分にそっと自嘲して、藤木は戒《いまし》めるように目の前の海を眺《なが》めた。

この十年の間に、近隣《きんりん》の店や建物などは少しずつ変化を見せているけれど、すぐそこにある海は、なにも変わらない。それと同様、藤木自身たいして変わってもいないのだろう。

けれどそれはそれでいいと、長い時間をかけて居直ることだけはできた。

(どっちにしろもう、会うこともない)

嘉悦に繋《つな》がるものは、すべてを切り捨ててきた。父を亡《な》くし住み慣れたアパートからこの湘南の海沿いに居を移した折りに、かつての友人らともほとんど縁《えん》を切ってしまった。

我ながら極端《きょくたん》な真似をしたとは思うけれど、そうでもしなければ、少しでも彼に近い位置にいる人間を恨《うら》み妬《ねた》んでしまいそうだったし、勝手だけれど結婚《けっこん》した彼の幸せそうな様子など聞きたくもなかったのだ。

ただ、高校時代世話になった恩師にだけは毎年、住所を書かないまま年賀状を送っている。バイト時代一度だけ偶然《ぐうぜん》、東京の曾我のオフィスを訪ねた際に駅でばったりと顔をあわせ、いたく心配している様子に申し訳なくなったからだ。

いまの環境の中にあれば、誰ももう、嘉悦を知らない。藤木の知らない嘉悦を教えるものもない。そうすることによって、記憶《きおく》の中にあるやさしく甘かった彼だけを想《おも》っていられる。

愚《おろ》かな逃避《とうひ》でもかまわなかった。

藤木が望むものは、寄せて返す波のように穏《おだ》やかな、この日々の安寧《あんねい》を守ることだけだ。

アルバイトである瀬里や年若い真雪はいずれこの店を去る日も来るだろう。大智にしてもいつどこへ飛んでいくやらわからないけれど、彼らとの間に結んだ友愛に似たものはきっと変わらない。

「……いらっしゃいませ」

毎日訪《おとず》れてくる客たちの中には一度きりの顔ぶれもある。それでも、この店に藤木が立っている限り「誰か」は自分を訪ねてくれる。

浅く薄《うす》い、それだけに心地《ここち》よい関係の中で、静かに、癒《い》えることのない傷を抱《かか》えたまま穏やかに朽《く》ちる日を待つような生活は、ひどく満ち足りていると思えた。

嘉悦を忘れるのは難しく、けれど近頃《ちかごろ》では、彼がどんな声をしていたのか、どんな顔をしていたのかを、一瞬《いっしゅん》思い出せないこともある。印象だけは鮮《あざ》やかに残るけれど、思い返してももうあの頃のように、息が止まるほどの痛みは覚えない。

そうやって少しずつ、すべてを曖昧にするのにもうあと何年かはかかるだろうけれど、無理に忘れようとすることはやめた。そうすればするほどに、意識してしまうと悟《さと》って、もうだいぶ経《た》つ。

そして皮肉なことに、大智に忘れなくていいじゃないと言われ、それでいいのかと思ったあたりから、逆に思い出せないことの方が増えたと気づいた。寂《さび》しくも思うけれど、それでいいのだとほっとした。

張り裂《さ》けそうだったあの日の痛みはもう、実感としては藤木には感じられず、ただ感傷として時折せつなさを覚えるばかりだ。

それが十年という月日なのだろう。

ゆるやかに風化を待てばいい。いずれこの曖昧な苦しささえも、懐《なつ》かしいと笑う日も来るだろう。

そしてそれはきっと、そう遠くはない明日にやってくるのだと藤木は思っていた。

思いこもうと、していた。

その思い出そのものが、まさか実体を伴《ともな》って突然《とつぜん》に目の前に現れることなど、彼はなにひとつ予測していなかった。

邂逅《かいこう》は新たなはじまりであることを、十年前に捨てた痛み以上のものを抱《だ》きしめながら、思い知ることになるなど、――このときの藤木にはなにも、想像できてはいなかったのだ。

＊　＊　＊

その日は台風が近づいてきたらしいということもあり、いまにも泣き出しそうな空は重い鈍《にび》色《いろ》の雲がみっしりと浮かんでいた。

低気圧が近づいてくるとうきうきするのは、波乗り命の真雪くらいのもので、彼女は前の晩のタイドテーブル《波情報》の予報を見るなり、休みにしたいと頼《たの》みこんできた。

「聖ちゃん、お休みください！」

「はあ……？」

早朝にたたき起こされ、リビングであくびをかみ殺す藤木に、土下座せんばかりの勢いで真雪は言った。どうやら迫《せま》りくる低気圧に波の高さが絶好のサーフコンディションになったらしいのだ。

「このあたりでロングいける波ってそう来ないんだもん……お願い！」

藤木はよくわからないながら、サーフィンのメッカと言われる湘南の海は案外におとなしく、ロングボーダーにとってはいささか物足りないものであり、こうした天候の荒《あ》れる日がチャンスであるらしい。

「しょうがないな、もう……」

「しょうがなくないっすよ。つうか真雪てめえ、他人の安眠妨害《あんみんぼうがい》すんなっつの！」

大騒《おおさわ》ぎに巻きこまれて、これも目が覚めてしまった大智は不機嫌《ふきげん》きわまりない顔でコーヒーを啜《すす》る。

「いま、七時っすよ？　閉店して寝《ね》てからまだ四時間よ!?　なに考えてんだおまえっ」

大智がぼやいたように、深夜営業の店に勤める藤木らにとっては、まだこの時間は眠《ねむ》りの中なのだ。それは真雪も同じはずなのだが、こと波乗りに関しては常軌《じょうき》を逸《いっ》した部分のある彼女はエンドルフィンかもしくはドーパミンの作用か、目を爛々《らんらん》と輝《かがや》かせている。

「うっさい、大智に言ってないよっ。ねー、聖ちゃんお願い！　このとおりっ」

「わかった、いいよ。行っておいで」

床《ゆか》に正座したまま両手をあわせて拝んでくる真雪に勝てはしない。本来その日は藤木が休みの予定だったのだが、代わってやると苦笑《くしょう》する。

「ほんとにっ？　聖ちゃんありがとう！」

「聖司さーん……甘いって」

寝入りばなだったのにと、煙草《たばこ》のフィルターを嚙《か》んだ大智がうんざりとぼやく。それに対し、別に甘くはないよと藤木はうっすら微笑《ほほえ》んだ。

「そう？　別にただでとは言ってないよ、俺」

その代わり、やることはきっちりやってもらうと、鹿爪《しかつめ》らしく藤木は表情を改める。

「真雪は向こう一ヶ月、水回りと共有部分の掃除《そうじ》、それと大物の洗濯《せんたく》当番だからね。いい？」

「うい、なんでもやりまっす！」

宣誓《せんせい》するように手を挙げた真雪は、大嫌《だいきら》いな家事を押しつけられても喜色満面で頷《うなず》いている。

「サボったら次から休み取り消すよ？」

「うっす、サボりません！　手抜《てぬ》きもしません！」

ならばよし、とにっこり笑う藤木に、大智は呆《あき》れたような顔で呟《つぶや》いた。

「……アメとムチ？　つか、聖司さんって真雪使い？」

「人聞き悪いなあ、ギブアンドテイクって言えよ」

朝っぱらからたたき起こされ、藤木とて機嫌がいいわけもない。ただ、真雪がサーフィンに対して、大げさでなく「命がけ」でいるのは知っているから、許すのだ。彼女がこうした我が儘《まま》を言うのは波乗りに絡《から》むこと以外にはなにもないし、そうした熱意は好ましくもある。

「だいたい、来週からまた一ヶ月、放浪《ほうろう》の旅に出るひとに言えた話かな、大智くん」

「あー……それはすみません。DVD見たら、また行きたくなっちゃって」

てへ、と笑った大智は来月にはカンボジアに向かう予定だ。『シアムレアップで一番うまい店』にまた行きたいのだと言う彼は、映画化もされた戦場カメラマンの伝記にかなり傾倒《けいとう》していて、もう三回は訪れたというアンコールワットを眺めるつもりなのだろう。

遺跡《いせき》や異文化に興味のない藤木にはわからない話だが、大智にとって荒れた地を巡《めぐ》る旅は真雪の海と同じく、人生をかけたなにかであるのだろう。

熱情をなくして久しい自分は、そういう彼らを見ていることが嬉《うれ》しくもあり、少し羨《うらや》ましいとも思う。

「まったくきみらはもう、趣味《しゅみ》に生きてるんだから……。いない間のヘルプの人間、ちゃんと捕《つか》まえてよこしてくれよ」

「はーい」

「うぃーす」

寛容《かんよう》な大人のふりをして、放埒《ほうらつ》な若さを許すことで、藤木自身がその実年齢《じつねんれい》よりもさらに『降りた』感覚を持とうとしているのにも自分で気づいている。

「……ふたりとも、気をつけなさいね」

背中を送り出す役割をもらって、もう若くはないおのれを強調し、だからこその諦《あきら》めを身につけようとしていることも知っている。

心の奥底に燻《くすぶ》るなにかがあることもわかっていながら、みずからそれを捨ててきた藤木はただ、痛みを訴《うった》えるそれに目をつぶるしかなかった。


真雪が喜び勇んで出かけていったあと、通常通り店を開きはしたものの、予想外の客足に藤木らはてんてこ舞《ま》いになった。

「今日、なんでこんなにひと来てるの⁉」

「俺に訊《き》かないでくれよ……」

このところ続いている天候の荒れで、数日間余り客の入りはよくなかった。それでも近隣《きんりん》の住人や、真雪に同じく荒れた海を好むサーファー連中のおかげで、予想したよりもテーブル席は埋《う》まっていた。

「聖司さん、もう絶対真雪の突発休《とっぱつきゅう》、許可出さないでくださいよ」

「今度からそうするよ」

ひっきりなしに料理を作り続ける大智の悲鳴に、藤木は持ちこたえてくれと苦笑する。

こんな天気でも週末の湘南には車で訪《おとず》れる人間も多く、広めの駐車場《ちゅうしゃじょう》があるブルーサウンドは案外重宝されるのだ。おまけに昼を過ぎて急に雨脚《あまあし》が強くなったせいか、雨宿りがてらの客も増え、真雪の抜けた穴が存外痛いと藤木も眉《まゆ》をひそめていた。

「聖司さーん、ちょっと。もう、翡翠麺《ひすいめん》切れたみたいなんだけど」

厨房《ちゅうぼう》から手招く大智になにごとかと顔を出すと、人気メニューであるピリ辛冷麺《かられいめん》の材料がなくなったという。

「涼《すず》しくなったから、そうオーダーないと思ってたんだけど……失敗したな」

ここしばらく客足が遠のいていたため、少々仕込《しこ》みを少なめにしていたのが裏目に出たようだ。季節ものの冷麺はそろそろメニューチェンジにする予定であったが、だらだらと夏を引きずった昨年の例を鑑《かんが》みて月が変わるまではそのままにしていたのが仇《あだ》になった。

「じゃあオーダーストップだね……メニューにシール貼《は》るか」

「いや、それがさあ、……ひとつ受けちゃってるんだよね」

「ええ？」

参ったな、と顔をしかめた大智に、謝って別のメニューに変えてもらうしかないと藤木もため息をつく。

「でも変更《へんこう》してもらうしかないじゃない。受けたの誰《だれ》？」

「やー、それが瀬里ちゃんなんだけど」

「……どうかしたのか？」

　歯切れの悪い言葉に問いかけると、うっかり問題のオーダー票を皿の下に敷《し》きこんでしまい、相当時間待たせてしまっているというのだ。

「え、どれくらい待たせたの⁉」

「すみません……もう三十分以上経《た》ってます。いま、ドリンクの追加オーダーのついでにまだなのかって訊かれて気づいて」

「ありゃー……」

うっかりしていましたと恐縮《きょうしゅく》する瀬里と大智に、それは困った、と藤木は苦笑した。

人見知りの瀬里は客相手のバイトをもう一年も続けているというのに、いまだにはじめての客は緊張《きんちょう》するらしく、アクシデントに弱いのだ。

失敗がないようにと意識するあまり、却《かえ》って取りこぼしてしまうことがある。まして今日は、そういう瀬里をなにくれとフォローしてくれる真雪もいなかった。

「そりゃ、俺が謝りに行くしかないね」

下手に顔立ちがきれいなのも、この場合には災《わざわ》いする。愛嬌《あいきょう》のある真雪ならば「ごめんなさい」で済むものが、いまひとつ愛想《あいそ》にかける瀬里がぎこちなく謝罪してみせると、どうも心がこめられていないように見えるらしいのだ。

「何番？」

「十二番です。あの、衝立《ついたて》の奥の……」

「ああ」

藤木のいるカウンターバーからはちょうど死角となる位置の、奥まった席だと告げられる。

（それで見落としたか）

ひろびろとしたオープンテラスとは対照的に、店内席はそれぞれがあまり他人を気にせずくつろげるよう籐《とう》や竹でできたパーティションで目隠《めかく》しをしてある。ゆったり酒と話を楽しむための造りではあるが、いささか見通しがきかないという難点もあった。

（今度曾我さんに相談して、もう少し動線考えた配置にしよう……）

気づいていれば注文後相当時間待たせておいてのメニュー撤回《てっかい》はなかったのにと内心ほぞを噬《か》みつつ、藤木はできるだけ声をやわらかくするよう努めた。

「相手、どんな？」

「なんかサラリーマン風の、ふたり連れです……」

様子を窺《うかが》おうとして青ざめている瀬里に問うと、肩《かた》を竦《すく》めてすまなそうに告げる。常連かと問うと、片方は幾度《いくど》か見かけたが、片方はまったく知らないという。

「うるさそう？」

「その一見《いちげん》さんの方が、どうも……まあ待たせてるんで、どっちも機嫌《きげん》よくはないです」

常連であればまだしも、初来店でそれはもうだめだろうと、藤木はため息をついて瀬里の細い肩を叩《たた》く。

「いいよ、俺がお詫《わ》びしてくる。大智、なんかお詫びの品、すぐ出せる？」

「つまみ系でいいっすかねえ」

「いいんじゃないかな。軽いので。……瀬里ちゃんはじゃあ、代わりにカウンター入って。ひととおりはもう、作れるね？」

「はい、あの、すみません」

恐縮する瀬里に気にするなと笑いかけ、これも店長の仕事だと藤木はできるだけ軽い口調で告げる。注文された追加ドリンクはできていたため、大智が手早く作った一品とともにトレイに載《の》せて、藤木は奥まった席へと歩き出した。

いまでこそ藤木は普段《ふだん》あまりウエイター的な接客はしていないが、そこは年季の差というものだ。片手のトレイをぴくりともさせないまま、泳ぐような足取りでテーブルの間を縫《ぬ》うように進む歩みは速い。

「お待たせいたしました。お客さま、申し訳ございません。私どもの手落ちで、ご注文いただいたものを切らしておりまして」

藤木が声をかけると、まずちょうど対面《トイメン》の位置にいる男がふっと眉をひそめた。

「品切れ？　ずいぶん待たされたんだけど」

「遅《おそ》くなりまして大変申し訳ございません」

さほど怒《おこ》ってはいないようだが、呆《あき》れたように告げた男の顔には見覚えがある。いつもマセラティで来店する常連で、派手な車に似合う端正《たんせい》な長身は印象深かった。

「おそれいりますが、早急《さっきゅう》に代わりの品をご用意いたしますので、こちらからお選び頂けますでしょうか」

メニューを差し出しつつ、微笑みかける。やわらかな物腰《ものごし》の藤木が甘めのなめらかな声で謝罪を入れると、大抵《たいてい》の人間は毒気を抜かれて怒りきれない。

「代わりって……どうする？」

「俺はかまわないが」

案の定、困った顔を見せた彼は、さほど気の短いタイプではないようだ。藤木に背を向けた位置にいるスーツの男も――彼がおそらく、注文の主なのだろう――煙草《たばこ》の煙《けむり》と同時に、静かな抑揚《よくよう》のない声で鷹揚《おうよう》に応《こた》えている。

（そんなにきついタイプじゃなさそうだ……よかった）

ふたりとも年格好は三十代頭といったところだが、常連の方は服装も髪型《かみがた》もラフなスタイルでいる。気の置けない様子から言っても、商談やなにかでなく友人同士たまたま食事に来た程度のものだろう。時間に追われている様子もないことにはほっとしつつ、藤木は手にした小振《こぶ》りなバスケットをテーブルに置いた。

「また、こちらお口に合うかわからないのですが、お詫びの気持ちですのでどうぞ」

小さなエビパンはつなぎ程度にほどよく、食事の邪魔《じゃま》にもならないだろうというチョイスだった。するりとうつくしい手つきで差し出した藤木に、スーツの男は静かに答えながら、長い指でメニューを受け取った。

「別に、そこまで気を遣《つか》わなくてもいいですよ。待ちますから」

非礼を詫びるため伏《ふ》し目がちにしていた藤木はそこでようやく顔を上げる。

「おそれいり、ま――」

「え……？」

だが、謝罪の言葉を、彼は最後まで紡《つむ》ぐことはできなかった。ごく近い位置で目を瞠《みは》ったままの男も、言葉を失ったように息を呑《の》み、ややあって喉奥《のどおく》から絞《しぼ》り出すような声を発した。

「……藤木、か？」

（う、そ）

どうして、なぜ、こんなところに彼がいるのかと、藤木は凍《こお》りつく。

「嘉悦……さん？」

かすれきった声はほとんど音にはならず、かすかに空気を震《ふる》わせるだけのものになる。

一瞬《いっしゅん》すべての状況《じょうきょう》を忘れ、懐《なつ》かしい端整な顔を食い入るように凝視《ぎょうし》した藤木は、動揺《どうよう》のあまり、びくりと大仰《おおぎょう》に身を引いた。

「ちょっと、おいっ？」

それがまるで逃《に》げるような動作に見えたのだろう。はっと嘉悦がその長い腕《うで》を伸《の》ばしてきて、その薬指に光るものがあると気づいた瞬間《しゅんかん》、藤木の恐慌《きょうこう》はひどくなった。

「あっ……！」

もうなにも考えられず、咄嗟《とっさ》に避《さ》けようとした藤木の腕は、たったいまテーブルにサーブしたばかりのロングドリンクグラスと水の入ったそれをはたき落としてしまった。

派手な音を立てたそれは嘉悦の上等そうなスーツへと真っ逆さまに落ちていき、グラスを満たしていた酒は彼の身体《からだ》をしたたかに濡《ぬ》らした。

「も、申し訳ございません！」

「……いや、いいが」

慌《あわ》ててしゃがみこんだ藤木は、グラスを拾い上げるなり「いまタオルを」と震える声で言った。

（なんで、なんで、なんで）

忘れようとして必死に努力して、そしてこんな場所にまで逃げてきたはずの相手に、なぜいまになって会ってしまうのだろう。

頭の中が真っ白で、なにをどうしていいのかわからない。足下《あしもと》にうずくまり、長い脚《あし》にしたたり落ちるそれを自分のタブリエで荒《あら》く拭《ぬぐ》いながら、貧血を起こしそうな身体を必死で堪《こら》えていると、頭上からひそめた声が落とされる。

「聖司さん、タオル」

「あ、ああ……あり、がとう」

物音を聞きつけたのだろう、やってきたのは大智だった。めずらしい藤木の失態のフォローをしてくれようという彼に、覚えず縋《すが》るような目でもしていたのだろう、一瞬だけ大智はその切れ長の瞳《ひとみ》を見開く。

「……ここ、俺がやるから、聖司さんはおしぼり取ってきて。足りそうにないでしょう」

だが、その気遣わしげな声に、ふっと藤木は正気を取り戻《もど》した。

(なに、動揺してるんだ)

ここで大智にフォローされてしまってはもう、立つ瀬《せ》がなさすぎる。乱れそうな呼吸を唇《くちびる》を噛《か》んで押し殺し、ぐっと歯を立てた痛みで自分を律した藤木は、軽く首を振《ふ》って立ち上がる。

(大丈夫《だいじょうぶ》)

いまさらこんなことで狼狽《ろうばい》するほど、子どもではないはずだ。何度も言い聞かせながら息をついた藤木は、顔を上げるなりにっこりと微笑んでみせた。

「重ね重ね、失礼をいたしました。……お久しぶりです、嘉悦先輩《せんぱい》。突然《とつぜん》で、ちょっと驚《おどろ》いてしまって」

「え……」

嘉悦が驚いた様子でなにかを言おうとするより先、連れの男が口を開く。

「なんだ？　嘉悦さん、知り合いだったの？」

「あ、ああ……高校の後輩《こうはい》で。でも……もうだいぶ会ってなくって」

「へえ！　店長、そうなの？」

「はい、ご無沙汰《ぶさた》してました」

すごい偶然《ぐうぜん》だな、と感心したように告げた男は、それはともかくと足下を覗《のぞ》きこむ。

「これじゃあ東京まで帰るのに大変だな……俺の服でよければ貸すけど、どうします？」

「いや、しかし車が汚《よご》れるでしょう」

申し出はありがたいが、これではあの車に乗れないだろうと嘉悦も苦笑《くしょう》した。腿《もも》から臑《すね》まで滴《したた》っていた水混じりの大量の酒は、嘉悦の上質そうなスーツの裾《すそ》とシャツの胸元《むなもと》、スラックスまでをびしょぬれにしてしまっている。

「そんなのはかまわないけど」

「マセラティの革張《かわば》りシートだめにする方が、俺には恐《おそ》ろしいよ」

「ほんとに、申し訳ありません……」

じっとりと水気を吸ったスーツの裾を摘《つま》んで言う嘉悦に、いまさらながら弁償《べんしょう》ものだと青ざめる藤木のうしろから、提案を持ち出したのは大智だった。

「……あの、よかったら俺の服貸しましょうか？　それとりあえず着ておいていただいて、食事してる間に急ぎのクリーニングに出せば、たぶん二時間程度できれいになると思いますけど」

「え……？」

　着るものと言ってもジーンズとシャツ程度しかないがと、けろっと告げる大智は、確かに嘉悦と同じほどに体格がいい。しかしいくらなんでも差し出がましいだろうと藤木は思う。

（どういうつもりなんだ……大智）

　飲食店をやっていれば、たまに客の服へ酒や料理をこぼすなどのトラブルもないわけではない。その場合は、クリーニング代にタクシー代を含《ふく》め色をつけて渡《わた》し、あとは平謝りで勘弁《かんべん》してもらうのが大抵の対処だ。

　五年も勤めていて、そんなことをわからない大智ではないのだがと訝《いぶか》るうちに、ふたりの間ではどんどん話が進んでしまう。

「だが、きみの着替《きが》えと言ってもわざわざ持ってきてもらうわけには」

「いいえ。俺、この上に住んでますし」

「……じゃあ、すまないがお言葉に甘えるよ」

　状況的にもいまはその急場しのぎが一番妥当《だとう》だろうということで、嘉悦も苦笑いをしつつ大智の申し出に頷《うなず》いた。

「んじゃ聖司さん、俺はここかたしてるから、上で着替え見繕《みつくろ》ってあげてよ」

「え、あの……大智？」

「久々に会った先輩なんだし、俺がついてくよりその方がいいでしょ？」

いってらっしゃいとひらひら手を振る大智に、まだ動揺を引きずっている藤木は眉《まゆ》をひそめるしかない。

表面上なんでもない顔を繕うのが精一杯《せいいっぱい》で、先ほどもまともな判断ひとつできなかった。その情けなさもあり、またこれ以上時間をかければますますスーツがだめになってしまうと、藤木も諦《あきら》め混じりにため息をつく。

「それじゃ……こちらにどうぞ」

「ああ。すまない」

最上階の自室には、外からの玄関《げんかん》とは別にバックヤードを通り抜《ぬ》けての階段が繋《つな》がっている。

少々情けない状態になってしまっている嘉悦もあまり人目につきたくはないだろうと誘導《ゆうどう》すれば、不安顔の瀬里がそこで所在なげに立ち竦《すく》んでいる。

「あの、俺っ……」

「ちょっとまかすね」

思い詰《つ》めた顔でいる彼に「大丈夫」と肩《かた》を叩《たた》いて先に進み、店と裏階段を繋ぐドアを閉める。

途端《とたん》、店内に流れていた音楽もひとの声も聞こえなくなり、こっそりと藤木は緊張《きんちょう》を嚙みしめた。

「少し急な階段なんで、気をつけてください」

「ああ」

平静を装《よそお》いつつ、藤木の心臓はもう破裂《はれつ》しそうになっている。背後の嘉悦の気配を痛いくらいに感じてしまって、息が止まりそうだと思う。

（いつ、日本に帰ってきたの）

そしてなぜここにいるのかと、問いただしたいことはいくらもあって、けれど先ほど気づいてしまった左薬指のリングが、藤木の唇を縫《ぬ》いつけたように重くする。

――高校の後輩で。

ためらいがちにそう説明した嘉悦の言葉が、いまの藤木と彼の関係を、ただそれだけなのだと物語るようだった。驚愕《きょうがく》をあらわにした表情に、疎《うと》んじられているのだろうかとさえも考え、藤木は口の端《はし》に自嘲《じちょう》の笑《え》みを浮《う》かべた。

（なにを、いまさら）

そう仕向けたのは自分だ。嘉悦にしてもあの友人らしい男がいなければ、ここを訪《おとず》れることもなかっただろうし、再会したところで――なにが起きるはずもない。

気まずいのはきっとお互《たが》い様《さま》だと、そう割り切ればいい。

「ここです。もし中までべたつくようであれば、濡《ぬ》れたタオルでも」

「藤木」

玄関の鍵《かぎ》を開け、とにかく入ってくれと促《うなが》したところで、嘉悦の低い声がする。一瞬《いっしゅん》動きを止めた藤木は、できる限り平静な表情で振り向いた。

「……なんでしょう？」

そこには、十年を経てさらに精悍《せいかん》さと迫力《はくりょく》を増した嘉悦の端整《たんせい》な顔があった。戸惑《とまど》うように、鋭《するど》い目元をかすかに細めているのがどういう気持ちから来るものかわからず、しかし確かに藤木は見惚《みと》れてしまう。

嘉悦は三十を過ぎて、ますます男ぶりが上がったかもしれない。あの頃《ころ》から若者らしからぬ落ち着きのある男だったけれど、ささやかな所作にも自信と落ち着きが見て取れる。

（スーツ姿なんか、見たことなかったな……）

面影《おもかげ》は確かにあるけれど、そこにいるのは藤木の知っているかつての恋人《こいびと》と似て非なるもののようだった。

だがそんな彼は、見た目の印象とは裏腹のひどく揺《ゆ》れた声で、思ってもみないことを問いかけてきた。

「さっきの、あの彼とは……一緒《いっしょ》に暮らしているのか」

「は……？　え、彼って」

大智のことかと問い返そうとして、藤木ははっとした。

ただの店員にしては親しげな呼びかけや態度、そして生活を同じくする事情を知って、嘉悦がなにか誤解をしたらしいと気づいたからだ。

「大智……くん、と言ったか。まだ、だいぶ若いようだけれど」

「あの、それは——」

別にそういうことではなく、単純に下宿の管理人と店子《たなこ》のようなものだと告げようとして、しかし目を落とした藤木は彼の指に輝《かがや》くプラチナのリングにはっとなり、言い訳めいた言葉を口にするのをやめる。

(新しい男ができたって、思った方が……楽かもしれない)

なにしろ再会してまだ数十分という時間では、嘉悦がそんな藤木をどう思ったものかは判別がつかなかった。けれど、いまはおそらく妻との平穏《へいおん》な生活を営む嘉悦にとって、過去のあやまちそのものである藤木の存在は、不安と疑心をかきたてるだけだろう。

「……まあ、そうですね。五年くらい前から一緒に」

「そんなに前から？」

だが、その言葉に嘉悦はほっとするどころか、きつく眉を寄せて勢いこんだようにさらに問いかけてきた。藤木はやんわり笑って、はぐらかすように逆に質問を投げてやる。

「そんなにって……そちらこそ、いつ日本に戻《もど》られたんですか」

「三年前だが……」

明るい笑みにむしろ嘉悦の怪訝《けげん》な様子はひどくなったが、藤木は気づかないふりで言葉を続けた。

「そういえば、今日はお友達の方とご予定があったのでは？　お時間は大丈夫《だいじょうぶ》ですか？」

「友達というか……向こうで、仕事のつきあいで知り合ったひとで。最近フリーになったから、一度遊びに来てくれと言われただけだし、今日はもう午後からはオフだ」

「そうですか、でしたら申し訳ありませんが、着替《きが》えて少しゆっくりなさってください」

意図的に、かつては使わなかった丁寧語《ていねいご》でしか喋《しゃべ》ろうとしない藤木に、嘉悦はどこか不愉快《ふゆかい》そうな瞳《ひとみ》を見せた。どういうつもりなのだと、雄弁《ゆうべん》な視線に見据《みす》えられて藤木は俯《うつむ》く。

（なんで、そんな顔すんだよ）

傷ついたような気配もした気がするけれど、それは「そうあってほしい」と思う藤木の都合のいい錯覚《さっかく》だろう。あれほどに手ひどく傷つけておいていまさら、嘉悦がなにがしかの情をこちらに向けているとは思えない。

（ああ、それとも……怒《おこ》ってるのかな）

そう考えてふと、藤木は笑い出したくなった。

――だいたいさあ、本気でこの先ホモやってけるわけないんだし。

同性との恋愛《れんあい》を、あんな言いざまで否定しておいて結局は男と暮らしているのかと、無言で責められた気がした。一連の藤木の言動は、年下の男を家に引っ張りこむような人間になったのかと、そう見下されても仕方ない。

もどかしく、息苦しいような空気が藤木の薄《うす》い身体《からだ》を押し包む。これ以上は耐《た》えきれないと急いで鍵を開け、とにかくこの時間をやり過ごすしかないと思った。

（どっちにしろ……いまだけの話だ）

着替えを貸して、スーツをクリーニングして。そうしてきっとこの店を出たら、二度と嘉悦はここには訪れるまい。

「まあとにかく、スーツ着替えてください。染《し》みにならないといいけど——」

そう思って、鍵を開けた瞬間《しゅんかん》だ。

「あっれ、聖ちゃん？」

事務的な口調で告げながらドアを開いた藤木の前には、バスタオル一枚というとんでもない格好の真雪が立っていた。

「ま……真雪⁉　おまえなにしてんだ！」

「なにってすっげー雨じゃん。身体冷えたからあったまりにきたんだよ。波はいいんだけど、水温低いし。寒かったのなんのって！　死ぬかと思った凍《こご》えて」

二十歳《はたち》の女の子が裸《はだか》同然の姿でいるというのに、真雪はごくあっけらかんとしている。胸が小さいことをからかわれるだけで怒ったりするのに、どうも彼女はその辺の羞恥心《しゅうちしん》が薄い。海辺でウェットスーツを脱着《だっちゃく》しているうちに、羞《は》じらいまで脱《ぬ》いで放《ほう》り投げてきたんだというのは大智の弁であっただろうか。

（なんだってこのタイミングで……！）

もういい加減藤木はそういう態度に慣れもしていたが、今日のこれはあまりにもまずい。

「なにそんな驚《おどろ》いてんの？　って……ありゃ、お客さん？」

「あ、いや……」

ひょいっと背後を覗《のぞ》きこんだ真雪がけろんと笑い「こんな格好ですみませーん」と言うさまを、嘉悦は凍《こお》りついたまま言葉もない様子で眺《なが》めている。

「あっ、でも下ちゃんと水着着てるから、気にしないでねオジサン」

「ま、真雪っ！　失礼なこと言わないで、早く服を着ろ！」

「なに怒ってんのぉ？　いつものことじゃん、変な聖ちゃん」

声を上擦《うわず》らせた藤木に窘《たしな》められ、むうっと唇《くちびる》を尖《とが》らせた真雪はすんなりした脚《あし》を惜《お》しみなく晒《さら》したまま自室へ引っこもうとする。

「あ、ちょっと待った。大智の部屋の鍵どこだっけ」

おのおの部屋はちゃんと施錠《せじょう》されるようになっているが、大智も真雪もおおざっぱな性格をしているため、しょっちゅうそれを忘れる。

プライベートな空間なのだから、家を出るときにはちゃんと鍵をかけ、自分で管理しなさいと告げているのは藤木だった。

まして真雪という異性がいる共同生活の上では、注意するに越《こ》したことはない。なにかささやかなもめ事でも起きた場合に、無用な詮議《せんぎ》をお互いかけたくないだろうという弁に従い、いまではふたりともちゃんと施錠をする習慣がついている。

だがその鍵そのものを、大智はそこかしこに放り投げるし、真雪もほぼ同様だ。

「んあ？　あー、あいつたぶんリビングのリモコン入れにつっこんでるよ」

案の定、なんのための鍵なのだという答えが返ってきて藤木は脱力しつつ、真雪に教えられた場所にある籐製《とうせい》のカゴを探《さぐ》った。

「まったくもう、これじゃなんの意味もないじゃないか……」

「別に盗《と》られるもんなんかないし、いいじゃん。あ、聖ちゃん。もう今日雨ひどくてだめだから、忙《いそが》しかったら夜から出るよ？」

「わかった、頼《たの》む」

んじゃね、とひらひら手を振《ふ》って部屋に消えた真雪にため息をついた藤木は、うっかり失念していた嘉悦の存在にはっとなる。

振り返ると、そこには困惑《こんわく》の色をありありと浮《う》かべた彼が立ち竦《すく》んでいて、しまったな、と藤木は思った。

「……どういうことなんだ？」

「あ、ええと……なにが？」

「彼と暮らしてたんじゃないのか？　いまの女の子はいったい」

詰問《きつもん》するというよりも、わけがわからないという口調だった。それだけに藤木はもう、説明するしかないだろうと諦《あきら》める。

（なんだからって真雪もタオルいっちょだよ……）

男と同棲《どうせい》しているだけならまだしも、真雪を交えて三人して爛《ただ》れた生活を送っていると誤解されるのは、さすがに藤木自身あまりに情けないと思えたからだ。

「あー、と。いまの子はうちの店員で、サーファーなのね、見たとおり。で、ここは……俺がオーナーから借りて、まあ……、社員寮《りょう》というか、下宿屋もどきみたいな状態になってるわけ」

「そうなのか？」

「そうなのかって……実際そうだから」

なんだか意味もなく疲《つか》れを覚えつつ、大智の部屋の鍵《かぎ》を開ける。おおざっぱな割にきれいずきの彼の部屋は一応整頓《せいとん》されているものの、そこには店のインテリアよりもディープな中近東やアジアの土産物《みやげもの》や、なんのものとも知れない土器のかけらがずらりと並び、壁《かべ》のタペストリーもなんだか怪《あや》しげなゴブラン織りもどきだ。

あまりにも趣味《しゅみ》が偏《かたよ》った、煩雑《はんざつ》な印象の部屋に嘉悦が息を呑《の》むのがわかって、藤木は思わず笑ってしまう。

「はは。部屋こんなんだけど、服の趣味は普通《ふつう》だから、心配しないで」

「……だったら助かるが」

ちょうど取りこんだばかりだった洗濯物《せんたくもの》がベッドの上に積み上がっており、シンプルな白いシャツとブルージーンズを手に取る。これでいいか、というように掲《かか》げてみせると、嘉悦は頷《うなず》いた。

「ジーンズなんかもう何年も穿《は》いてないな」

「ストレートだから、そうだらしなくないと思うけど」

どうぞ、と洗い立てのそれを差し出して苦笑《くしょう》する。一瞬《いっしゅん》だけ屈託《くったく》を忘れた藤木の様子に嘉悦はなぜか眩《まぶ》しげな表情を見せて、どきりとした。

「あ、と。……き、着替《きが》えはここでしちゃってください。それとスーツ、脱いだらすぐクリーニングに」

「……藤木」

慌《あわ》てて目を逸《そ》らし、部屋を出ようとした藤木に静かな声がかけられる。ただ名前を呼ばれただけで、もう身動きもできなくなる自分に舌打ちでもしたいような気分で、振り返らないまま「なんでしょう」と答えた。

「なぜ、消えた」

質《ただ》されて当然とも、なぜいまさら訊《き》くのだとも思える問いだった。答えなど、誰《だれ》よりも嘉悦が知っているはずだろうと思いながら、藤木はあえてそれを笑い飛ばす。

「消えたってそんな、大げさな……」

「日本に帰ってきて、真っ先におまえのところに行ったんだ。そうしたら家は引き払《はら》っていたし引っ越し先は誰も知らない」

これが消えたんじゃなくてなんなんだと、嘉悦は苦い声で続けるが、藤木は取り合わない。

「子どもの頃《ころ》のつきあいなんか、そんなもんじゃないですか？」

嘉悦の言う通り藤木はあの当時の家は既《すで》に引き払ってしまっていたし、結婚《けっこん》したと知って以来、昔の友人たちにもいっさい連絡《れんらく》を取っていなかった。

嘉悦に関する話をいっさい聞きたくはなくての行動ではあったが、そもそもお互《たが》いの恋愛《れんあい》を知られたくないあまり、表だって嘉悦と親密にしているようには見せないでいたから、いちいち彼のことを教えてくれるものもさほどにはなかった。そうと知りながらも、すべてを捨てる以外に藤木にできることはなかった。

そしてそれは同時に、嘉悦の前からすべての藤木の痕跡《こんせき》を消す作業でもあったことは、誰よりも自分がわかっていた。

「お父さんも、亡《な》くなったんだろう。なぜ教えてくれなかった」

別れた男にそんなことを教えてどうするというのか。露悪《ろあく》的なことを呟《つぶや》きそうになって、しかし藤木はそれを口にしなかった。

なにか少しでもよけいなことを告げれば、十年かけて打ち消そうとしていた執着《しゅうちゃく》と未練がすべて溢《あふ》れてしまいそうだと思った。

「……昔の話です」

だからただ、静かに微笑《ほほえ》んでひと言だけ口にすれば、嘉悦はその短い言葉に拒絶《きょぜつ》を感じ取ったのだろう。

「俺はっ……！」

「スーッ、早く着替えてくださいね。ご友人も、待っていらっしゃるでしょう？」

失礼します、とまた他人行儀《たにんぎょうぎ》な態度に戻《もど》った藤木へ、嘉悦はなにか言葉を探しあぐねたように口をつぐんだ。複雑で痛ましいそれにずきずきと胸は痛むけれど、顔に出したりはしない。

「そこで待ってますから……それじゃ」

にっこりと微笑んで後ろ手にドアを閉めた瞬間《しゅんかん》、恐《おそ》ろしく長い息が零《こぼ》れる。がたがたと手が震《ふる》えていて、苦笑した藤木は自分の手首をきつく掴《つか》んだ。

（落ち着けよ……）

姿を消したことを追及《ついきゅう》され、さらりと躱《かわ》した藤木に、嘉悦は確かになにかを言いかけた。けれどそれを聞くのが、どうしようもなく怖《こわ》かった。

嘉悦にもし「だったら葬儀《そうぎ》に参列したかった」などと言われたくなかった。十年を経たからこその、大人として当たり前の社交辞令など、彼の口から聞きたくなかった。

（自分で言ったくせに……！）

昔のことにできないのは藤木の方だからだ。もう既にこだわるほどの価値もなく、ただ旧《ふる》い友人の父親のために哀悼《あいとう》の意を述べられる、その程度には薄《うす》まった情など知りたくない。

いっそ顔も見たくないと吐《は》き捨ててくれた方が、いまよりもずっとましなのに――。

「……聖ちゃん？」

ドアにもたれるようにしてうなだれていた藤木に、そっとひそめた声がかけられる。着替えを済ませた真雪はもう普段通り《ふだんどお》りのジーンズにシャツ姿だ。この日はあまりの悪天候に、もう波乗りは諦めたらしい。

「あ、……ああ、どうした？」

「どうしたは聖ちゃんだよ。どっか痛いの？　なんかあった？」

大丈夫《だいじょうぶ》なのかと覗《のぞ》きこんでくる真雪の、動物のようなまっすぐにやさしい目に藤木は不意に泣きたくなった。だが、いくらなんでも十近く年下の女の子に慰《なぐさ》められるのは情けない。

「なんでも、ないよ。……そうだまゆきち、お使い頼《たの》まれてくれるか？」

「んー、いいけど。なにすんの？」

子どものように案じている、頭ひとつ小さな彼女の湿《しめ》った髪《かみ》を軽くはたいて、平気だからと藤木は笑う。そのごまかしに不服そうに真雪は唇《くちびる》を尖《とが》らせたが、深く追及はしないまま頷いた。

こういうところは大智と似ていると思う。おおざっぱで図々《ずうずう》しいように見えて、踏《ふ》みこまれたくない領域には絶対に触《さわ》らないようにしてくれる彼らだから、藤木も安心して一緒《いっしょ》にいられるのだ。

「さっきのひと、店でお酒こぼしちゃったんだ。スーツ、白荘舎《はくそうしゃ》さんに持っていって、ブルーサウンドのお使いで大至急、って言ってくれる？　で、仕上がる頃に取ってきて」

「あい、お使いおっけーです。でも雨すごいよ、服だいじょぶかな？　スーツ取ってきても濡《ぬ》れちゃうよ、歩いてじゃあ」

それで突然《とつぜん》の来客だったか、と頷いた真雪はふざけたように指を二本揃《そろ》えて敬礼してみせる。

「タクシー使っていいよ。……あ、ついでに翡翠麺《ひすいめん》、駅前で買ってこれる？」

「なに、切れちゃったの？　あれいつもの業者さんじゃないとなくないかなあ。スーパーで売ってる？」

「駅裏の紀ノ国屋《きのくにや》ならあるんじゃないかと思うんだけど……あ、どうでした、か……？」

細かな指示を出していると、背後のドアが開く。嘉悦の着替えが終わったのだろうと振《ふ》り返り、藤木は言葉を失った。

「サイズはちょうどだった。悪いがこれを」

大智のものであるはずのジーンズと、どうということのない白いシャツは、かっちりとしたスーツが板についている嘉悦には不似合いであるのではないかと予想していた。

けれど、ラフな衣服を大柄《おおがら》で引き締《し》まった身体《からだ》に纏《まと》えば、彼の印象は覆《くつがえ》される。落ち着いて見えても、その実まだ充分《じゅうぶん》に若さを残した甘く端整《たんせい》な顔立ちであったのだと思い知り、ぎしりと痛む胸を藤木は堪《こら》えた。

「藤木……？」

「ああ、はい。……じゃあ、真雪。頼むね」

声をかけられ、慌てて目を逸らしながらスーツを受け取る。それをそのまま、用意しておいた紙袋《かみぶくろ》に入れて真雪に手渡《てわた》す瞬間、無言で頷いた彼女はまたあの気遣《きづか》わしげな目を見せた。

「……気をつけて、行っておいで」

「うん……」

「じゃ、俺らも店に戻るから……嘉悦さん、こちらにどうぞ」

「……ああ」

不自然な沈黙《ちんもく》に嘉悦が訝《いぶか》っているのもわかっていたけれど、藤木はなにも問わせまいと、空々しいまでに明るい仕事用の笑《え》みを浮《う》かべた。

(昔みたい、だ……)

学生のような服を着た彼に、恐ろしいまでに動揺《どうよう》していた。

ジーンズに、真っ白なシャツ。あの頃よく見たスタイルの、懐《なつ》かしいような嘉悦がそこにいて、いまこの瞬間ようやく、彼と再び会ってしまったことの実感を覚える。

だがそれがなんだと、藤木は胸の奥底に眠《ねむ》る痛みをかみ殺した。

終わったことだ。彼との関係を断《た》ち切ったのも、そしていま、消えた理由を問うなと告げたのもまた藤木なのだ。

そんな自分がなにを傷ついた顔を晒《さら》せるものか。そんな資格さえありはしない。

「本当に本日は失礼をいたしました」

「……却《かえ》って、すまなかったな」

決して目をあわせないまま穏《おだ》やかに微笑み続け、そのくせとりつく島もない藤木に、嘉悦も諦《あきら》めたようなため息をつく。ささやかな吐息《といき》に、呆《あき》れられたようでつらいと思いながらも、藤木はそれをおくびにも出さなかった。

「とんでもございません。では、ごゆっくり」

店のテーブルに戻ればそこには、大智がさらにお詫《わ》びの品を出していた。今度は生春巻か、と視線でチェックして、もうこれはすべての支払《しはら》いをチャラにするべきだろうと思う。

「うわ、嘉悦さん別人みたいですね」

「勘弁《かんべん》してくださいよ……」

席に着いた彼に、待ちながらそれらを摘《つま》んでいた男はひどくおかしそうに冷やかしてきて、一礼した藤木はその場を去る。

「ああ、聖司さん。勝手にお詫び追加しましたけど」

厨房《ちゅうぼう》近くを通りがかると、ひょいと顔を出した大智が声をかけてきた。

「ばっちり。ありがとうね大智。服も、勝手にあれ漁《あさ》ったけど」

「うん、あれ出しっぱなしだからちょうどいいかなと思ったんで……あ、ついでにさっきの生春巻、瀬里ちゃんに運ばせましたから」

最後の方は耳打ちをするように小さな声になっていた。失敗はその場で挽回《ばんかい》しておかせた方がいいと踏んでの指示に、それでいいと藤木も頷《うなず》く。

しかし、そんな風に状況《じょうきょう》判断ができる彼がなぜ、あえて藤木を上に行かせたのかという疑問はさらに膨《ふく》らんだ。

「でも、大智。なんで――」

「あーっと。次の注文あるんで、あとでまた」

おまけに問いかけようとした瞬間、あからさまに逸《そ》らされる。まあこれは家に戻ってからでいいと、藤木はひどく億劫《おっくう》な気分でため息をついた。

「聖ちゃん店長ーっ。おつかい行ってきたよう。一時間でやってくれるってー。で、翡翠麺はやっぱりなかった」

「ああ、お帰り。お疲《つか》れさん。それじゃ、メニュー消しておいて」

いずれにせよ思い悩《なや》んでいる場合ではない。最後にスーツを渡したら、もう一度挨拶《あいさつ》をして、それで今度こそ嘉悦と会うこともないだろう。

「聖司さん、スピリタスとエールビール、三番で」

「こちらソルティドッグ、七番追加です」

カウンターで瀬里と入れ替《か》わると、次々と注文がやってくる。雨脚《あまあし》の強さに客が引くかと思いきや、回転は悪いものの遣《や》らずの雨に足止めされて居続けの状態になっているようだ。

ふっと短く息をついて、これからまだ半日ある仕事に集中するため、藤木は唇を引き締めた。

＊　＊　＊

その後、藤木はできる限りテーブル席には寄りつかずに済むよう、カウンターの中でひたすら働いた。

嘉悦の着替《きが》えの際には忙《いそが》しさを理由に真雪に部屋を案内させ、最後の最後で丁重《ていちょう》な詫びを告げる瞬間《しゅんかん》まで、彼の前に顔を出さなかった。

忙《せわ》しなく立ち働く様子に、嘉悦とその連れも特に思うところはなかったようで、やんわりと笑んだまま「またお越《こ》しください」と告げた藤木に、ただ黙《だま》って頷いていた。

むしろおさまりがつかなかったのは藤木の方だ。夜半になっても弱まることのない雨に、これはもう早じまいだと通常より五時間近く早めに店を閉め、瀬里をはじめとした店員を全員あがらせた。

「……大智、ちょっと」

「はいはい」

そうして自室に戻《もど》るなり、話があると告げた藤木を予想していたのだろう。なにごとかと問うこともせず、飄々《ひょうひょう》とした青年は手招かれるままに藤木の部屋へと顔を出した。

「はい、お茶。ジャスミンティーでいい？」

「ありがと。ところで今日のことだけど」

ご丁寧《ていねい》に酒ではなくお茶まで淹《い》れてくるあたり、長丁場の話を覚悟《かくご》してもいるのだろう。大智のそれとは対照的に、シンプルなモノトーンで統一された藤木の自室は、いっそ殺風景なまでにモノが少ない。

「なんで、わざわざ俺に行かせたの」

「それこそわざわざ訊《き》くことでもないと思うんだけどね」

壁際《かべぎわ》のベッドに腰掛《こしか》けた藤木の正面、床《ゆか》にあぐらをかいた大智は、不機嫌《ふきげん》そうな藤木を前に平然と自分のカップを啜《すす》る。

「今日のお客さん。例の、昔の彼氏でしょ」

「……やっぱりそれか」

予想通りの答えだった。気づいていたかと顔をしかめた藤木を前に、ふうっと息をついた大智は長めの髪《かみ》をかき上げる。

「そりゃもう、あそこまでキョドった聖司さん、俺は見たことないもんね」

訳ありだとわからないわけがない。きっぱり言い切る大智に、藤木は情けなくてうなだれてしまう。

「でも、だからってなんでわざわざ……あんな、誤解招くみたいな言い方して」

「誤解招いてひっかかってくれるくらいなら、脈まだあんじゃねえかなあと。遠目にも、あちらさんも結構動揺してたっぽいし」

　ゆっくり話せればいいかなあと思って、と続けた大智は、気《き》を利かせたつもりでいてくれたようだ。だがその動揺の理由がどんな種類であるかまで、この聡《さと》い青年は気づかなかったのだろうか。

「よけいなお世話かなあとは思ったんだけど……どうもね、あのまんまにしとく方が俺的にはまずい気がして」

「その根拠《こんきょ》はなんなんだよ」

「根拠？　ないよ。ただのカン」

　平然と言ってのける大智に目眩《めまい》がしそうだ。ただの勘《かん》働きで十年かけて忘れようとしていた男とふたりきりになるお膳《ぜん》立てなどしないでほしかった。

　第一いまさら、本当に、話すことなどないのだ。

「あのねえ、あっちはもう結婚《けっこん》してるんだけど」

「……あーうん。それは、着替えてきてからわかった」

　これでしょうと、眉《まゆ》を下げて自分の左の薬指を指してみせる彼に、藤木もため息をついて頷く。

　大智には忘れられないひとがいると教えたのみで、嘉悦の名前はもちろん、彼が結婚していることや、その後どうしているのかについても話したことはなかった。

教えていれば大智も、あんな真似《まね》はしなかったのだろうとほぞを噬《か》むけれど、藤木としても自らの傷口をほじくり返すようなことを口にしたくなかったのだからしょうがない。

「だから、俺ちっとしくった？　とか思ってはいるのね。……話、できたの？」

「んー……それがねえ。思ってもみないアクシデントが」

苦笑《くしょう》した藤木が続けるまでもなく「真雪か」と大智もため息をつく。

「あいつがおつかいしましたーって店に顔出したから、おおかた予想はしてたんだよなあ……ったく。なんでそのタイミングで部屋にいるかな」

「おかげで、ある意味助かったけどね」

——なぜ、消えた。

静かな力強い声で問われて、十年前の別れが、まだなまなましく膿《う》んだ傷口となって残っていることを、厭《いや》というほど思い知らされた。捜《さが》したという嘉悦の言葉に、浅ましくもばかな期待まで抱《いだ》きそうになって、それをひとり押し殺すのは生半《なまなか》なことではなかった。

恐《おそ》ろしく動揺《どうよう》して、あのまま本当にふたりきりになどなったら、藤木の神経は焼き切れてしまっただろう。

のほほんとした真雪の、しかもとんでもない登場のおかげである意味緊張《きんちょう》はほぐれた面もある。大丈夫《だいじょうぶ》なのかと覗《のぞ》きこまれて、いま自分がどこにいるのかさえ見失いそうになっていた藤木は我に返ることができた。

(昔の話なんだ……なにもかも)

そのあと、取り繕《つくろ》う笑顔《えがお》を崩《くず》さずにいられたのは彼女の含《ふく》むところのない情が溢《あふ》れる、あの気遣《きづか》わしげな表情のおかげでもある。

あれ以上の失態を晒《さら》さずに済んだことだけは、本当に救いだ。

いまさら嘉悦に、自分の未練など教えて彼を苦しめたくはない。

「まあ……本当にもう、話すことなんかないんだよ」

諦《あきら》めたように儚《はかな》く笑って呟《つぶや》いた藤木に、大智は少しも納得《なっとく》できていないような顔で言い放つ。

「それは嘘《うそ》でしょ」

「嘘、って」

「ほんとに終わってたら、あんなに聖司さんがうろたえるわけないし」

厭なことばかり言ってくれると思わず苦笑してしまう藤木に、心配げな声で大智はこう続けた。

「聖司さんねえ。自分じゃ普通《ふつう》にしてるつもりだったろうけど、あのあとひどい顔してたよ」

「そう……かな」

「うん。だから雨で早じまいするって言ったけど、そうじゃなくても閉めろって俺、言うつもりだった。まゆきちも瀬里ちゃんも同意」

「そんなに？」

顔に出ていたことも、気遣われてしまうことも情けなく、眉を下げたまま曖昧《あいまい》に笑った藤木に「やっぱり自覚なかったか」と大智は深々ため息をつく。

「なんつうかもう、雰囲気《ふんいき》も表情も全部違《ちが》うんだよ、聖司さん。俺をあしらったときの余裕《よゆう》はなんだったのよって感じで」

少し茶化すようなそれは、藤木を追いつめないようにとの配慮《はいりょ》だろう。お互《たが》いの中ではとうに終わってしまったことのくせに、わざわざ落胆《らくたん》のため息までついてみせる大智に、藤木は少し笑った。

「そんな、あしらうなんて大げさな」

「あしらったじゃん。まあこっちがショックを受けることもできないくらいあっさりきれいにふってくれて、あそこまで見事なのはじめてだったよ、俺」

やれやれと首を振《ふ》ってみせるそれが、やはり芝居《しばい》がかってわざとらしい。第一、大智の告白ときたらおよそ本気にできるものではない。

「そっちだってえらく軽かったじゃないか。会うなりだぞ？　俺がそっちの趣味《しゅみ》なかったら、どうする気だったわけ」

なにしろ店長とバイトという形で引き合わされるなり、手を握《にぎ》って『好きだ』ときたのだ。それをどうやって真剣《しんけん》に受け止めろというのかと、藤木はうろんな表情になる。

「別にどうもしない。ああそうですか、で終わり」

「……やっぱり軽い」

「軽くないよー？　俺はいつでも本気です」

「嘘くさー」

信憑性《しんぴょうせい》がないよと、思わず声をあげて藤木は笑った。

五年も前に終わった会話を、大智とならこんなに軽《かろ》やかに口にできる。なにもはじまらないまま拒《こば》んだ情を、それはそれで仕方ないとしてくれる彼に、結局は甘えているのだろう。

確かに大智とは、恋愛《れんあい》の意味での情を交《か》わすことはなかった。けれど五年のつきあいのうちに、友人として仕事仲間として、この上ない信頼《しんらい》を置いているのは事実だ。

だからこそ誰《だれ》にも話せなかった嘉悦のことを、断片《だんぺん》としてだけでも、彼に打ち明ける気になったのだろう。

「第一、あのひとのこと過去のことにできてたんなら、俺がふられるわけないでしょ」

しゃあしゃあと言ってのける彼には呆《あき》れるような気分になるが、重い空気はなかった。この軽やかさにはいつも助けられていると思いつつ、藤木も雑《ま》ぜ返す。

「……自信過剰《かじょう》じゃないのか？」

「端的《たんてき》に事実。俺、自分からコナかけて落ちなかった相手、聖司さん以外いないもん」

「自分で言うか」

うぬぼれるなと足下《あしもと》の彼を軽く蹴《け》ってみせつつも、その言葉は事実だろうなと藤木も思う。

大智は魅力《みりょく》的な男だった。ルックスも性格も、奔放《ほんぽう》でありながら気遣いの細やかなところも、恋人《こいびと》としてはおそらく完璧《かんぺき》なものがあるだろう。

「俺はね、ふらふらどっか行っちゃう男はやなの」

唯一《ゆいいつ》の難点はいま言った通り、自由すぎる彼がひとところにじっとしていられないことくらいだろう。けれどその放埓《ほうらつ》さも、確かに魅力のひとつではある。

どうしてこの彼を好きにならないのか、藤木自身不思議になるほどで、けれどそれこそ理屈《りくつ》ではないのだろう。そしてそれを理解してくれる大智だから、友情めいたものを持つことができるのだ。

「……じゃあ、ああいうかっちりエリートさん、ってタイプ好きなの？」

冗談《じょうだん》めかした藤木の言葉に、予想よりもずっと真面目《まじめ》な声が聞こえた。ふと顔を上げれば、真剣な表情の大智がこちらをじっと窺《うかが》っている。

「どうだろうなあ……」

茶化すのも限界で、藤木も笑みの種類を変えた。真摯《しんし》な声には、同じほどの気持ちで答えたかったからだ。

「タイプがどうこう、じゃなくって。はじめて好きになったひとだから」

「へえ、初恋《はつこい》か。……それって、きっかけとかあったの？」

「つっこむねえ」

「後学のためにと思いまして」

　ふざけた言いぐさだったけれど、これは胸の裡《うち》を吐《は》き出してしまえと言うことなのだろう。証拠《しょうこ》に、そっとジャスミンティーのカップを取り上げていったん部屋を辞した彼は、藤木の好きな酒を満たしたグラスを手に戻《もど》ってくる。

「その顔で焼酎《しょうちゅう》好きってのもどうかと思うよ、店長」

「ほっといてくれよ」

　藤木は柔和《にゅうわ》な顔立ちの割に結構な酒豪《しゅごう》だ。酒にしてもジンやウォッカ、米焼酎とアルコール度数が八十度を超《こ》えるきついものが好みで、それもロックでいくのが好きなのだ。

　タンブラーに満ちた透明《とうめい》なそれを口に含むと、ちりっと舌が焦《こ》げるような刺激《しげき》と鼻に抜《ぬ》ける爽快感《そうかいかん》がある。

「真雪は？」

「寝《ね》たみたいだな。朝っぱらから海だったから、疲《つか》れたんじゃん？」

　まるで家族のような会話を交わしつつ、静かにグラスを傾《かたむ》ける。深夜になって雨もようやくあがったらしく、しんと静かな部屋には目の前にある海からの波音だけがかすかに聞こえてくる。

　同じようにスピリタスを舐《な》める大智はいっさい話を促《うなが》そうとはせず、気詰《きづ》まりにはならない静かな沈黙《ちんもく》に背中を押されて、藤木は口を開いた。

「……あのひとは、高校の部活の先輩《せんぱい》でさ。うちの高校、結構いいとこのぼっちゃん高校だったんだ。で、俺は奨学生《しょうがくせい》だったんで、なんかひとつ絶対に、部活に入らなきゃいけない規定があって」

「へえ。そんな決まりごとあったんだ」

アルコールに溶《と》かされていく意識の中、ゆっくりと懐《なつ》かしい記憶《きおく》をトレースする。封印《ふういん》したはずのそれは思うよりも鮮《あざ》やかによみがえり、藤木はそっと唇《くちびる》を綻《ほころ》ばせた。

「でも……うちは、父が少し身体《からだ》が悪くて。だからできれば、放課後にはバイトでもしたかったんだけど、その規定のおかげでそれもままならなかった」

藤木はできることなら、籍《せき》だけ置いて幽霊《ゆうれい》部員になれる文化部に入りたかったのだ。だがそうさせてくれなかったのは、一年時の体育テストの結果だった。

「ちょっと走るの速かったせいで、体育会系部の連中に入れ入れってうるさく言われてさあ」

「あ、もしかして、嘉悦さんってその中の部長かなんか？」

「あたり。まあ、勧誘《かんゆう》してきたのはあのひとじゃないんだけど、その二年生がしつっこくて」

中でも熱心だったのが、当時新設して三年目のサッカー部だった。辟易《へきえき》して逃《に》げ回る藤木を追いかけ回し、そのしつこい誘《さそ》いに切れかかったのを助けたのが、部長だった嘉悦だった。

「つってもまあ、言いざまがすごかったんだけど。『やる気のない人間を入れても無駄《むだ》だから、放《ほう》っておけ』って公衆の面前で言い切られて、いかにもできっこないだろうみたいにあのでかい身体で見下ろされてさ」

当時から嘉悦は百九十センチ近い長身で、まだ高校入学したばかりの藤木とは、二十センチ以上の身長差があった。その遥《はる》かに高い頭上から、冷たい、なんの感情もない瞳《ひとみ》で見下ろされての発言は、負けん気の強い少年には耐《た》え難《がた》い屈辱《くつじょく》のように思えたのだ。

「で、どうしたの」

「……腹立ったんでそのまま、入部してやらあ、って言い切った」

まんまと乗せられた自覚はあって、ぶすりと藤木が呟《つぶや》くと、大智は腹を抱《かか》えて笑い出す。

「うはははは！　なに、聖司さんそんなかっとなりやすいひとだったの？」

「俺も若かったんです」

おまけにそのあと、啖呵《たんか》を切った藤木に対して嘉悦が見せた表情は、あまりにも卑怯《ひきょう》だと思えたのだ。

――そうか。じゃあ、よろしく頼《たの》む。

もっとずっと偉《えら》そうに、鼻で笑ったりするのだと思っていたのに、嘉悦は静かな声で手を差し出し微笑《ほほえ》んだ。

あのインパクトときたらなかった。自分よりもずっと大人びた印象のある、怖《こわ》そうな上級生が、あんなにやさしく笑うと思わなかった。

「で、一目惚《ひとめぼ》れ？」

「いや全然。まあ印象は違《ちが》って面食《めんく》らったけど、そのあと部に入ればやっぱり鬼《おに》だった」

そもそもあのサッカー部は嘉悦が友人らと一緒《いっしょ》に、一年生のときに学校に嘆願《たんがん》して作ったものだった。それだけに、実績を残さなければすぐにも廃部《はいぶ》という条件を出されていて、どうでも都大会出場程度の成績は出さねばならなかった。

「ジュニアリーグからやってるような人間にさあ、こっちは素人《しろうと》だってのにまあしごかれて」

「へえ……の割にはあんまりごつくないね、聖司さん」

すんなりとした脚《あし》をしげしげと眺《なが》める大智に「筋肉がつかない体質なんだ」と厭《いや》そうに顔を歪《ゆが》め、藤木はため息をつく。

ハードな練習に耐えかね、新入生の中には脱落《だつらく》していくものも多かった。藤木もご多分に漏《も》れずしょっちゅう吐いては倒《たお》れ、嘉悦に抱《だ》きかかえられてグラウンドを出ることもあった。抱《かか》えられてといっても丁重《ていちょう》に扱《あつか》われたわけではなく、荷物かなにかのように肩《かた》に担《かつ》がれるのがほとんどで、それでも平然としたまま練習に戻る彼には、男としての差を感じて悔《くや》しいばかりだった。

たぶん長いこと、反感の方が先に立っていた。無愛想《ぶあいそ》で無口な先輩を少し苦手に思っていた藤木は、最初の頃《ころ》はあまり積極的に話しかけることはしなかったと思うし、むしろ嫌《きら》いだったかもしれない。

「裏でこっそり『できすぎくん』ってあだ名で呼んでたくらいだしなあ」

「わはは、ドラえもんの？」

「そんくらい嫌味《いやみ》だったんだよ。全国模試毎回一位、スポーツ万能《ばんのう》、顔と身体は見ての通り。おまけにおうちはいいとこの出で、代々続いた松濤のご実家」

「うへえ」

そりゃ嫌味だわと苦笑《くしょう》する大智に、藤木も肩を竦《すく》めてしまう。

「で、そのできすぎくんに、なんで惚れちゃったの」

「んー……」

思い出語りに逃げていたが、大智はさすがにつっこんでくる。気恥《きは》ずかしいようなものを味わいつつ、いつものように胸は痛まない。アルコールのおかげか、大智のやんわりした促しのせいかと思いながら、藤木はそっと遠い目をして天井《てんじょう》を見上げた。

嘉悦を好きになったきっかけは、本当に他愛もないものだった。

奨学生で学費免除《めんじょ》を受けるからには、成績は常にトップクラスを維持《いじ》しなければならない。おまけに体育会系部の中でもかなりハードなサッカー部に放りこまれ、きつい練習に父の世話もあって、当時の藤木がかなりきりきりとしていたのは事実だ。

また、一年時で既《すで》にレギュラー入りを約束され、嘉悦ら上級生にも目をかけられている藤木は、正直いって部内でも浮《う》いていた。

「夏合宿で、千葉の海に行ってさあ。みんなばてばてになってて……でも俺は、なんか疲れすぎて眠《ねむ》れなくって。神経、びりびりしてたんだよな。特にいろいろ……面倒《めんどう》だった頃で」

雑魚寝《ざこね》の合宿所をそろりと抜け出して、海辺に行った藤木の前に、彼がいた。夜中に抜け出したことを咎《とが》められるかと思いきや、平然とした顔でどうしたんだと問われて、疲れすぎて眠れないと言えば、そうだろうなとあっさり頷《うなず》かれた。

「おまえはひとより大変だろうからな、ってさらっと言われて……あれ、って思ったんだ」

ろくに会話もしたことのない上級生相手に気まずくなっていた藤木は、意外なことを言われて驚《おどろ》いた。

おまけにいまよりさらに女顔の際《きわ》だっていた少年期、いささか疾《やま》しいような気分を藤木相手に催《もよお》すものもいないではなかった。

雑魚寝の合宿所を抜け出したのも、一部の不穏《ふおん》な空気を感じ取ったせいもある。

「……セクハラとか、された？」

「うん。……でも、あとで気づいたんだけど、いつも途中《とちゅう》で嘉悦さんがさりげなく止めてた」

表だっての注意ではなく、「うるさい」とか「騒《さわ》ぐな」とか、そういう命令口調のものではあったけれど、思えばいつでも藤木の動向を気にかけてくれていたのだろう。

だがそのときにはまだ、嘉悦の言葉をどう受け止めていいのかもわからず、沈黙が気詰まりだと思いながらも慌《あわ》てて去るのも失礼かと思い。

「喋《しゃべ》ることもなくって、ぼーっとふたりで海見てさあ。そしたら足下《あしもと》にカニがいて」

ちっちゃいやつね、と曲げた指でこれくらいだと示して、藤木は無意識に口元を綻ばせる。

「で、俺はぼーっと見てたら、嘉悦さんがぼそって――かわいいな、って言って」

情緒的《じょうちょ》とはおよそ思えないほど、冷静で無表情な嘉悦に、あまりに似合わない発言だった。

無表情なまま呟くのがおかしくて、噴《ふ》き出してしまったけれど、嘉悦は怒《おこ》るでもなかった。

ただ、あのはじめて見たときと同じ種類の笑《え》みを浮かべて、そういう顔をしてる方がいいぞと藤木の頭を軽く叩《たた》き、そのままふらりとひとり、宿の方へ戻《もど》っていった。

その背中を見送りながら、広い逞《たくま》しい肩がなんだか、いままでと全然違って見えた、それがきっかけといえばきっかけだろう。

「へー……」

そこまでを話したあと、ふと藤木が見やった先、拍子抜《ひょうしぬ》けしたような顔の大智がいた。

「おまえね……へー、てなに。つまんなそうな顔すんなよ、失礼だな」

「だってなんかこう、しみじみ派手なツーショットなのにさあ」

現実の恋愛《れんあい》でそうそうドラマティックな惚れ方などしないだろうと、地味な初恋《はっこい》のエピソードに我ながら恥ずかしくなりつつ藤木は大智を睨《にら》みつける。

「えーっと……キャッチコピーはカニが結んだ恋なのかな？」

「いらん。そんなださいキャッチ」

むすっとしながらグラスを傾《かたむ》けると、だいぶ薄《うす》まった酒はするりと喉《のど》に滑《すべ》り落ちていく。まあまあ、と苦笑した大智は魔王《まおう》のボトルを差し出して、藤木もグラスを傾けた。

「で、実際くっついたのはいつなの」

「その年の、冬かな……あっちの卒業が目前になった頃」

大智言うところのカニ事件があったあとも、ふたりの関係には特に変化はなかった。ただ藤木だけが、静かに育っていく気持ちを持て余しつつ、望みのないそれに諦《あきら》めを覚えていた。

優秀《ゆうしゅう》だった成績に見合う大学へ無事合格した嘉悦は、もうその頃には部活を引退していたし、そうなってしまえばなんの繋《つな》がりもない。

たまに校内ですれ違うと、元気かと声をかけられて、はいと答えるほかに会話もなく。

「……うああ、じれってえふたりだなあ！　がつんと行ってくれよがつんと」

聞いててイライラすると言われ、藤木は赤くなって怒鳴《どな》り返したけれど、事実あの頃誰《だれ》より焦《じ》れていたのは自分だっただろう。

「うるさいっ」

あの夏からたぶんとっくに、お互《たが》いを意識していた。

見交《みか》わした視線の中になにかがあることに気づいていて、けれどなにひとつ口に出せないまま、終わりの日を待つだけの時間はひどく、つらかった。

たぶん、あの日雪が降らなければ、なにもないままに終わっただろうといまでも藤木は思う。

自転車通学だった藤木が、東京で降った数年ぶりの大雪に電車で登校したその日、既に自由登校になっていた嘉悦はなにかの報告で高校を訪《おとず》れていたらしい。

あまりの大雪に、その日は昼で授業もおしまいになり、いつもより早い時間に帰途についた。

そして偶然《ぐうぜん》、嘉悦と同じ電車に乗り合わせたのだ。お久しぶりですと挨拶《あいさつ》したあと、なにを言っていいのかわからないまま、隣《とな》り合わせにドアの前にたたずんでいた時間はひどく息苦しかった。

いくつかの駅を通り過ぎ、目的のそれが近づいても、藤木は降りたくなかった。

(もう、会えなくなるのかな)

嘉悦が降りるまではそうして、黙《だま》ったままでもいいから傍《そば》にいたいと思って、じっと彼の制服のボタンばかり見つめていた気がする。

自宅の最寄《もよ》り駅をとうに過ぎて、二十分ほど経《た》ち、いい加減気詰《きづ》まりになった頃だ。

——あのな。迷惑《めいわく》だったら、悪い。最後だからと思って、聞いてくれ。

ふと嘉悦はまだ降りないのだろうかと思ったそのとき、彼は囁《ささや》くような声でこっそりと言った。

——好きだ。

不器用に小さな告白は、藤木の耳にだけ届けられた。驚いて見上げた先、ひどく真剣《しんけん》で、けれど耳まで赤い嘉悦がいた。

こんな場所でいきなりなんなんだとか、もっと早くから言ってくれとか、いろんなことが頭をかけめぐったけれど、そのどれとして言葉にはできず、まして同じ言葉を返すこともできなかった。

沈黙《ちんもく》に不安そうに、長身を折り曲げてきた嘉悦が、黙って赤い顔でぼろぼろ泣いている藤木の表情と、周囲の奇異《きい》な視線に慌てふためいて降りた駅は、あまり利用者もない閑散《かんさん》としたホームに真っ白な雪が積もっていた。

そして、この電車がどう考えても彼の自宅へ向かうのとは違《ちが》う路線のものであると、藤木がようやく悟《さと》ったのは、駅員の目もかまわずその大雪の中で抱《だ》きしめられてからだった。

「……結構ドラマチックじゃん」

純愛でいいなあ、と呟《つぶや》いた大智の呟きに答えたのは、背後からのしみじみとした声だ。

「ほんとだねえ……聖ちゃんかーわいーい」

「うわっ、真雪⁉」

いつから聞いていたんだと真っ赤になった藤木の傍に、色気もないジャージの上下を着た真雪はぽてぽてとやってきて、膝元《ひざもと》にぺたりと腰《こし》を落とすと、手の中のグラスを勝手に奪《うば》う。

「ふたりで話長いんだもん。あたしひとりハブはやじゃーん」

「だからって盗《ぬす》み聞きは……って、こら、俺の魔王！」

藤木の飲みさしを一気に呷《あお》って、真雪は不満そうに唇《くちびる》を尖《とが》らせた。

「だってさ。今日あのオジサン来てたとき、聖ちゃん変だったんだもん。絶対なんかあるなと思ってたんだもん」

心配したんだと言われてしまえば、それ以上を咎められない。

「……でもさ。なんで別れちゃったの？」

「おい、つっこみすぎ」

「だってどう考えてもいまだに好きなんじゃんっ」

図々《ずうずう》しさを装《よそお》ってもあくまで藤木の気持ちを尊重する大智とは違い、真っ向ストレートな真雪の問いはいっそ潔《いさぎよ》く、藤木はどこかさばさばした気分で笑った。

「いいよ。……さっき聞いてただろうけど、あのひとの実家、かなりのおうちでね」

就職の決まった企業《きぎょう》でいきなり海外へ行くように言われたこと、そして実家から早い結婚《けっこん》を望まれていたことなどを、できるだけ端的《たんてき》に藤木は説明した。

嘉悦の実家に後輩《こうはい》として紹介《しょうかい》されたとき、ひとのよさそうな彼の母親が、大事にしている次男の結婚を望んでいることも藤木は知ってしまっていた。また、海外研修先で金髪《きんぱつ》の花嫁《はなよめ》など迎《むか》えてもらっては困ると、代々続いた家柄《いえがら》らしいこだわりを持っていることも。

「外国人でだめなら、男なんてもっと冗談《じょうだん》じゃないだろ？」

「……そういうこと、言われたの？」

あまりに前時代的だと眉《まゆ》をひそめる真雪は、自身がそうした性癖《せいへき》になんらの偏見《へんけん》がないせいか、ひどく憤慨《ふんがい》した様子でいる。

「言われてないよ。お母さんは気づいてもなかったと思う」

「じゃーなんでさ」

誰もが真雪のようにリベラルではないのだと、藤木は苦笑《くしよう》して続けた。

「あのひとも、そういうこと——俺とつきあってることで自分のマイナスになるとか、考えるタイプでもなかったし、適当なとこで俺のこと捨てようとか……全然そんな気はなかった。だから、俺から別れたんだ」

このことを口に出すにはやはり表情は強《こわ》ばって、相当奇妙《きみよう》なものになった自覚はある。けれどその笑いの引きつったような顔を見つめる真雪はただ静かに問うばかりだ。

「……好きだったから？」

「そうだね。……大事だったから」

そうか、と頷《うなず》いた真雪はどこか神妙な顔をしていた。

誰が悪いわけでもない。けれど、誰もに認められる恋愛では所詮《しよせん》なかったのだ——そう諦めて、遊びは終わりだと悪辣《あくらつ》に言ってみせるほかに、藤木にできることはなかったのだ。

「だから、ひどいことを言ったよ。……許してくれるわけ、ないんだ」

「ひどいって？」

「そんな重いこと、俺は背負えないって……あんたのせいでこっちまで偏見もたれたりお家騒《いえそう》動《どう》になったりしたらやってらんない、みたいなこと、言ったかな」

恋《こい》を実らせた時間の思い出は語れても、あの胸が破れるような時間のことはできる限り口にしたくはなかった。

それをわかっているのだろう大智も真雪も、先ほどのように冷やかすようなことを言いはしなかったけれど、それでも少し納得《なっとく》のいかないような顔をしている。

「……でもさ。聖司さん。ずいぶんあっさり、そのひとも別れ話納得したね」

「あっさり、でもないけど……」

こうして説明するから端的に聞こえるが、あの話は実際には数ヶ月にわたって繰《く》り広げたものので、お互い限界まで来た上でのことだ。軽《かろ》んじられたようで反射的に藤木が眉を寄せると、どこか見たことのない冷静なまなざしのまま大智は言う。

「だって、相手の将来考えて？　ホモなんか外聞悪いから身を引いた？　そんな理由付けだけなら、俺だったら到底《とうてい》、さよーでございますか別れましょう、なんてできないな」

「大智……？」

なんかひっかかるよと、見透《みす》かすような視線で咎《とが》められて藤木は身を強ばらせた。

「ねえ、聖司さん。そのとき嘉悦さんに言ったこと、全部が全部嘘《うそ》だったら、俺はあのひとは納得しなかったと思う」

「……なんで、そんなのわかるんだよ」

その言葉に、びりっとこめかみが痺《しび》れるような気がした。ついで心臓が厭《いや》な風に早鐘《はやがね》を打ちはじめ、藤木は動揺《どうよう》を隠《かく》すこともできないまま震《ふる》える声で問い返す。

あからさまになった藤木の惑乱《わくらん》に、普段《ふだん》であれば気遣《きづか》わしげな視線を投げてくるはずの大智は、見ぬふりでもするかのようにひと息に告げた。

「今日見た感じの印象と、あと高校時代の話。真面目《まじめ》で硬《かた》い部分もあるしお坊《ぼっ》ちゃんではあるだろうけど、そんなに意志薄弱《はくじゃく》な気はしないよね」

それどころか案外と強引《ごういん》な部分や、相手を踊《おど》らせて自分のものにするようなひとの悪さも、部活の勧誘時《かんゆうじ》で既《すで》に片鱗《へんりん》があるじゃないかと大智は言う。

「そんなひとが、聖司さんの見え見えの嘘にひっかかってるとは俺は思えない」

「見え見え、って」

「言ったじゃん。顔に出まくり動揺しまくり。十年経《た》ってそれだもん、その場で顔が作れてたなんて俺、思わないよ」

ずけずけと言い切られて、反射的に不快になりつつ藤木はなにも言い返せなかった。

「……本当に、重かったでしょ。嘉悦さんの、マジなとこ」

そろり、と胸の中を探《さぐ》るような声で大智の言うことはあまりにも真実に近く、藤木は青ざめたままただ曖昧《あいまい》に微笑《ほほえ》んで唇を噛《か》みしめた。

頷くことも、まして否定することもできないでいる藤木に、なおも容赦《ようしゃ》なく大智は言いつのる。曖昧なままでは許さないと告げるように。

「ああ、でも、そんだけじゃないか。聖司さんのことだからきっと、そうやって自分を引き受けて、後悔《こうかい》した嘉悦さん見るのが厭だったんだろ。で、あっちもそういう聖司さんを知ってたから、なにも言わないで別れるのに同意したんじゃない？」

「勘弁《かんべん》、してよ……」

ついにはもう苦笑するしかなく、涙目《なみだめ》で弱く呟いた藤木に、大智は鼻を鳴らした。

「だって、いくらなんでも嘘のふりして『重い』なんて本音吐《は》かれちゃ、オトコはたまんないっしょ」

ちょっと嘉悦さんに同情するよと長い息をついた大智に、反論したのは藤木ではなかった。

「——だって重いもんはしょうがないじゃん。そのときそう思っちゃったんだし」

もう氷だけになったグラスの中身を口に放《ほう》りこみ、がりごりと音を立てながら真雪はしらけた声で言う。

「大智ほんっとうざー。そういうあんたがよっぽど重いじゃん」

「……口出すなーまゆきちー」

小さな頭を叩《たた》いて目を尖らせる大智を無視して、「ねえ」と藤木を振《ふ》り仰《あお》いだ彼女の言葉に、藤木はしばらく答えられなかった。

「ねえ、聖ちゃん。昔のことはおいといて。いまもっかいあのひとに好きって言われたらどうするの？」

「いま……？」

真雪が問いかけてきた言葉は、小さな痛みを伴《ともな》って藤木の胸を疼《うず》かせた。一瞬《いっしゅん》息がつまり、ややあって、沈黙《ちんもく》のあとに藤木はこう答えた。

「……言われないよ、言っただろ？　結婚してるんだから」

できるだけなにげない声で答えるのが少し、難しかった。

「それでも言われたらどうするの」

「おい、真雪」

咎めるような大智の声も聞かず、どうなんだとまっすぐ見つめてくる真雪の視線が痛い。

「もう一度――」

胸の裡《うち》をいくら探っても、問いに対する答えなどなにも見つからなかった。だから静かに首を振って、そのままを口にする。

「わからない。想像もできない。……それにもう、きっと会うことはないよ」

「どうして。捜《さが》したって言ってるの、聞こえたよ」

そんなことを考えていないからこそ、諦《あきら》めのつかない顔をするのだろうと、真雪の方がよほど哀《かな》しそうに、もどかしそうに食い下がる。

「十年前って聖ちゃんだいたい真雪と同い年でしょ？　人生背負ってくれなんて言われて、はーいなんて言えないじゃん。でもいまは違《ちが》うよね。考え方も違うよね。そしたら、もっかい、

好きだって言われたら、いまの聖ちゃんはどうする？　それもやっぱり聖ちゃんには重い？」

　それに対して、やんわりと微笑みながら、窘《たしな》めるように藤木は告げた。

「もう……終わったんだよ、真雪」

「そんなのわかんないじゃんっ！」

　静かな返答には納得がいかなかったようだ。唐突《とうとつ》に怒《おこ》り出し、真雪はすっくと立ち上がる。

なんなんだ、と目を丸くしていると、いらいらと髪《かみ》を掻《か》きむしって真雪は叫《さけ》ぶように言った。

「全然終わってないくせに、なんで平気な顔しようとすんの⁉　そういうのむかつく！」

「真雪……」

「聖ちゃんのばか！」

　言いざま、派手な音を立ててドアを閉めた真雪に呆気《あっけ》にとられていると「お開きにしましょうか」と大智も腰《こし》を上げた。

「あれはばかだけど、聖司さんのことはマジで心配してるんすよ。で、それは俺も一緒《いっしょ》」

「大智……」

「なんていうかね。……ひとりで平気、みたいな顔されると、たまんないじゃない？」

　だからお節介《せっかい》するんだけどと、年齢《ねんれい》より達観したような、そのくせ幼い少年のような不思議な笑《え》みを浮《う》かべて、大智は空いたグラスを片づけた。

「まあでも。終わりにできることは、した方がいいよ」

そんなのはとっくだと言いかけて、藤木は言葉にできなかった。どうして言い切れないのか、自分でももどかしいと思っているうちに、大智は話題を切り上げてしまった。

「そうそう。俺、来週から一ヶ月いないんで。後輩《こうはい》の山下《やました》に厨房《ちゅうぼう》入ってもらうから」

「あ、ああ」

「ま、毎度のことなんで大丈夫《だいじょうぶ》だと思うけど、頑張《がんば》ってね」

それじゃおやすみなさいと告げた大智は部屋を出ていく。

「だって、いまさら……」

もう二度と会うこともないのにと、胸の裡で繰《く》り返し、不意に瞼《まぶた》が熱くなる。

「言うなよ、そんな……ふたりとも」

嘉悦に対して告げたひどい別れの言葉が、彼を想《おも》ってだけのものでなく、保身の気持ちもあったことなど、藤木自身が一番思い知っている。

だからこそ嘉悦があれ以上なにを言うこともなく、そっと手を離《はな》してくれたことも。

わかりきって、けれどどうしようもないことを、目の前に突《つ》きつけないでくれと、藤木は顔を覆《おお》って呻《うめ》く。

――全然終わってないくせに、なんで平気な顔しようとすんの⁉

「平気じゃないから、するんだろ……？」

正しく強い真雪の言葉がつらかった。表面だけでも保っていなければ、もう耐《た》えきれそうにないのだ。まだ、好きなんだろうなんて、そんなことを目の前に突きつけてくれるなと思う。

「なっさけない……」

泣きそうになっている自分が滑稽《こっけい》で、結局は滲《にじ》むだけに終わった涙を拭《ぬぐ》い、藤木は自嘲《じちょう》の呟《つぶや》きを漏《も》らす。

本音を言えば、藤木は何年経とうと嘉悦を忘れられるはずはないと思っていた。そうしてそれは事実の通りで、いまだにあの頃《ころ》から成長しきれていないおのれを嗤《わら》うしかない。

嘉悦の長い指に光っていたあのリングの輝《かがや》きに、目が潰《つぶ》れそうなくらいだった。本当に結婚《けっこん》したのだと、思い知らされたあの瞬間《しゅんかん》、目の前が真っ暗になったのだ。

結局、思い切れてなどいなかった。彼の姿を目にするだけで、あっという間に藤木は十年前の気持ちをよみがえらせ、あの当時の混沌《こんとん》とした熱に巻きこまれてしまう。

（あのひとはあんなに……変わったのに）

久しぶりに見た嘉悦は、しっかりとした大人の男になっていた。なにげない所作にも自信と貫禄《かんろく》が滲み、また連れであった友人のタイプから言っても、相当なステイタスを手にしているのだとはうすうすわかった。

帰国は三年前との言葉に、あの会社でもかなりの成功をおさめているようだと知れた。そしてあの当時の自分の判断は正しかったのだと思うことができた。

（よかった……元気そうで）

会えて嬉《うれ》しかったのは事実だ。戸惑《とまど》いがちであっても、普通《ふつう》の顔を見せてくれたことも——複雑ではあったけれど、安堵《あんど》を覚えていた。

別れてずっと、最後に見た傷ついたような表情の彼が気にかかっていたけれど、嘉悦は藤木の予想通り、正しくしっかりと生きていた。

「子どもとか、いちゃったりするかもな」

案外面倒見《めんどうみ》のいいひとだから、いいパパになるだろう。想像すれば胸は痛むけれど、これでよかったんだと何度も藤木は自分に言い聞かせた。

ようやく、ピリオドを打つことができる。二度と会うこともないはずのひとが、偶然《ぐうぜん》元気でいてくれたことを知れただけでも——顔を見れただけでも、よしとしなければ。

静かな波音が聞こえて、藤木はベッドに倒《たお》れこみ、熱っぽい瞼を閉じる。

まどろみの中見る夢は、あの十五の夏。月光の淡《あわ》く照らす浜辺《はまべ》にたたずんだ、広い背中の残像は、いつになく鮮《あざ》やかだった。

夢の中振り返る横顔は、十年前の彼のものではなかった。この日塗《ぬ》り替《か》えられた記憶《きおく》が、深みを増した精悍《せいかん》な顔で笑いかける嘉悦を藤木の前に現れさせ、そうして藤木は眠《ねむ》りながら、少しだけ泣いた。

(元気で。……さよなら)

ほの白い光の差した朝方。はらはらと溢《あふ》れた涙《なみだ》が頬《ほお》を熱くして、次第《しだい》にしゃくりあげるほどにひどくなったそれに目覚めた頃には、なぜかすっきりした気分だった。

雨上がりの空は高く、どこまでも冴《さ》えたその青さを見上げて深呼吸する。

今度こそ、終わりにできる。そう思って腫《は》れぼったい瞼を鏡で確認《かくにん》した藤木は、いつものように穏《おだ》やかな笑みを浮かべた。

＊　＊　＊

週が明け、重く垂れこめていた雲もどこかへと消えていき、凪《なぎ》の波が寄せては返す月曜日。

大智は意気揚々《ようよう》とカンボジアへ旅立ち、入れ替わりとなる山下との打ち合わせも済んだ。

毎度のことながら悪いねと、普段《ふだん》は別の店に入っている彼を拝むと、大智の気まぐれには慣れているからと何度かヘルプに入ってくれている彼も苦笑《くしょう》した。

彼自身はいま現在、実家であるイタリアンレストランのサブシェフとして勤めているが、家族経営の強みで自由がきき、大智の無茶な頼《たの》みを引き受けてもくれる。

「まあ、戻《もど》ってくる頃にはまたなんか新メニュー考えついてると思いますよ。あのひと、遺跡《いせき》巡《めぐ》ってんだか世界うまいもの紀行なんだかわかんないとこありますし」

「それは言えてるねえ」

ただまれにそのメニューには相当なゲテモノも混じっていることがあって、保守的な日本人の口に合うメニューにしてくれと、再三藤木は言い聞かせている。

「ともあれ、今日から一ヶ月よろしく」

「こちらこそよろしく」

もう何度か来てくれているから、手順そのほかについても説明はいらない。秋の新メニューの一部だけは作ったことがないと言うけれど、レシピは大智が残してくれているので、特に藤木から説明する必要もなかった。

「聖ちゃん店長、『花ふみ』の西原《にしはら》さん来たよ」

「ああ、いま行く」

契約《けいやく》している生花店の担当が訪《おとず》れ、店のそこかしこに置いてあるグリーン類を手入れし、秋にあわせた花を生けていく。それらをチェックしたのち、ひととおり店内を確認して開店準備は整った。

「それじゃ、今日から大智いませんけど。みんなよろしく」

「うぃっす」

午前十一時ジャスト。瀬里と真雪、山下とバイト店員ふたりで朝礼を済ませて、それぞれの持ち場につく。

気怠《けだる》ささえ漂《ただよ》う、のんびりとした時間をやり過ごすばかりの月曜日。バーレストランであるこの店はランチもやっているけれど、忙《いそが》しくなるのはもっぱら夕刻を過ぎてからだ。

「ああ、週末忙しかったからね。でも今日はのんびりしてそうだし、大丈夫だよ」

ひどい顔色は自覚もしていて、心配顔の瀬里をごまかしきれるものではないだろうと思いながら藤木は笑ってみせる。

嘉悦の来店以来よく眠れなくて、こめかみがちりちりと疼《うず》いているが、たいしたことはない。

理由を知っているけれど、真雪はあえて心配を口にしない。大智もいないけれど、おそらく彼も目の前にいたところで、気遣《きづか》いをみせることはしないだろう。

つきあいの長いふたりは、不調であればあるほど藤木に『平気だ』と言わせないために、あえてそれらを無視する部分がある。

だがこういう疲《つか》れた日には、瀬里のような衒《てら》いない気遣いがひどく滲《し》みると思った。

「ちょっと目が痛くて、モニタ見づらいんだ。細かい数字見てくれるかな」

「あ、はい。プリントしますか？」

いつもであればこの時間には、藤木は夜に備えての鋭気《えいき》を養いつつ、奥の事務所に引っこんで書類仕事などを瀬里に手伝ってもらいながら片づけるはずだった。

だがそのリズムを崩《くず》したのはまず、一本の電話だ。パソコンデスクに瀬里と向かい合って伝票整理をしていた藤木は、鳴り響《ひび》いた店の電話を取り上げるなり、表情を明るくする。

「――曾我さん!?　ずいぶんお久しぶりですね」

『うん、元気だったかな。藤木くん』

いまはバンコクにいる彼は、あさってには帰国するという。その足でブルーサウンドに向かい、久々に顔を出すと告げた曾我の元気そうな声に、藤木は覚えず唇《くちびる》を綻《ほころ》ばせた。

「そちらもお元気そうでなによりです。お仕事、一段落されたんですか」

売り上げの報告書はファックス日報の形で東京にある曾我のオフィスに送ってあるが、声を聞くのは久々だ。雇用主《こようぬし》であるというだけでなく、親しみを覚えているこの壮年《そうねん》の男の落ち着いて、そのくせどこかやんちゃさの残る声は、いつでも藤木を安らがせてくれる。

『原石の買い付けが終わったんでねえ。きれいなルビーがあったんだよ。こっちで磨《みが》きにかけていくんで、今度のＩＪＴ《国際宝飾展示会》には間に合うかな』

「そうですか、それはよかったですね」

宝飾《ほうしょく》系の仕事については藤木はいまひとつ詳《くわ》しくないのだが、子どものようにうきうきと、このたびの成果を語る曾我に微笑《ほほえ》ましくなる。

そうしてひとしきり相づちを打ったあと、はたと藤木は気づいた。

「でも、ちょうど大智と入れ替わりになっちゃいましたね」

『おや、中河原くんはまたどっか行ったのかい？　落ち着かないねえ』

快活な声で言う曾我こそが、一番飛び歩いているのにと、藤木はおかしくなった。

「あなたに言われたくはないと思いますが……」

『ふむ。しかしそうか……彼もいてくれれば話が早かったんだが』

相変わらずの飄々《ひょうひょう》としたオーナーに苦笑した藤木は、帰国の際には折り入って話があるんだという声に表情を改める。

「……なにか、問題でも？」

『おいおい。なにも言う前からそう暗く受け止めるものじゃないよ』

悪戯《いたずら》でも企《たく》んでいるような声で言われては、よけいに不安が増してしまう。個人事業主として手広くやっている彼はその柔軟《じゅうなん》な発想と行動力で、いくつもの仕事を成功させている。だがその思いつきは唐突《とうとつ》かつ大胆《だいたん》で、周囲の人間はついていくのが大変なのだ。

『まあ少しばかり大変かもしれないけれど、悪い話じゃないから。楽しみにしていなさい』

「はあ……」

曾我の言葉に身構えてしまうのは、その声の中にまだ二十二歳の若造だった自分を『店長になりなさい』とあっさり決めつけたときと同じトーンを感じ取ったからだ。

（なんか面倒《めんどう》なこと考えてないといいけどなあ）

ともかくも話は後日、と面白《おもしろ》そうに笑うばかりの曾我との電話を切って、藤木がふと振《ふ》り向くとそこには、不安顔の瀬里がたたずんでいる。

「なに、どうかした？」

「あの、聖司さん……お客さまが」

「ああ、ランチの客？　って、なんかトラブル……とか？」

先日の嘉悦らに対してのミスオーダーから、挽回《ばんかい》するべく瀬里はいつも以上に慎重《しんちょう》に振る舞《ま》うようになっていた。だがその緊張《きんちょう》の度合いが普通《ふつう》ではなく、藤木は訝《いぶか》しむ。

「いえ、別にそういうのじゃないんですけど……」

「──聖ちゃん、アイスコーヒーひとつ」

口ごもる瀬里の背後から、濁《にご》した言葉を引き取るようにオーダー票を手にした真雪が顔を出す。その表情はどこか摑《つか》みづらく、いつもの喜怒哀楽《きどあいらく》の激しい彼女らしからぬものだった。

「でもってそれ、テラスの一番端《はし》っこ……一番テーブルさん。店長ご指名」

「……は？　ご指名？」

なんだそれはと目を丸くするうちに、さっさと厨房《ちゅうぼう》に引っこんだ真雪が恐《おそ》ろしい速さでアイスコーヒーのグラスと、それに添《そ》えるサービスのミニチョコレートをトレイに載《の》せてやってくる。

「持ってって」

「あ、え？　俺が？」

「そう」

それを藤木の胸に押しつけるようにして差し出す真雪の、有無《うむ》を言わさぬ態度に、なんなんだと面食《めんく》らいつつもつい従ってしまった。

どうもこの間から真雪に頭が上がらない気がするのは、弱みを見せてしまったせいだろうか。少々このままではまずい気がすると思いつつも、いつまでも客を待たせてはいけないと藤木はテラスへと向かう。

(う、しまったな。よく見えない)

秋の陽光の差すテラスと、室内との明暗差に一瞬《いっしゅん》目が眩《くら》む。

虹彩《こうさい》の色素が薄《うす》いせいか、藤木の目は強い日差しに弱いのだ。疲れを引きずるときには特に視界が利《き》かなくなり、慣れるまで陰影《いんえい》しかわからないことも多い。

疲れのせいもあるのか、特にこの日はひどかった。それでも慣れた店の中を歩く分にはなんの問題もないと、身体《からだ》で覚えたテーブルや観葉植物をきれいによけて目的のテーブルへと足を進める藤木は、先ほどの電話が気にかかって仕方なかった。

(曾我さんもなんの話なんだろう……店まで来るってことは、なにか仕掛《しか》けるつもりかな)

目が見えづらいときでも半ば上の空でいても、接客の所作になんの問題もない程度には慣れているし、相手に非礼を感じさせることもなく、危なげないサーブができる。

だから、こちらへと背を向けているひとのことに、気づかなかったのだ。

それはあるいは、上質なスーツを纏《まと》う背中を、まだ見慣れていないせいであったのかもしれない。

「お待たせいたしました、こちらアイスコーヒーでございます——」

「藤木」

テーブルにグラスを置いたと同時に声をかけられ、そのまま藤木は凍《こお》りついた。そしてようやく、真雪や瀬里の奇妙《きみょう》な態度に納得《なっとく》がいったけれど、そんなことはもうどうでもよかった。

(なんで——ここに)

偶然《ぐうぜん》の再会に驚愕《きょうがく》した先日よりもなおひどい衝撃《しょうげき》を受けて、頭が真っ白になった藤木はもうまばたきさえできない。

背の高いグラスの中で、手をつけようともしないままのアイスコーヒーの氷が溶《と》けた。からん、と涼《すず》しい音が立って、ずいぶん長い間沈黙《ちんもく》していたことに気づいた藤木ははっとなる。

「……どう、なさったんですか」

ようやくのことで絞《しぼ》り出した声はひどく嗄《か》れていて、うつくしいとは言い難《がた》いその響きになぜか恥《は》ずかしくなると、嘉悦は感情の読み取れない声であっさりと答えた。

「会いに来た」

「ご友人と……待ち合わせですか？」

わざととぼけたわけではなかった。だが困惑《こんわく》がひどくて、そんなことしか言えなかった藤木を、はぐらかすのか、というように嘉悦がその静かな瞳《ひとみ》で一瞥《いちべつ》する。

「おまえにだ」

だが、彼らしくそれ以上くどくどと言うことはなく、嘉悦はひと言で藤木の言い訳もためらいも封《ふう》じこめてしまう。相変わらずあまり表情のない、けれど意志のはっきりした声で告げられ、藤木は戸惑《とまど》うほかになにもできない。

「お仕事は……」

「昨日おとといが休日出勤で今日は代休だ」

淡々《たんたん》とした嘉悦の声に反射的に藤木が考えたのは、この男は休みの日までスーツでいるのか、ということだった。そんなどうでもいいことしか考えられないほどの恐慌《きょうこう》状態に陥《おちい》っていると自覚することもないまま、自分の手が微動《びどう》だにできないことにようやく思い至る。

嘉悦の大きな手が、強くそれを摑んでいる。

「あの、……手を、離《はな》してください」

「話がしたい」

もがくような弱い動きで、振り払《はら》えるものではなかった。痛いほどの力にも、なぜこんなことをするのかということにも混乱したまま、藤木はゆるくかぶりを振る。

「それは別に、かまいませんが……どうぞ」

「ここでできる話じゃない」

指先に心臓ができたかのように激しい脈がある。こめかみの疼《うず》きは既《すで》にがんがんとした痛みに変化して、目の前が暗くなってくる。

「店は、何時に終わる」

「夜中……です。二時まで、営業、してるので」

返答はすべて喘《あえ》ぐようなものになり、そうか、と小さく呟《つぶや》いた嘉悦はようやくその手を離した。

「それまで待つのは迷惑《めいわく》だろうから、頃合《ころあ》いを見て出直す」

「嘉悦……さん」

自由にされて、やっと気づいた。嘉悦は藤木の手首をその左の手で強く摑んでいたけれど、薬指にはあのリングがないのだ。

（どうして……！）

それがいったいなにを意味するのか、もうわからない。理性的な判断がまったくできなくなった藤木に対して、嘉悦は重く響《ひび》く声で念を押すように言った。

「また来る。いいな」

逃《に》げるなと、言葉にはせず立ち上がり、嘉悦はグラスに手もつけないままテーブルの上に紙《し》幣《へい》を置いて去っていった。

階段を下りる彼の背を見送る間、硬直《こうちょく》したままの藤木は、そのすらりとした姿が視界から消えた途端《とたん》、へたりこむように先ほど彼が座っていた椅子《いす》へと崩《くず》れ落ちる。

「聖司さんっ!?」

慌《あわ》てて駆《か》け寄ってきたのは瀬里だった。大丈夫《だいじょうぶ》だとも言えないまま、ただ黙《だま》ってかぶりを振《ふ》る藤木の肩《かた》に手をかけたのは、奇妙に冷静な顔をした真雪だ。

「だから、言ったじゃん」

「まゆ……」

「逃げるなってことでしょあれ。聖ちゃんも覚悟《かくご》決めなよね」

意味のわからない会話に不思議顔をする瀬里を無視したまま、真雪は手つかずだったアイスコーヒーにガムシロップをふたつとミルクを入れて乱暴にかき混ぜる。

「いま、ほかにお客さんいないし。それ飲み終わるまで、そこで休んでたら」

つけつけした真雪の物言いにも、尋常《じんじょう》な様子でない藤木にも戸惑ったように、瀬里はふたりの顔を見比べている。もうそれに対するフォローをする気にもなれず、藤木はぐったりと椅子の背に身体をもたれさせた。

「あの、真雪。聖司さんいったい？」

「瀬里はこっち。聖ちゃんたぶん今日使いもんになんないから、伝票整理やっちゃって」

「う、うん……」

襟首《えりくび》を摑んで引きずるように瀬里を連れていく真雪には誰《だれ》も逆らえず、藤木は震《ふる》える手でひんやりとしたグラスを摑む。

特に喉《のど》が渇《かわ》いていた自覚もないけれど、のろのろとした動作で口をつけた途端、その甘さが染《し》みいるようでひと息に飲み干した。

大量にガムシロップを入れたそれは、普段《ふだん》の藤木なら顔をしかめるような甘さのはずだった。

だがその甘みを少しもくどいと思えないあたり、相当な疲《つか》れを覚えているのだと知る。

「……甘過ぎだろう」

だからその呟きは、いま飲み干したグラスの中身にではなく、十も年下の真雪の見せた態度についてだ。

そうして、大智はなぜここにいないのかと思った。曾我でもいい、どうしてあさってではなくいまここにいてくれないのか。

いま現在の象徴《しょうちょう》である彼らが目の前にいなければ、藤木はあっさりと十年前に引き戻《もど》される。

嘉悦の手に、捕《つか》まってしまう。

まして真雪はきっと、ためらう藤木の背中を蹴《け》り飛ばすようにして唆《そそのか》してしまうし、そうなったらもう――戻れない。

(結局は……俺がどうしようもないんだ)

弱くて、たまらないと眩む目を覆《おお》って、藤木は重くため息をついた。

＊　＊　＊

深夜になり、閉店から三時間ほど前になって嘉悦は宣言通り店に訪《おとず》れた。

藤木を呼びつけることもせず、適当なつまみと酒を頼《たの》み、静かに端《はし》の席でひとり、グラスを傾《かたむ》けている彼への接客は、ほかの店員には「店長の知り合いだから」と説明した真雪が買って出た。

「聖ちゃん早あがりにして上で話しますか、って訊《き》いたけど、そういうのはいいって言ってた」

「そう……」

勝手に店長のあがり時間まで仕切る真雪にも、意図のわからない嘉悦の来訪にも疲れきった藤木は、力無く頷《うなず》く以外なにもできなかった。

（いったい、なにがどうなってるんだ）

混乱は藤木の細い身体《からだ》に満ちたまま、熱っぽいような疼きを伴《ともな》って一日中苦しかった。

強《し》いられる緊張《きんちょう》と不安は藤木の胸を終始ざわざわとさせたままで、具合まで悪くなってしまいそうだ。本当にこのまま倒《たお》れてしまいたいと何度も思って、だが人目のある店の中ではそうもいかない。

だから、店を閉める頃にはもういっそ、どうとでもなれという気分だったのは否《いな》めない。

「……お待たせしてすみません」

「ああ」

クローズした店の中に残ったのは、部屋に戻れば真雪がいるからだ。というより彼女に「家を空けるのとどっちがいいのか」と問われての選択《せんたく》だったに過ぎない。

「よかったら、なにか作りますか」

「いや、別に……彼女がこれを出してくれたから」

灯《あか》りを落とした店の奥、カウンターテーブルの上には、琥珀色《こはくいろ》の液体で満たされたタンブラーがある。

（ウイスキー、飲むようになったんだ）

あの頃、洋酒のきついのは苦手だと言っていた嘉悦も、氷を揺《ゆ》らしながらゆっくりと酒を愉《たの》しむ、そんな年齢《ねんれい》になったのだ。

感傷ともつかないものに囚《とら》われそうになって、藤木はふっと小さく息をつくけれど、それは横顔に感じる嘉悦の視線の強さに息がつまったからかもしれない。

いま長い指に挟《はさ》んだ煙草《たばこ》の銘柄《めいがら》も違《ちが》う。小さな違和感《いわかん》がいくつも重なって、隣《となり》に座る男が誰なのか、わからなくなってしまいそうだ。

「……どうして、いなくなったんだ」

気配だけで互《たが》いを探《さぐ》り合うように、沈黙《ちんもく》が続いていた。時折嘉悦の吐《は》き出す紫煙《しえん》に伴い、唇《くちびる》の開閉する音さえも聞こえそうな静けさに息を呑《の》んでいると、ぽつりと再びの問いかけがある。

「だから、大げさですよそれは……引っ越《こ》しただけじゃないですか」

「おまえが、そこまで薄情《はくじょう》だとは思ってなかったけどな。高校の友達はともかく、大学の知り合い連中にも誰ひとり連絡《れんらく》しなかったそうじゃないか」

そこまで調べたのかと少し驚《おどろ》いて目を瞠《みは》る藤木に、できる限り声を荒《あら》くすることのないよう努めているような、押し殺した嘉悦の言葉だけが続く。

「もともと、おまえは親戚《しんせき》関係もほとんどいなかったから。当ても手がかりもなにもないし、丘野《おかの》先生も心配してらした」

高校時代の担任であり、苦学生である藤木になにかと目をかけてくれていた教師の名を出されれば、少しだけ胸が痛む。

「毎年、住所のない年賀状だけ届くから、逆に気になったと」

「先生が……」

目を伏《ふ》せて、不義理をしている自分への情けなさを噛《か》みしめた藤木に対し、ひどく長いため息をついた嘉悦は整えた髪《かみ》をかき乱す。

「……そんな話をしたいわけじゃないんだ。ただ、どうして……そこまでしたのかと、俺は」

「嘉悦さん……」

言葉を切り、疲れたような所作で目元を覆った嘉悦に、藤木はそっと目を向ける。苦悩《くのう》の滲《にじ》む眉間《みけん》に、結局まだ彼を苦しめているのだろうかと思うとひどく胸が痛い。

「それに、なぜ、ここなんだ」

喉から絞《しぼ》り出すような声に、嘉悦もまたあの別れの日を忘れられずにいるのだと知った。答える言葉を見つけられず、藤木はただきつく指を組み合わせる。

「……だから、偶然《ぐうぜん》です。昔の話で」

「なんの知り合いもいない、こんな場所でわざわざ？　しかもあんな話をしたところだぞ」

藤木の言い訳を真っ向から信じない、強い口調で遮《さえぎ》られた。

「男と住んでるみたいに思わせてみたり、実際は違ったり……どうしてそこまで、警戒《けいかい》するんだ。終わった話なんだったら、もっと普通《ふつう》にしてくれ」

「俺は、普通にしてます」

責めるような口調にはさすがにむっとして、藤木は反射的に言い返す。しかし、頬《ほお》に触《ふ》れた左手の感触《かんしょく》には、びくりと肩を竦《すく》めてしまう。

「その顔で普通にしてるって？」

「顔、が。なんですか」

「どうもないって言うなら、こっちを向け。一度も俺の目を見ようとしないくせに」

触れた指で、倒れそうなほどの緊張を知っているくせに、嘉悦は傲慢《ごうまん》なまでに言い切った。向けられた挑発《ちょうはつ》にかっと腹の奥が熱くなり、睨《にら》むような目を向けた藤木は、だがなにも言えないまま唇を嚙みしめる。

「おまえ、これじゃあ。俺がばかな期待をするだろう」

「なんの……話ですか」

期待という言葉に、自分こそが勘違《かんちが》いをしてしまいそうだ。上擦《うわず》りそうな声を殺した藤木のそれは、ひどく平坦《へいたん》な響《ひび》きになった。

「……藤木。いい加減はぐらかすな」

嘉悦へと向けた顔に添《そ》えられた指は、視線が絡《から》んだ瞬間《しゅんかん》頬を包むようなものへと変化した。やわらかいその仕草にも、そして口調とは裏腹に、せつないような顔をしてこちらを見つめる嘉悦にも、どうしていいのかわからないまま藤木は震《ふる》える。

「日本に戻って、おまえがいなくて。どれだけ俺が捜《さが》したのか、わかってるのか」

「知り、ません。そんなの」

笑いたくもないのに、唇の端が上がる。ゆらゆらと嘉悦の姿が滲んで、自分の瞳《ひとみ》が潤《うる》んでいるのはとっくに知っていた。

（どうして、わざわざ……指輪をはずしてまで）

触れる手に、小さな金属がない。その意味がどうしたって自分の都合のいい方へと向かいそうになる。

だがそれはあまりにも浅はかだ。かぶりを振《ふ》って、嘉悦の手をそっとはずした藤木は歪《ゆが》む顔を俯《うつむ》ける。

「明日も、お仕事でしょう。……お車ですし、あまり召《め》し上《あ》がられても」

「話を逸《そ》らすな」

くらくらと目が回る。肺に酸素が足りなくて、喘《あえ》ぐように藤木は答えた。

「じゃあ、なにを……話したい、んですか」

「真雪さんに聞いた。まだひとりだそうだな」

よけいなことをと内心舌打ちして、「だからなにか」と藤木はできるだけ感情を抑《おさ》えた声で問い返す。

「俺に、まだチャンスはあるのか知りたい」

「どういう、意味です」

「おまえが好きだ」

逃《に》がさないというような嘉悦の言葉に、どうして、と藤木は本当に笑いたくなった。

「いまでも。十年経《た》っても、結局忘れられなかった」

「ばかな、こと……」

どうしてこう、前触《まえぶ》れもなく爆弾《ばくだん》のような言葉を投げてくるのだ。

嘉悦の放つ端的《たんてき》で強い言葉は強烈《きょうれつ》すぎて、いつでも藤木はばらばらにされてしまう。唐突《とうとつ》で前触れもなく、こちらに心の準備をするいとまも与《あた》えようとはしなくて、だから脆《もろ》い素顔《すがお》があっさりと、暴《あば》かれてしまうのだ。

「いまさら、……っ」

誰《だれ》に請《こ》われても、笑っていなすことのできた告白。どんなに饒舌《じょうぜつ》で飾《かざ》ったそれでさえ、藤木の情を動かすことはできなかったのに、こんな不器用でストレートなひと言で、鎧《よろ》った心が崩《くず》れ落ちる。

「俺に……俺に、なに、言わせたいんだよっ。いまさら、なんなんだよ……！」

堪《こら》えきれなかった感情が決壊《けっかい》し、激しくなじるような声を叩《たた》きつければ、溢《あふ》れ出した涙《なみだ》に嘉悦は押し黙《だま》った。

「あれっきり連絡もよこさなくて、結局はその程度だったんだって、俺が……なんで、どんなに……っ！」

別れを切り出したのも、そして嘉悦からの言葉を拒《こば》んだのも自分のくせに、なじる言葉が止まらなかった。

混乱したまま息を切らして、藤木はきつく唇を噛みしめる。どっと押し寄せてくるあの当時のままの痛ましい恋情《れんじょう》が、肌《はだ》までひりつかせてただ、苦しい。

カウンターに突《つ》っ伏して、荒《あ》れ狂《くる》う感情が静まるのを待った。けれどいくら堪えようとしても、すぐ傍《そば》にいる男へ向かうすべては収まりそうになかった。

「……泣くほど、いやなのか」

「ばか……！」

苦い嘉悦の声に、子どものように叫《さけ》んだ。しゃくりあげてしまいそうな呼吸を堪え、顔だけを上げるとそこには、藤木の腕《うで》のすぐ傍に置かれた嘉悦の指があった。

ためらうように、ほんの少し距離《きょり》を保ったその手を見つめて、息が止まるほど苦しくなった。

窺《うかが》うようにして数センチの間を空けている、この手に触《さわ》られたかった。衝動《しょうどう》的で強い情欲を覚えて、藤木はひどく戸《と》惑《まど》った。

（こんな……）

こんなにも熱く激しいものが自分の中にあることなど、もうずっと忘れていた。

顔を上げると、自分と同じほどに熱を孕《はら》んだまなざしがある。心の奥まで突き刺《さ》すような強い視線に、もうだめだ、と藤木は目を閉じた。

酸素が足りなくて胸を喘がせると、肺の奥にきりきりと痛みが走って、息が止まる。じんと瞼《まぶた》が熱くなり、指の先が痺《しび》れて、目眩《めまい》がする。

どくどくと血を送り出す心臓、その鼓動《こどう》の速さを驚きとともに自覚する。

（熱い……苦しい）

嘉悦のいない十年の間、こんなに胸が高鳴ったことはなかった。この心臓はずっと止まっていたようなものだった。

憤《いきどお》りにも哀《かな》しみにも似た混乱が襲《おそ》ってきて、わけもなく藤木はかぶりを振る。

「……どうして」

せつない、などと。そんな感情は忘れていた。忘れてしまっていた。嘉悦と別れたあの日に。

「なんで、いまごろになって、俺の前にいるんだよ……っ」

「藤木」

「もう忘れてたのに……やっと、忘れたのに……！」

凪《な》いだ海のように静かな胸の奥では、もうこんな感情など枯《か》れ果てて、なくしてしまったと思っていた。穏《おだ》やかで平和で満ち足りた、安寧《あんねい》を噛《か》みしめる日々が遠くなる。

「もう、遅《おそ》いか？」

やり直しはきかないのかと、静かな声で問う嘉悦が憎《にく》らしい。

「遅いよ、もう……もう、俺は」

こんなに自分は苦しくてたまらないのに、なぜそんなに涼《すず》しい顔でいるのかと、藤木は広い胸を叩いて叫んだ。

「会っちゃったらもう、……離《はな》れられない」

「藤木……」

「俺の十年無駄《むだ》にしやがって……っ」

もう我慢《がまん》できなかった。叫ぶように言うなり腕を伸《の》ばし、広い胸に縋《すが》った藤木を同じほどの強さで受け止められる。

「悪い。それでも……諦《あきら》めが、つかない」

「嘉悦、さん……っ」

頭を抱《だ》きかかえ、髪《かみ》に指を差しこんだ。こめかみの生え際《ぎわ》からゆっくりと梳《す》き、指の間を通り抜《ぬ》けていく髪の感触《かんしょく》を久々に味わって、じんわりと涙が滲《にじ》みそうになった。

あの頃《ころ》と同じ、少し硬《かた》い嘉悦の髪。きれいに整えたそれを乱すことが再びできると思わなかった。

「……忘れたなんて、嘘《うそ》だよ」

少し痩《や》せただろうか。余分な甘さをそぎ落とした精悍《せいかん》な顔立ちに、胸が痺れる。間近に覗《のぞ》きこんだ瞳はこんなにもきれいなものであっただろうかと、息苦しいまでのときめきを覚えて、藤木は浅い呼気と同時に、言えずにいた本音をついにこぼした。

「大人ぶって、あんたのためだなんて思って、でも……結局はだめだったんだ」

──本当に、重かったでしょ。嘉悦さんの、マジなとこ。

大智に指摘《してき》された瞬間《しゅんかん》、なにも言えなかったのはそれが事実だったからだ。

そして同時にあの聡明《そうめい》な青年には、胸のさらに奥深く、藤木が嫌悪《けんお》しまた恥《は》じている自分の真実さえも見透《みす》かされたようでたまらなかった。

「きれいにさ、別れようなんて、そんなこと考えて……できるはずもないのに」

せめてすっきりとした終わりだけを見せようなんて格好つけるから、無理に押しこめた恋《こい》がいつまでも燻《くすぶ》ったのだ。

相手を案じて、身を引く自分。ドラマのヒロインみたいなそれを演じて、不幸な自分に酔《よ》っていた。

その方がいっそ見苦しいのだとあの頃はわからなかった。けれど、縋りついて取り乱すさまを見せられるほど、練れてもいなくて。

「み……みっともなくなるのが、嫌《いや》だったんだ」

「……知ってた」

十年苦しんで思い知らされた、あの頃の藤木の思い上がりを、嘉悦は静かに笑って肯定《こうてい》も否定もしなかった。ただわかっていたと抱きしめられて、じりじりと胸が焦《こ》げる。

「でも本当に、ああしないといけないって、あのときは、思ったんだ……っ」

「ああ、……そうだな」

それもわかっていたと、静かに笑う嘉悦に囁《ささや》かれながら、やっぱり大智は正しいと思った。

藤木の弱さを知っていたから、そっと逃がしてくれた嘉悦のことが、もどかしくもいとおしい。

「ああでも言わなきゃ俺……俺が思いきれなくて、だからっ……！　んっ……」

喘《あえ》いだ唇《くちびる》が、ふさがれる。十年ぶりに触《ふ》れたそれに、意識を飛ばしそうなまでに感じた。

「ん、あっ……う」

苦い煙草《たばこ》の味はやはり覚えがなくて、ぎりぎりと胸が潰《つぶ》れそうに痛くなるけれど、それでももうかまわなかった。

「藤木……」

いま、苦しい息の下で名を呼んだ男もまた、同じほどに高ぶっているとわかる。食《く》らいつくような口づけを繰《く》り返して、急《せ》くようにそこかしこを大きな手のひらで撫《な》でてくる。

その手にやはりなにもないことが、却《かえ》って存在感を意識させて、言うまいと思った言葉がこぼれ落ちた。

「指輪……、どうしたの」

問いかけるというよりも、ただ呟《つぶや》いて、弱い心に負けた藤木の腕は嘉悦のそれへと伸ばされ、長い指に自分のそれを絡《から》めてしまう。

「……それは」

「はずしたの？　わざわざ？……ばかなこと、するよね」

本当に、ばかなことを。なにひとつ、昔のままでいられるわけもなく、起きてしまったことを取り消しもできないのに。

嘉悦もまた、わかっているのだろう。薬指をそっと撫でた藤木の伏《ふ》せた瞼をじっと見つめたあと、なにかを振《ふ》り切るように口を開いた。

「藤木、そのことだが、……っ？」

その瞬間、彼の口からはっきりと結婚《けっこん》を知らせる言葉を聞きたくはなく、藤木は強引《ごういん》に口づけでふさぐ。

「いい。……わかってる。全部……知ってるから」

嘉悦の唇をそっと指先で撫でながら、藤木は囁くように告げた。

「そう、なのか？」

「うん。……訊《き》いてた。丘野先生に会ったとき」

偶然《ぐうぜん》再会した折り、嘉悦が結婚して、向こうではずいぶんな責任ある仕事に就《つ》いているらしいと教えてくれた恩師は、高校でも期待株であった元生徒の成功を素直《すなお》に喜んでいた。

同じように祝福してやれない自分がただつらくて、複雑な笑《え》みを浮《う》かべている藤木にも同じような情をくれたあの教師さえ、思わず恨《うら》んでしまいそうで、だから連絡《れんらく》を絶《た》っていた。

そうだったのかとため息をついた嘉悦には、そんな醜《みにく》い感情を知られたくはない。

「おまえに、別れるって言われて……自棄《やけ》になってたんだ。だから、もうどうにでもなれと思って……」

悔恨《かいこん》を滲ませる声で、まるで懺悔《ざんげ》でもするように目を伏せる嘉悦も、見たくないと思う。

かき抱《いだ》くようにすらりとした首筋に両腕《りょううで》を回して、言葉よりきつく抱きしめてくれと藤木は訴《うった》えた。

「だから、言わなくていい。……もう、いまさらだから。いいから」

声はもう、涙《なみだ》を孕《はら》んでどうしようもなく震《ふる》え、誘《さそ》うようにかすれていく。俯《うつむ》いて、唇を噛みしめたまま震える藤木のほっそりした両手首を嘉悦がそっと取り上げる。

「そう、だな。……いまさらだ。でも」

悪かったと告げて指の先に唇を落とす嘉悦に、妻を裏切らせるような真似《まね》をさせているのだと思えば胸が軋《きし》んだ。

「やり直そうとは、言わない」

「か、えつ、さ……」

「でも、……もう一度俺と、ちゃんと。つきあってくれ。傍《そば》にいてほしいんだ」

突《つ》き放されたと思った端《はな》からすくい上げられ、タチの悪い男になったと藤木は泣き笑う。

誰《だれ》かほかの大事なひとがいて、それでも自分に手を伸ばす嘉悦を卑怯《ひきょう》にも思えたけれど、忘れられなかったと告げられる嬉《うれ》しさの前に、そんなことはどうでもよくなった。

「おまえがいないと……俺はだめになる」

「そんな……」

「いなくなられて、思い知った。……頼《たの》むから、もう消えるな」

時間が戻《もど》せないなら、新しくはじめてくれと言われて、目が眩《くら》むほどに嬉しかった。

(ずるくても、いい)

──なにか間違《まち》えそうになったらがつんと言ってやりますよ。

もうあんな、心にもない言葉を言える強さは、藤木のどこにも残っていない。

誰かを傷つけようと裏切ろうと、もうそんなこともどうでもいいほどに。

「俺が、こうすることを……許してくれるのか?」

告げられて、藤木はただ頷《うなず》いた。

許されないのは、間違いなく自分の方だ。彼を、決して間違わせないと誓《ちか》って離《はな》れたあの日の自分さえ裏切り、嘉悦にもまた誰かを裏切らせて。

「謝ることなんか、なんにも……ない」

むしろそんなことを言われてしまえば、考えたくもない事実を強く感じてしまう。だから痛みばかり強い言葉を封《ふう》じるように、唇を重ねた。

(謝らないで。間違いだと……思わないで)

「……ん、んんっ」

腰《こし》を抱いた腕の強さと、絡められた舌の甘さ、これが欲しくて、ほかのすべてには目をつぶる。そうして与《あた》えられてしまえば、どれほど嘉悦に飢《う》えていたのか思い知らされて、藤木は泣きながら甘苦い唇を求めた。

言葉をふさぐためではない、ただ触れたくて触れた。その理由をもう、自分にさえもごまかせない。

(遊びでも……愛人でもいい)

二度と触れられないと思っていたぬくもりを、自分から手放すようなことはもうできない。

誰かにいつか誹《そし》られる日が来たら、そのときには自分がすべてを引き受ければいい。

いまはただ、嘉悦の与える濡《ぬ》れた口づけだけが、藤木のすべてだった。

唇がひりつくほどに口づけたあと、今日は帰ると言われて、自分の顔が頼《たよ》りなく歪《ゆが》むのを知るのは恥《は》ずかしかった。

「来週まで、少し時間が取れないけど……また、来る」

「うん……」

お互《たが》いに仕事もあるし、上の部屋では真雪が寝《ね》ている。

冷静に考えて、この夜の先はどうにもならないことなどわかっていたけれど、きつく抱《だ》きしめられた身体《からだ》を離してほしくはなかった。

連絡先にと教えられたのは自宅のものではなく携帯《けいたい》のナンバーで、それについて藤木はなにも言わなかったけれど、嘉悦は「仕事で出歩いてるから、これしか繋《つな》がらない」と言った。

「そうじゃなかったら、会社の方に」

「いいよ、これだけで。……うちは、これ」

言い訳じみたことなどいっさい、彼の口から聞きたくなかった。それこそ藤木もほとんど店にいるからと、インフォメーションカードを差し出し、連絡はこっちに頼むと告げる。

「飲んだけど、大丈夫《だいじょうぶ》……？」

「もう醒《さ》めた。それに、たいして飲んでない」

わかるだろうと教えられたのは言葉ではなく、そっと触れた唇からだ。こんな甘いことをする男になったかと意外に思いつつも照れくさく、藤木はただ頷く。

「気をつけて……」

「ああ。それじゃ、また」

駐車場《ちゆうしやじよう》まで降りて見送り、なめらかに走り出したシーマを眺《なが》めながら、そういえばあの頃《ころ》の車はどうしたのだろうとぼんやり考える。

資産家の次男坊《じなんぼう》の割には躾《しつけ》に厳しかったらしく、彼自身がバイトをして中古で買ったアウディは、もうとっくに廃車《はいしや》になったことだろう。別れ話の舞台《ぶたい》になったあれは、決していい思い出だけではないけれど、少し寂《さび》しい気がした。

しばらくそのまま、嘉悦の去った方を眺めて藤木は放心したように波音だけを聞いていた。

（これから、どうなるんだろう……）

感情にまかせて、愚《おろ》かなことをした自覚はさすがにあった。彼の車が行き着く先には、妻となったひとがいるのかと思えば胸が軋んで仕方なく、けれどその痛みを甘んじて藤木は受け入れようと思った。

いずれにせよ、もう戻れない。見えない夜の先に、手探《てさぐ》りで進んでいくしかないのだ。

ただ嘉悦だけを求める、その心を頼りに。

「……聖ちゃん」

「わっ」

ぼうっと立ち竦《すく》んでいた藤木に、そろりと声がかかる。比喩《ひゆ》でなく飛び上がるほど驚《おどろ》き振《ふ》り向けば、フリースのパーカーを手にした真雪が立っていた。

「そんな薄着《うすぎ》じゃ冷えるよ。海風あるし」

「あ、……ああ」

着たら、と差し出された上着を羽織りながら、いつからいたんだと問いかけた。

「車の音したから、終わったかなーと思って。でもいつまでも戻ってこないんで——」

心配してくれていたのかと思えば申し訳なく、藤木がありがとうと言いかけた先を制するように、真雪はにやりといやな笑いを浮かべる。

「——どっかホテルでも行ったかなと思ったんだけどねえ？」

「ばっ……行かないよ！」

かっと頬《ほお》が熱くなったのは、いっそそうしてもいいと思った自分を知るからだ。にやにやと笑いながら、真雪は細い腕を絡《から》めてくる。

「ん、でもまあ、……よかったね」

会話の内容を、藤木の表情から察したのだろう。表情こそ揶揄《やゆ》するようなものではあったが、小さな呟《つぶや》きは真摯《しんし》なものを孕んでいる。

「……よかった、のかな」

「いいんだよ」

主語のないそれであったけれど、真雪は問われた言葉の意味も、藤木自身の逡巡《しゆんじゆん》もすべて、わかっていたようだった。断言するようにもう一度、いいんだよと繰《く》り返して、藤木の手を引くように部屋へと向かう。

「覚えといてね、聖ちゃん。真雪は聖ちゃんの味方だからね」

胸がつまって、藤木は返す言葉さえも見つけられずにただ、頷いた。

子どものような言葉であるのに、真雪の見せる態度はひどく世慣れた大人の寛容《かんよう》だった。

(真雪の方が、よっぽど大人だ)

あやまちも間違いも、仕方のないことと許して、なにも言わずただ手を引く彼女の細い小さな背中が、ひどく大きなものに見える。

思えば、彼女の来し方を藤木はよくは知らない。ただ、真雪がこの店に来て、一緒《いつしよ》に住むようになってから一度も、彼女の親であるとか兄弟へと連絡《れんらく》している姿を見たことはない。

それは大智も同じようなもので、不思議と曾我はそういう孤独《こどく》さを持った人間を惹《ひ》きつけ、上手に誰《だれ》かの傍《そば》に置いてくれる。

——繋がりを持ちなさい。藤木くん。誰かのことに関《かか》わり、そして責任を持ちなさい。

うつろな顔で海を見ていた藤木に、不思議な笑《え》みを浮《う》かべたオーナーは、この店をまかせるからとにっこり告げた。

――誰かが自分を知っていれば、そしてその誰かに愛されていると知っていれば、そうそうすべてを捨てたくはならないから。

そういう曾我こそが、一番の根無し草であるくせにと思いながら、確かにあの言葉は正しかったと思う。事実この瞬間《しゅんかん》、真雪がいることで確かに藤木は助けられている。

寄せ集められた寂寥《せきりょう》は、ただやさしい繋がりを作った。その中でも格段に幼いのは、結局は自分であろうと、藤木はそっと自嘲《じちょう》した。

真雪に手を引かれて、間違いを間違いとしながらただ許される。失ってしまった子どもの時間をやり直すような、甘く淀《よど》んだやさしさに、いまはただ縋《すが》っていようと藤木は思った。

「……真雪？」

「んー？」

「ありがとね」

ぽつりとそれだけを言うと、真雪はふふっと笑うだけだった。

月光を受けて光る真雪の髪《かみ》が、なにかの救いのように眩《まぶ》しかった。救われる資格などないと知りながら、縋るように藤木はただ、そのきらきらした髪を眺め続けていた。

＊　＊　＊

二日後、電話で来訪を予告していた曾我は、小さなトラブルがあったとかで店に来ることがかなわなかった。

『ちょっと、輸入雑貨の方で船便が事故を起こしてね……現地の方で折衝《せっしょう》しなきゃいけなくなったんだ』

「そうですか……大丈夫ですか？　無理はなさらないでください」

電話では相変わらずおっとりした声を出してはいたけれど、深刻な面もあるのだろう。いつものように雑談を交えることもなく、早々に切り上げられた電話を見つめ、ほっと藤木は息をついた。

正直いって、しばらく曾我には会いたくなかった。というよりも、ぐらぐらと揺《ゆ》れているいま、この情けない状態ではあわせる顔がないと感じていた。

嘉悦との二度目の再会の日、大智や彼がいないことを不安に思っていたけれど、いまは逆の意味でそれを幸運にも思っている自分がいる。

週末には時間が取れたと、嘉悦からの連絡があったのは昨晩のことだ。もう浅ましくてかまわないと思いながら、その日の休みを真雪に相談すると、理由も聞かないまま「いいんじゃないの」と彼女はあっさり言い切った。

「山ぴーも慣れてるし、別に聖ちゃんいなくても一日くらいはなんとかなるよ」

「そう……？」

そうもあっさり了承《りょうしょう》されると、責任者としてはいささか複雑でもある。しかし、広いリビングでロングボードに蠟《ろう》を塗《ぬ》りつけながらの真雪が続けた言葉には首を傾《かし》げる。

「んでも一日でいいの？」

「……ん？　どういう意味？」

「いやー。いいならいいんだけどね」

しばらくにやにやとしているだけの真雪に、意図を摑《つか》みあぐねていた藤木は、ややあってひと息に赤くなった。

「まっ……真雪!?　そん、なに言って」

「うわ、いま気づいたんだ……おっそ」

真雪のそれがひどく卑猥《ひわい》なニュアンスを含《ふく》んだからかいだと気づくのが遅《おく》れたのは、色事めいたものからずいぶん遠のいていたせいだろう。あたふたと意味もなく両手を開閉させて、なにか反論の言葉を探すけれど、結局見つからないまま藤木は口元を押さえて俯《うつむ》く。

「ま、聖ちゃんらしいけどね。楽しんでねー、デート」

「で、デートって、そんな、じゃ……」

さんざん冷やかされ、勘弁《かんべん》してくれと思いながら、浮き足立っているのは否《いな》めない。ふわふわと頼《たよ》りない気分になって、どこか危《あや》ういままの自分がいるのだ。

嘉悦に対しての気持ちが、加速度をつけて止まらなくなっていく。

だがそこに純粋《じゅんすい》な昂揚《こうよう》だけでないものが混じっていることを、誰よりも藤木は自覚している。

ふとした瞬間には、冷水を浴びせられたかのように鳩尾《みぞおち》がひんやりとして、それを忘れたくてことさら、少女じみた甘い気分に浸《ひた》りたがっていることも。

「んじゃ、ほかになんつーのよ。逢引《あいびき》？」

「……そりゃまた古風だね」

真雪がよくわからずに使った言葉には、ひどく後ろめたい印象があって、藤木はぎこちなく雑《ま》ぜ返すしかなかった。

（でも、不倫《ふりん》にはちょうどいいのかな……）

嘉悦との逢瀬《おうせ》は確かに、そう言い表すのが一番似合っているのだろう。覚えず昏《くら》い笑みを粧《は》いた藤木の横顔を、ただじっと見つめる真雪の瞳《ひとみ》は、なにもかもを見透《みす》かすような静かな色を浮かべていた。

どこかしら落ち着かない気分のまま迎《むか》えた当日。嘉悦と待ち合わせたのは、横浜《よこはま》のホテルニューグランド。そこを指定したのは中華街《ちゅうかがい》にほど近いためで、帰国してから一度もそちらに足を向けていないという彼の希望だった。

「……だいぶ変わったな」

「そりゃそうでしょう。何年経《た》ってると思ってるんだよ」

学生時代とはあまりにも様子が変わっている町並みに、嘉悦はかなり面食《めんく》らったようだった。

久々のオフであるけれど、相変わらず嘉悦はスーツのままだ。ラフなファッションは好まないのかと問うと、四六時中背広を着ているせいで、ほかの服では落ち着かなくなったのだと苦《く》笑《しょう》した。

「仕事、忙《いそが》しい？」

「まあな」

嘉悦の勤める会社は日本でも有数の大手総合商社で、現在では市場開拓《かいたく》と商品・技術開発部門の課長職についており、もっぱら米国で学んだノウハウを社内に浸透《しんとう》させることで忙しいようだ。

帰国して三年目のいまは、いくつかのプロジェクトを抱《かか》えた状態でいるらしく、いま現在のメインは中国茶のコンビニ展開を狙《ねら》った新商品開発であるという。

「この間もちょっと向こうにいってきたんだが、いまはどこも似たり寄ったりの商品が溢《あふ》れてるしな。競合が多くて、なかなかこれといったものがない」

「……それで中華街？」

納得《なっとく》すると同時に呆《あき》れた気分になる。藤木が予約を入れた店まで辿《たど》りつく間にも、嘉悦はあちこちの店先を覗《のぞ》きこんでいた。なにかヒントはないかと考えるのか、それとも仕事が頭から離《はな》れないのか。

オフの日くらい仕事を忘れればいいのにと藤木が苦笑すると、嘉悦は少しばつが悪そうに広い肩《かた》を竦《すく》めてみせた。

なんだかついでに連れ回されたような気もしなくはないが、ひどくそれは嘉悦らしいとも思った。

予約席につき、料理を待つこのいまも、手元にあるメニューのドリンク欄《らん》をじっと見つめている姿になんともおかしくなってしまう。

「まあいいけど、仕事はほどほどに。食べるときは食べること楽しんだ方がいいよ」

「……まあ、そうだな」

やんわり窘《たしな》めたところで、ようやく意識を仕事から切り離したのだろう。メニューから目を離した嘉悦は軽く眉《まゆ》を上げてみせる。

運ばれてきた五目おこげのじゅわっという音を楽しみつつ、藤木はしみじみと呟《つぶや》いた。

「けどまあ、昔からそうだよねえ。嘉悦さん」

「なにがだ？」

「大学のときも、どっか行くぞって話になって連れていかれると、いきなりルネッサンスの歴史文化展だったりさ。あのときヨーロッパの政治史やっててちょうど中世のあたり調べてたろ」

「……そうだっけか」

嘉悦は覚えていないようだが、藤木にとってはなんら興味のない催《もよお》しであっただけによけい記憶《きおく》は鮮明《せんめい》だ。

この男はなにかひとつ頭にひっかかると、そればかりになって案外周りが見えなくなることも多かった。その集中力の凄《すさ》まじさは正しく彼の能力を引き出して、だからこそ都大会まで進んだサッカー部の部長などやりながら、全国模試で常にトップクラスの成績を保ててもいたのだろう。

「んで結局美術品展示ばっかりで、役にも立たなかったってぶつくさ言ってたの覚えてるよ」

「それは……悪かったな」

だが、つまらなかっただろうと苦く笑う彼に、やはり年月は経ったのだと思う。あの頃《ころ》はそうして振《ふ》り回された藤木がふて腐《くさ》れても、目の前のことでいっぱいになっている嘉悦は気づきもしなかった。

「別にいいけどね。熱いから、気をつけて」

「ああ、ありがとう」

料理を取り分けるのはプロでもある藤木がやった方が、確かに早い。けれど、任せっきりで鷹揚《おうよう》な態度で皿を受け取る嘉悦のあまりに自然な態度にふと、変わっていないなと思う。

そういえば学生時代からそうだった。基本的におぼっちゃま育ちの嘉悦は、こうしてひとに世話を焼かれることに対して、なんの衒《てら》いもない部分があり、またそれを周囲に当然と思わせるだけの雰囲気《ふんいき》があった。

　誰《だれ》もいなければ自分のことは自分でするけれど、藤木がなにくれと世話を焼くようになってからは、手も出さない部分があったことを思い出す。

　それでいて図々《ずうずう》しい感じがなく、不愉快《ふゆかい》に思ったことは一度もないのがむしろ不思議だ。むろん感謝の言葉や態度をきちんと示してくるからではあるのだろうが。

（なんかこう、天然で『偉《えら》い』んだよなあ。してあげて当然みたいになっちゃうっていうか）

　藤木は基本的に誰かの世話をするのは苦にならないし、役立つことができるのを喜びとするタイプだ。だから接客業も向いていたわけだし、あの当時もいまも、自分でしてあげたくてやっているから別にそれはかまわない。

　ただ、普段《ふだん》はどういう生活をしているのか——と思えば、胸の中に昏い影《かげ》がさした。

（……家でもなんにもしてなさそうだなあ）

　いま自分がしてあげるように、誰かが嘉悦の面倒《めんどう》をみたりしているのだろうか。

　ため息をつきつつ、きれいにプレスされたシャツを整えているのは誰なのだろうとつい考えて、自分がひどくいやらしい気がして藤木は少し滅入《めい》る。

「どうかしたか？」

　上海蟹《シャンハイがに》をつつきつつ、眉を寄せてしまった藤木に静かな声がかけられる。はっとしてかぶりをふり、藤木は表情を取り繕《つくろ》う。

「あ、ううん。なんでも。……ああ、もう少し食べる？」

「俺はいいけど」

せっかくの時間を壊《こわ》したくはなく、できる限りやわらかに微笑《ほほえ》んでみせる。気遣《きづか》わしげな視線に、嘉悦もまた少しばかりこのふたりだけのひとときに戸惑《とまど》っているのだと知れた。

（難しいな……）

どこか昔ほどには近づききれない感覚が残って、それを無視して以前のまま振る舞《ま》おうにも、互《たが》いの中に見つけてしまう小さな違和感《いわかん》は拭《ぬぐ》いきれない。

（もう少し……早く、どうにか）

もどかしい距離《きょり》がある。それをひと息に早く、埋《う》めてしまいたいと急《せ》くような気持ちはそのまま、おそらくは情欲に変化するのだろうか。

「今日は、店は完全に休みなのか」

「ああ、うん。まかせてきたし、平気だけど……」

食事も終わり、嘉悦が煙草《たばこ》に火をつける仕草も少し変わったような気がした。すっと目を細めて煙《けむり》から逃《に》げるように動く顎《あご》のラインに、どうしてか緊張感《きんちょうかん》を覚えた。

テーブルの下で、偶然膝《ぐうぜんひざ》がぶつかる。はっとして動けなくなった藤木が伝わる熱をひどく意識したのと同じく、嘉悦もそれを離そうとしない。

「このあと、部屋は取ってるけど」

「……うん」

お互いの目を見ないまま、小さな声で交《か》わした会話にくらくらする。血の気の上った頰《ほお》をどうか誰も気づかないでくれと思いながら、藤木は嘉悦の吐《は》き出す紫煙《しえん》の行方《ゆくえ》だけをただ、目で追っていた。

＊　＊　＊

著名なクラシックホテルの一室はさすがの落ち着きとうつくしさで、調度品ひとつとってもレベルの高さを知らしめる。落ち着いた内装も、ホテルマンの雰囲気も、一流のプライドと歴史の重みを感じさせた。

しかしそれを堪能《たんのう》するような余裕《よゆう》は藤木には残されていなかった。

食事のあとにはお互いになんだか言葉も少なくなってしまい、緊張感だけがひどくなる。

「あの、……コーヒーでも、いれる?」

「いや、いい」

ドアを閉め、ふたりきりになってからはなおのことで、窓際《まどぎわ》のソファに腰掛《こしか》けた嘉悦の方をまともに見ることもできなかった。

どこに座っていいのかさえもわからず、藤木は備え付けのコーヒーメーカーを指で辿る。

「あ、じゃあ俺はもらうから……」

「――藤木」

そわそわと落ち着かない自分を見苦しいとも思ったけれど、さすがに苦笑《くしょう》した嘉悦に名を呼ばれてはいつまでも逃げられず、藤木はおずおずと振り向く。

反して嘉悦は、見たこともないような笑《え》みを浮《う》かべている。

「いいから、とにかく座れ」

いまさら純情ぶる年でもないと思うのだが、どうしていいのか、本当にわからなかった。

誰かと、淫《みだ》らな熱を共有することを前提とした時間を過ごすのは、実際もう何年ぶりかわからない。大智に告白されたときには既《すで》に人肌《ひとはだ》に触《ふ》れなくなって久しかったから、最低でも六年近く、藤木の身体《からだ》は誰の熱も知らない。

（こういうとき、どうすればいいんだっけ……）

セックスの前に、どんな態度をとればいいのだろう。本気でそんなことを考える程度にはいっぱいいっぱいだ。

座れと促《うなが》されてもなお硬直《こうちょく》したまま動けないでいる藤木に、仕方なさそうに吐息《といき》した嘉悦が立ち上がる。たったそれだけでびくりと身体が竦《すく》んでしまって、さらに彼の笑みを深くする結果になった。

「そう緊張するな。こっちに移る」

「う……だ、って」

嘉悦がそっと声をかけるだけで近づこうとしないのは、おそらく藤木の怯《おび》えを感じ取っているからなのだろう。けれどそれがいっそつらいと、目を伏《ふ》せる。

「どう、したらいいんだか、もう……わかんなくて」

「ん？」

「お、俺……どうすればいい……？」

はじめて彼と寝《ね》たときよりもひどい緊張に、冷たくなった指先が震《ふる》えている。頼《たの》むから教えてくれというようにわななく声を発すると、ふっと短い息をついた嘉悦は大きな手のひらを差し出した。

「……おいで」

やんわりと甘い声で下された命令に、意識より先にふらふらと身体が従う。

長い腕《うで》がまず捉《とら》えたのは藤木の手首で、そこからするりと這《は》い上がるように肩《かた》まで両手に撫《な》でられ、本当にやさしくそっと、抱《だ》きしめられた。

「いやなら、なにもしない」

「ばか……」

いまここでそんなことを言うなんて、いい加減ひどいと思いながら広い背中に腕を回す。まだ慣れないスーツの手触《てざわ》りを確かめながら、これから覚えていこうと藤木はせつなく思った。

「お……俺、どうしていいんだか、ほんとわかんないんだよ。パニクっちゃって」

「うん？」

「だから、あんまり余裕見せて、意地悪いこと言うなよっ……」

なにも考えられないから、どうか嘉悦の好きにしてしまってほしい。もうそれが精一杯《せいいっぱい》だと
藤木は紅潮した頬を逞《たくま》しい胸にすり寄せて、しかしはっと目を瞠《みは》る。

「あ……」

そこから伝わってきた心音は、嘉悦が声や表情ほどに落ち着いていないのだと教えてくれた。

反射的に身じろぐと、今度はずいぶん強い抱擁《ほうよう》に巻きこまれて、藤木の心臓もまた不安定に躍《おど》りはじめる。

あまり買いかぶるなと言う嘉悦ももう、笑みを浮かべることはない。

「……別に余裕はないぞ、俺も」

「う、ん……っ、んう」

焦《じ》れていたというのならもう、それはあの先週の夜からとっくであったと知らしめる口づけに、藤木はなにも考えられなくなる。

（頭、ぼーっとする……）

濡《ぬ》れた音を立てる唇《くちびる》の狭間《はざま》から、ひっきりなしに熱を持った吐息が零《こぼ》れてはまた吸い上げられる。身体の形を確かめるように大きな手のひらがあちらこちらを這い、腰《こし》から尻《しり》までを撫で

下ろされると、無意識に背中が反り返った。

「――……んあっ」

そのまま倒《たお》れこんだベッドの上で、長く、いっそ執拗《しつよう》なほどの口づけを受けた。乱されていく衣服の衣擦《きぬず》れにさえも感じながら、ひんやりとした外気に晒《さら》される肌にはっとなる。

「電気……っ」

「ん？」

「け、……消して」

首筋を甘咬《あまが》みされ、上擦った声で懇願《こんがん》したそれは叶《かな》えられたけれど、再び重なった身体がもうお互い、なにも纏《まと》うものがないと気づけば恐慌《きょうこう》はさらにひどくなった。

（どう、しよう）

ひとの前に――それも、誰《だれ》より心を許した相手の前に肌を晒すということの恥《は》ずかしさを、藤木はもう忘れていた。

それだけに、薄暗《うすぐら》い部屋の中でさえも相手の視線が気になって、しがみつくようにして精一杯身体を隠《かく》そうとしてしまう。

そうしたらそうしたで、触れあったなまなましいような体温に肌が痺《しび》れて動けなくなる藤木に、嘉悦は少し困ったような声を出した。

「藤木、これじゃ……なにもできないだろう」

「や、だ……」

声が、まるで涙《なみだ》を呑《の》んだように震えた。こんなにも頼《たよ》りない声を出したことなど、かつての嘉悦との夜の中にもない。

おまけにあの当時、十代の幼さを持っていた声とは明らかに違《ちが》うのだ。

（がっかり、しないかな）

ゆるやかな時間の中、特に意識してはいなかったけれど、日々真雪や瀬里などの若い連中と接している藤木は、実年齢《じつねんれい》以上におのれの年を実感することも多い。

あの弾《はじ》けるようなまばゆさはもう、藤木にはない。肌にも顔立ちにも、傲慢《ごうまん》なまでの若い艶《つや》があったあの頃《ころ》とは違《ちが》うはずだ。

「お、……俺、年食っただろ」

「……は？」

唐突《とうとつ》な問いかけに、嘉悦は面食《めんく》らったようにうつくしい目を瞠った。それが呆《あき》れたようにも思えて、藤木は早口に言いつのる。

「もうじき、三十にもなっちゃう、し。あの頃とは、違うから」

こんな身体で、嘉悦は本当にいいんだろうか。半ば怯え羞《は》じらいながらのそれに、頭上からは苦笑混じりの声が降ってくる。

「それを言い出したら、俺も同じことだろう。あの当時から老《ふ》け顔だとか言ってたくせに」

「嘉悦さんは、いいんだよっ。あんたは年取れば取るほど渋《しぶ》くなるタイプなんだから」

確かに高校生の頃から大人びていた嘉悦は実際、当時から成人をとっくに過ぎていると見られることが多かった。けれど、ふっとやさしく笑んだ目元には、年齢を重ねた分だけの深みが増している。

「褒《ほ》められたのかなんだか微妙《びみょう》だな」

藤木の照れ隠しの悪態にも、昔ならばきっと困った顔をしたはずの男は、ただ喉奥《のどおく》で笑うばかりだ。

ぼんやりと想像するしかなかった大人の嘉悦は、藤木が思う以上の包容力と落ち着きを醸《かも》し出し、そのくせどこか艶《なま》めいた男になっていた。

「余裕《よゆう》こきやがって……」

「そんなものないって言ってるだろう」

この十年の来し方の差を見せつけられたようで思わず呻《うめ》くと、きつく抱き寄せられて胸が騒《さわ》ぐ。

「いっそ本当におまえが、当たり前の男に変わってたら……俺だってもっと、きっと」

楽だったのにと続いた言葉は藤木の唇の中に吹《ふ》きこまれる。

「どういう意味だよ……俺、普通《ふつう》だろう?」

「普通なわけがないだろう。なんでこんなに」

こんなに、ともう一度呟《つぶや》いて、いとおしげに頬《ほお》を撫でてくる指。感嘆《かんたん》を表すようなそれにたまらないような羞恥《しゅうち》がこみあげて、ごまかすように藤木は笑った。

「ふ、老けた……とか？」

「ばか。……きれいなまんまでいっそ腹が立つんだ。変わらなすぎだろう、おまえは」

「なに、それ……っ、ん、んんっ」

嘉悦にはめずらしい、ストレートな賛辞に頬が熱くなった。だが藤木の目元が歪《ゆが》んでいくのは羞恥のためだけでなく、そのままやんわりと脚《あし》を撫でられたせいだ。

「口説き文句なんか、言えるようになったんだ……？」

「……黙《だま》って呑《の》みこんでると逃《に》げられるって、知ったからな」

なにかもう少し雑《ま》ぜ返そうと思ったけれど、すり寄せるように触《ふ》れた口づけ、そのこなれた雰囲気《ふんいき》にも胸はふさいで、それ以上にときめく。

そういえば物静かなのは見た目だけの話だった。案外に強引《ごういん》で、こうと決めたら引かなくて。

誠実で嘘《うそ》のつけない、直情なばかりだった嘉悦の見せるしたたかな一面は、少しの痛みと過度なまでのときめきを藤木に運んだ。

（ちくしょう、うまくなってる……）

お互《たが》いにはじめてで、手探《てさぐ》りで少しずつ高めあっていた頃とは違う。慣れて巧《たく》みなキスが、苦くて甘い。うっとりとしながら、ゆるやかに背中を反らすのも無意識のことだったけれど、それはそれで嘉悦にも思うところがあったようだ。

「……感じやすくなったな」

もうお互いしか知らない頃には戻《もど》れないのだと、こんな瞬間《しゅんかん》に気づいてしまうのも、経験を積んだが故《ゆえ》のことだろう。

けれど、複雑な嫉妬《しっと》さえも歓喜《かんき》にすり替《か》えることができてしまうほどには、互いにもう大人になった。むしろ慣れの中に見つける、嘉悦と藤木しか知らない事実を躍起《やっき》になって探すことで、ひどく熱くなっていく。

「ふあ、は……っ」

はじめて肌に触れたときの興奮と喜びを、もう一度感じる。あなたしか知らないと、そう言い切れた自分には戻れなくても、彷徨《さまよ》って道を逸《そ》れてその先にいたのが互いの姿である方が、よりいっそう業《ごう》の深さを思わせるじゃないか。

「……俺、だめ、で」

「うん……？」

「やっぱり、嘉悦さん……嘉悦さんじゃなきゃ、こんな……！」

まだゆるやかな口づけを繰《く》り返しているだけだというのに、もう腰の奥が痺れている。性急で恥ずかしい自分を知ってくれと身体《からだ》を擦《こす》りつけ、藤木はせつなく目元を歪めた。

「……そう、煽《あお》るな」

呟いた嘉悦も同じほどのまなざしを向けて、胸が抉《えぐ》られるような気分になる。その痛みは甘く、けれどどこかしらに後ろめたい苦さも含《ふく》んで、藤木をたまらなくした。

「ふあっ……」

胸元《むなもと》に触れる嘉悦の吐息《といき》が、火傷《やけど》しそうに熱い。

こんな風に肌を舐《な》められることも、そこに淫《みだ》らな作為《さくい》をこめて指先でくすぐられるように触れられるやり方も、藤木は知らない。

「あ、あ、んん……っ」

食らいつくような一方的な激しさではなく、じりじりと追いつめるような愛撫《あいぶ》はかつての嘉悦にはないものだった。

少しずつ思い出の中にあるものとのずれがあり、けれど新しく知る嘉悦に曖昧《あいまい》な記憶《きおく》が塗《ぬ》り替えられていく。それが寂《さび》しいのか嬉《うれ》しいのか、もうよくわからない。

ただ、溺《おぼ》れるように乱れていく身体の奥を、濡《ぬ》れた指が探った瞬間、もうずいぶん使っていなかったそこが彼の指を拒《こば》むように軋《きし》んだ。

「ひ、いた……っ」

「痛いか」

感触《かんしょく》で嘉悦もなにかを悟《さと》ったのだろう、気遣《きづか》わしげに覗《のぞ》きこんで来る瞳《ひとみ》に、一瞬《いっしゅん》だけ惑《まど》いが見えた。

「やめ、ないで……？」

「けど、平気か」

「うん、大丈夫《だいじょうぶ》……そのうち、慣れる、し」

苦痛を堪《こら》えて笑ってみせた表情に、なぜか嘉悦が目を瞠《みは》った。どこかひどく、驚《おど》いたような表情だった。

「……なに？　どうかした？」

なんだろうと思いながら自分自身でも既視感《きしかん》を覚えていた藤木に、額を押しつけた彼は少し笑ってぽつりと呟く。

「思い出しただけだ。なんでもない」

「あ……」

はじめてのそのときにも、同じような会話を交《か》わしたことがあったのだと、なにかを懐《なつ》かしむような声を耳にして藤木も思い出す。

「そっか、……はは、あ……あ、ん」

気恥《きは》ずかしさに思わず笑《え》みこぼして、それが身体の緊張《きんちょう》をやわらげる結果にもなったのだろう。そろりと進んできた嘉悦の指が、先ほどより格段にすんなりと藤木の中へ滑《すべ》りこみ、あえかな声さえ引き出した。

（よかった……平気そう）

嘉悦に気を遣わせるのもいやだったが、ダメージが大きいのもやはり困る。この分であればどうにかなるかとほっと息をついた途端《とたん》、ひどく感じる部分を指がかすめて息を呑《の》んだ藤木は、胸の奥にちくりとひっかかるものを覚えた。

(大丈夫……か？　本当に？)

久々のセックスにうろたえ、いろいろなことを忘れている自分がなにかひどい見落としをしている気がする。だがふっと意識が逸れた瞬間、咎《とが》めるように指に抉られ、萎《な》えかけていた高ぶりを強く刺激《しげき》され、藤木はあっという間にその戸惑いを忘れた。

「あ、うんっ」

「……なに考えた？」

「な、ん、でもっ……あ、あぁっ」

同時に襲《おそ》ってくる苦痛と官能に乱されて、思考もすぐに散り散りになる。

執拗《しつよう》なまでにやわらげられ濡らされていくそこへの違和感《いわかん》は、なまなましく恥ずかしかった。

(もう、いい、なんでもいいから)

暴《あば》かれたそこは次第《しだい》に感覚さえ鈍《にぶ》くなり、頃合《ころあ》いになったというよりも既《すで》に前戯《ぜんぎ》だけで息も絶え絶えになった藤木は、もうとにかく早くしてくれという気分で身体を開いた。

「……いいか、もう」

「う、ん。もう、い……っ」

正直に言えば、早く終わってくれという気持ちの方が強かったかもしれない。

久しぶりすぎて開くことを忘れていた身体は、そうそうには快楽を覚えることはできなくて、しかし嘉悦に失望されたくもなかった。

「やばかったら、言えよ」

繋《つな》がって早く、十年前といまの時間とを埋《う》め合わせてどうにかしたいと、そんな気持ちもあっただろう。嘉悦の心配そうな顔に、必死になって頷《うなず》いて、できる限り腰《こし》を掲《かか》げてみせる。

「うん、いいから、……っう——……っ!」

脚を抱《かか》えられ、腰を進めてきた嘉悦の両肩《りょうかた》にしがみつく藤木は、しばらくは呻《うめ》くような声しか出なかった。

(い、痛い、死ぬかも)

激しいセックスにずいぶんと縁遠《えんどお》くなっていた身体が、堪えきれない興奮に強《こわ》ばって、関節も筋肉も軋むようにつらかった。

「……きつ」

「ごっ、め……ひさ、しぶり、だから」

痛みは肺を軋ませるほどにひどくて、切れ切れの言葉を紡《つむ》ぐのが精一杯《せいいっぱい》だった。だがその泣き濡れた目元を唇《くちびる》で拭《ぬぐ》った嘉悦は、なにを言ってるんだと苦笑《くしょう》する。

「焦《あせ》りすぎてるのは、俺だ。むしろ……嬉しい」

「よく、ないんじゃない……？」

「ばか言うな」

ぎこちなく強ばり、かたくなに嘉悦を拒むその場所から与《あた》えられるのは、決して快楽ばかりではないだろう。それでも、こうして触《ふ》れあえる幸福には換《か》えられないと嘉悦は言うのだ。

「逆だ、我ながら情けない。……そうはもたないだろうから、少し我慢《がまん》しろ」

「なに、それっ……あ、ああ！」

揺《ゆ》すられて、下腹部の鈍痛《どんつう》がひどくなる。けれどその中には確かに、じりっとした昂揚《こうよう》が混じっている。

（あ、入って……動いてる）

抱《だ》かれる快楽を、身体が思い出したのではない。記憶にある、嘉悦との甘く淫らな時間に存在したあの強烈《きょうれつ》な感覚を知っているから、気持ちだけは感じてどうしようもなくなってしまう。

じわじわとこみあげてくるのは、歓喜《かんき》以外になかった。彼の熱を、欲望を、こうしてあからさまな形で実感できることがなにより嬉しい。

「嘉悦、さんっ……かた……い」

朦朧《もうろう》となったままの藤木は、ただ体感したままを口にして、それがどれほど淫らな呟《つぶや》きであるのかさえもう、自覚することができなかった。

「っ……痛いか？」

「ちが、硬《かた》い……すごい、奥に、刺《さ》さるみたい……っ」

実際の質量以上のものを感じて、藤木は甘く喘《あえ》いだ。痛みさえも嬉しいなどと、信じられないほど少女じみたことを覚えて、それでも事実だから仕方ない。

「言うか。そういうことを」

「あ、あ、だってっ……嬉しい、はいって……るの」

押し殺したような嘉悦の声に、呆《あき》れられたのかと少し怖《こわ》かった。はしたないことを言ってしまったのは自覚しても、声も言葉も止まらない。

このままひどいくらいにされて、いっそ身体も心もなにもかもめちゃくちゃに壊《こわ》してほしい。二度と離《はな》れられないくらいに。

「う、く……っ」

堪えきれなくなったような動きで、幾度《いくど》か激しく突《つ》かれた。痛みを確かに感じているのに、それ以上に乱れて溺れて、ずいぶんと恥ずかしい声もあげた。嘉悦が求めてくれている事実だけで、感触はただの皮膚《ひふ》感覚からもっと深い愉悦《ゆえつ》を藤木に与え続けた。

(すごい、痛いのにすごくいい……)

気持ちひとつで感じることができる。それがなによりも嬉しいのだ。

少しの不安はあるけれど、それはこのままやり過ごせればいい話だと思った。

律動にあわせて藤木自身からはとろりとろりといつまでも粘《ねば》った体液が溢《あふ》れ続け、嘉悦の引き締《し》まった腹にこすられては淫猥《いんわい》な音を立てた。

「……ひくひくしてるな」

「い、っ、いや……」

小さく耳元で笑われて、身体《からだ》中が燃えたように熱くなった。

「おまえのこれに触《さわ》りたかった」

「あ、あ、あ……やだ、ばか……っ」

清廉《せいれん》という言葉が似合う嘉悦であったけれど、こういう時間には案外と――そう、意地が悪くていやらしくもあったのだと思い出す。

揶揄《やゆ》ではなく、静かに事実を述べる声だからよけい恥ずかしくて、そして煽《あお》られる。

（あ……？）

同時に、腰の奥でなにか曖昧《あいまい》な熱が点《とも》されて、ひどく心許《こころもと》ないようなそれに藤木は怯《おび》えた。

「だ、だめ……」

「いやか？」

なにか、とてもいけないことが、身体の奥で起きる気がする。

それがなんなのかまだわからないまま、不安をあらわにした表情を宥《なだ》めるように頬《ほお》に口づけられ、かすめるようなそれにさえもひりひりと肌《はだ》が痛くなった。

（まずい……このまま、じゃ）

やさしく大事にしてくれるのがわかるから、どんどん心も身体も開いてしまう、そういう嘉悦の抱き方をやっと肌身に思い出して、藤木はうろたえた。

「ん、んん……あっ」

「もう、痛くないな？」

「な、い、……けどっ、……ないけど……！」

大きな手のひらに包みこまれて、やわらかく揉《も》むように刺激されながら身体の奥も卑猥《ひわい》なそれでさするようにされると、もうどこでどう感じているのかわからなくなる。

あの頃《ころ》よりもなお、練れた愛撫《あいぶ》に胸が痛んで、それは藤木も同じだった。

腰の奥から、湧《わ》き上がる熱。昂《たか》ぶった感覚がある一点を超《こ》えると、止められず溢れ出すなにかの存在に、藤木ははっと目を瞠《みは》った。

（だめ、いい、そこ……そこ、そんなにされると）

自分の身体がどうしようもなく淫蕩《いんとう》に変化する瞬間《しゅんかん》が訪《おとず》れることを、その瞬間ようやく思い出して、だがすべては遅《おそ》い。

惑《まど》いながら腰をよじると、嘉悦の性器の感触《かんしょく》が何倍もの体感で襲ってくるのがわかった。スイッチの入った身体はおそらく、このあとなにをされてもなにをしてもすべてを快楽として拾い上げ、貪欲《どんよく》に取りこもうとしてしまうだろう。

（どうしよう。感じちゃう、よくなっちゃう……だめ……）

この行為《こうい》が、痛いだけだったならよかったのだ。彼のために耐《た》える時間は藤木の心にただ満足を与えてくれた。けれどそれが、自身の欲を満たすためのものへ変化することは、あまりに浅ましくて恥ずかしかった。

(あ、やだ、それ……そこは、当たる、当たっちゃう)

もう声も出なくなり、熱っぽく濡《ぬ》れた息をまき散らしながら、勝手に浮《う》き上がる腰《こし》がはしたないくらいうねった。堪《こら》えろときつく唇を嚙《か》み、痛むほど拳《こぶし》を握《にぎ》りしめながら藤木は惑乱《わくらん》を表してかぶりを振《ふ》る。

「あ、……ああっ、あっ、……だめ……っ」

「ん……？　きついか？」

「ち、ちが、……違《ちが》って……っふ、あ、あう……！」

目を覗《のぞ》きこんできた嘉悦の、頰を伝う汗《あせ》がはたりと胸の上に落ちる。たかがその程度の感触に、びりっと肌が痺《しび》れた。

ちかちかと頭の中でなにかが明滅《めいめつ》した。快楽を追うことを覚え、それも長いこと満たされないままいた身体は、おそらくは嘉悦が知らない貪欲さを見せ始める。

「だめ、いや……いや……っ」

「え、どう……した？」

動かないでと、そう願いとまさえもなく。きついかと覗きこんでくる、そのささやかな動きに悪寒《おかん》めいたものを感じて震《ふる》え上がった。

息が急激に上がり、腰の動きが忙《せわ》しなくなる。体温が上がって肌が汗ばみ、すべての神経が鋭敏《えいびん》になって肌が痺れた。

(だめだ、だめ……来る……)

そして、決壊《けっかい》を迎《むか》える瞬間は、波が崩《くず》れるように唐突《とうとつ》にやってくる。気持ちでは感じていても、やはり痛みの強かった嘉悦のそれを包んだ場所が、不意に蕩《とろ》けるようにやわらいで、じんわりと濡れる。

(だって、動いてる……こんなに)

嘉悦が。誰《だれ》よりいとおしくまた求めた男が、自分の中にいる。自分を欲《ほっ》して、身体を熱くして、開いた脚《あし》の間に挟《はさ》まっている。

改めて自覚した事実に最後のスイッチを押された藤木は、溶《と》けた肉のもたらす強烈な歓喜に一瞬《いっしゅん》で溺《おぼ》れた。

「あ、あは……ん、あぁあん!」

「おい?」

ぐうっと背中が反り返り、甘ったるい嬌声《きょうせい》が喉《のど》から溢れていく。激しいそれにぎょっとしたように嘉悦が目を瞠ったのが、閉じる一瞬前の瞳《ひとみ》に映ったけれど、もう自分でも制御《せいぎょ》できない。

「あっ、あっ、いい……っん、やだぁ……っ!」

啜《すす》り泣きながら、回すようにして動かしている艶《なま》めかしい藤木のさまを見下ろしていた嘉悦は、ぐっと唇《くちびる》を引き締めるなり呻《うめ》くような問うような声を発した。

「ふじ、き……？」

突然《とつぜん》で激しい、あまりの乱れように驚《おどろ》くその声に、藤木はぎくりとする。けれど身体はもう言うことを聞いてくれない。嘉悦の瞳に映る自分が、既《すで》に蕩けたような顔をしているだろうことには、いっそ絶望的な気分になった。

「いっ……い、や。み……見ないで、お願い……っああ！」

「く……っ」

叫《さけ》んだ瞬間、曲げて開いた膝《ひざ》はあまりに淫《みだ》らに開閉し、男を入れられて悦《よろこ》ぶことを知った粘《ねん》膜《まく》は、嘉悦を搾《しぼ》り取るように締めつける。

誘《さそ》いこむようなその動きに、誰より泣きたくなったのは藤木だった。

（いやだ……もう……）

長いこと人肌《ひとはだ》に触《ふ》れることもなくて、だから忘れていたのだ。

藤木自身悔《く》いるあまり、記《き》憶《おく》を封《ふう》じこめていたけれど、かつて彼を忘れようとして、新しい男とのセックスに溺れるようにした時期があった。

嘉悦には恥《は》ずかしくてさせたことのないような、激しく淫猥な行為をみずから望んだ藤木は、自分のあまりの欲深さに臆《おく》して結局、淫らな逃避《とうひ》をやめた。

だがその当時教えこまれた欲望は、時折には燻《くすぶ》るように肌を焼いてつらいこともあった。一度、火がついたら藤木はもう自分では止められない。大智をはじめとする彼らに、情を請《こ》われて受け入れなかったのはそのせいもある。

それでももう、人肌を忘れて何年も経《た》ったいまでは、あの毒のような蠱惑《こわく》を捨て去ったと思いこんでいたのに――嘉悦に触れられてあまりにあっけなく、封印は解かれてしまった。

「ああ……いいっ、いっ、すご……いっ」

だが同時に、なにもかもが違うと思う。

胸を撫《な》でられるだけで心臓を直《じか》に握られている気がするし、肌をさする手には快楽中枢《ちゅうすう》へ繋《つな》がる神経の束をひっかかれる。

「こんな……こんなに、奥まで……っ」

繋がった身体は言うまでもなく、脳まで貫《つらぬ》かれて掻《か》き回されているような、ねっとりした一体感と快楽に、藤木は本気で泣きじゃくった。誰と寝《ね》ても泣くほど感じたことは一度もなかったのにと思いながら、ぼろぼろと涙《なみだ》が零《こぼ》れた。

(俺、壊《こわ》れてる……)

自分でも呆然《ぼうぜん》とするほどの過敏すぎる反応に、呆《あき》れられただろうか。それとも不快にさせたかもしれない。

どう考えても嘉悦の知らない動きで揺《ゆ》れてしまう腰を堪えようとして藤木は必死に身体を強《こわ》

ばらせ、しかし結局は耐えきれずにさらに激しい反応を見せてしまった。

「いっ、ひ……いや、ああっ」

「……すごいな」

藤木の過激な反応に、一瞬だけ呑《の》まれたように目を瞠っていた嘉悦は、ややあって動きをゆるめ、口元を静かに綻《ほころ》ばせた。

「感じるのか、藤木」

「やっ……は、恥ずかし……い」

胸を騒《さわ》がせるような、少し危険な笑《え》みを見つめて、藤木は濡れた目を細める。同時に、この過敏な身体《からだ》に対して彼が臆することも、軽蔑《けいべつ》を見せることもないことに安堵《あんど》した。

「ご、ごめ、んね？　ごめ……っ」

「どうして……？　なに、謝ってる？」

ゆったりと、からかうように腰を送りこまれて、駆《か》け上がりそうだった情欲が体内でじりじりと焦《こ》げる。嘉悦がゆるやかな分だけ、藤木の反応が浮き彫《ぼ》りにされて、勝手に跳《は》ねる腰が耐え難《がた》い羞恥《しゅうち》を呼んだ。

「あっ、こ、こんなこと……しちゃう、俺、止ま……ん、ないっ」

だがその浅ましい動きさえ、嘉悦は受け入れてくれたようだった。先ほどとは違う、獰猛《どうもう》な色の乗せられた笑みに怯《おび》えながら、それでも藤木はぎりぎりと痛む胸を自分の手でさする。

（心臓、壊れそう）

いたずらに怖《こわ》いのではなく、怯えるだけでもなく、強い獣《けもの》のような目で見下ろす嘉悦にときめきすぎて息が苦しい。

ただそんな自分を知られて、軽蔑されないかと思うだけで身が竦《すく》むけれど、嘉悦は静かな獣の目で、じっとこちらを窺《うかが》ってくる。

「別に止めなくていい。……いやなのか？」

「いやじゃ、ないっ、あんっ」

そしてからかうようにひとつ突《つ》かれて、ためらう声さえ崩された。藤木の淫靡《いんび》な声を引き出す場所をすぐに嘉悦は覚えてしまって、的確にそこを突いてくる。

「やじゃない……ただ、ただっ……さ、されると」

「ん？」

体感する刺激《しげき》だけでなく、そのいやらしい動きを嘉悦がしているという事実が、藤木をどこまでもだめにした。

「う、嬉《うれ》しくて、俺、なんか壊れちゃって……っ」

もっともっと、どこまでも欲しくなる。促《うなが》すように腰を揺すったのは無意識だったけれど、抑制《よくせい》に努めていたらしい嘉悦はその目元を歪《ゆが》めて広い背中を震わせた。

「くそ……やばい」

「ひあっ！　あっあっ！　だ……だめっ」

彼がこの身体で感じたのだとわかった瞬間《しゅんかん》、藤木もまた声をあげて蠢《うごめ》く腰を止められなくなる。煽《あお》られたように急《せ》くように揺さぶってくる嘉悦の荒《あら》い息がこめかみを滑《すべ》るだけで、痺れるように感じると思いながら、藤木は切れ切れに哀願《あいがん》した。

「だめ、まだ、いかないで……っ」

終わりが来るのが怖い。高みへと早くのぼりつめたいけれど、そうなってまた身体がふたつに分かれてしまうことが、どうしても惜《お》しい。

「無理、言うな……こんなに、されて」

そう思っての懇願《こんがん》を、嘉悦はさらに強い揺さぶりをかけることで振《ふ》り払《はら》う。視界がぐらぐらと揺れ、繋がった部分から響《ひび》く音の卑猥《ひわい》さにもまた、燃えるように身体が熱くなった。

「いや、いかない、で……っあ、つ、突かないでっ」

「待てるか、これ以上……！　やっと、抱《だ》けたのに」

淫らな睦言《むつごと》の中に、十年前言いそびれた本音が滲《にじ》む。お互《たが》いの身体をしっかりと抱きしめる腕《うで》が骨を軋《きし》ませるほどに強く、もう離《はな》れたくないと感じているのは同じだと藤木に教える。

「い、いや……っや、もっと、……もっとしてっ、もっとっ」

「いやなのかいいのか……どっちだ」

「い、やだ、やめちゃ、いやだ……！」

言われなくても、と腰《こし》を抱《かか》えられ、もうなにがなんだかわからないほどにめちゃくちゃにされた。

(こんなの、知らない……っ！)

体感として正気で捉《とら》えられないくらいの愉悦《ゆえつ》を覚えたのは、やはり知らないほどの淫猥《いんわい》な動きを嘉悦がみせたせいだろう。悔《くや》しい、どこで覚えたんだと言ってやりたくて、けれどそれは自分も同じだ。

「だめ、いっちゃう……いっちゃ、う……っ」

「藤木……！」

ああ、と叫んで広い背中に縋《すが》った。それでも、爪《つめ》を立てないように必死で拳《こぶし》を握《にぎ》るのは、誰《だれ》かに——彼の妻である女性に見咎《みとが》められずに済むようにだ。

(ごめんなさい、ごめんなさい……でも、せめて、わからないようにするから)

誰にともなく胸の中で謝ってしまう。この時間の至福の悦楽《えつらく》を貪《むさぼ》るほどに、罪悪感はひどくなり、それでも手放せない。

(だから、お願い、許して……このまま、いさせて)

結局捨てきれていない理性を振り払うかのように、藤木は淫らで哀切な声をあげ続ける。

「嘉悦さ……ん、俺、もう……っ死んじゃう……っ」

「ばか、まだだ」

嘉悦に抱かれて、幸福すぎて哀《かな》しくて、いっそこのまま死にたくなった。刹那《せつな》的に危《あや》ういところに行きかけた藤木の思考を、強く長い腕が軋むくらいに抱きしめて引き留める。

「ひ、あ……いく！　あっ！」

咎めるように強く抉《えぐ》られた瞬間、互いの身体の間で藤木のそれが飛沫《ひまつ》をあげた。だが休むことなく穿《うが》たれ続け、藤木は本気で怯えたようにかぶりを振る。

「あ、いや、まだ……まだっ」

「……もっとつきあえ。簡単には……許さない」

「いや、あぁあっ！」

それでも許されないまま、嘉悦が達するまで揺すられ、一度も降りてこられない状態で続けざまに追いやられた。

「あああ、だめ、もう、……だ、め……！」

叫《さけ》んだ瞬間、肩《かた》に嚙《か》みつかれたことまでは覚えていたけれど、そこから先は自分がなにを口走ったのか、どんな声をあげたのかさえ、もうわからない。

悦楽の淵《ふち》に溺《おぼ》れた藤木はそのまま、意識を手放した。

落ちる、と思った最後の瞬間、背中を抱いた嘉悦の腕の強さだけがただ鮮明《せんめい》に感じられて、痛いほどの力を感じればそれはどうしようもなく、幸福だった。

＊　＊　＊

曾我がブルーサウンドを訪《おとず》れたのは、最初の予告した日から三週間ほど経過してからだった。

「曾我ちゃんだー。久しぶり」

「やあ、林田くんも元気そうだね」

喜色満面で迎《むか》えた真雪の頭を、子どもにするように軽く叩《たた》いて微笑《ほほえ》む曾我の顔に変わりない穏《おだ》やかさを見て、トラブルがあったと聞いていた藤木はほっとする。

久々に会ったオーナーは髪《かみ》に混じる白いものが増えた気はしたけれど、見た目はまだ四十代といって通るほどに若々しい。

堅苦《かたくる》しいスーツは好きではない曾我の、ラフな革《かわ》のジャケットにノータイというスタイルも、よけい彼を若く見せるのだろう。引き締《し》まった細い身体にみなぎるエネルギーが、藤木の目には眩《まぶ》しいほどだった。

「お元気そうで、なによりです。こちらにどうぞ」

「そちらも変わりないかな。いやしかし、遅《おく》れてすまなかったねえ」

「大変だったそうですね」

奥まった席に案内すると、腰を下ろした曾我はほっと息をつき、藤木にも席に着くよう促《うなが》してくる。目顔で真雪にお茶を用意するよう伝え、藤木もそれに従った。

「いや、参ったよ……船便はどうしても遅れがちになるから、確認《かくにん》が後手後手に回ってね」

「それはお疲《つか》れ様でした」

今回のトラブルは、予定していた貨物船が悪天候でただでさえ遅れたところに、さらに人為《じんい》的な手違《てちが》いが起きたというものであったらしい。おかげで予定していた品物が現地に届かず、あわや訴訟《そしょう》問題にまで発展しかけたというものだ。

「どうもねえ、あちらはそのあたりがいい加減だから……出荷日に間に合わせるって認識がまだ浸透《しんとう》しきってないんだよねえ」

大規模な企業《きぎょう》間の輸出入であればともかく、小売業者を回っては直接の卸《おろし》を取り付けているため、ささやかな手違いが起きやすいのだと曾我はぼやく。

「今回、船の遅れだけでなく、現地の業者がなにか？」

「倉庫からの出庫を間違えたらしいんだよね。で、ちょっと遅れたが、マイペンライ《まあいいや》で済ませちゃったらしい」

「あらら。お国柄《くにがら》ですねえ」

「まあ、そののんびりした感じが好きだからいいんだけどねえ」

それでも自分の目で見たもの以外扱《あつか》いたくないというこだわりは捨てられないのだと、初老に差し掛《か》かってなおバイタリティの溢《あふ》れる男はからりと笑った。

「しばらくはゆっくりなさってくださいよ。……ああ、真雪ありがとう」

雑談に興じていると、真雪が店では扱っていない日本茶をハーブティーのグラスに入れて差し出す。

「こちら、どうぞ」

「おや、緑茶とは嬉しいね」

静岡《しずおか》産であるまろやかな口当たりのそれを言葉通り嬉しげにひと口味わい、曾我はこれも白いものの混じる髭《ひげ》の生えた口元を綻《ほころ》ばせた。

「よろしければ、なにか召《め》し上がりますか？」

「いや、それはいいよ」

食事は大丈夫《だいじょうぶ》かと藤木が促すと、久々の日本茶を愉《たの》しんでいた曾我はふっと表情を改める。

会話の流れが変わったことを気配で察し、藤木も背筋を正した。

「お話しがあるんでしたね」

どういった内容の話かわからないものの、久々に曾我の真剣《しんけん》そうな顔を見るに、安易な気持ちで聞くべきではないと思った。

「うん。まあ単刀直入に行きましょうか。藤木くん、この店も結構にぎわっているよね」

「ええ……ありがたいことですが」

「どうだろう。東京に二号店を出そうと思うんだけど」

「……なるほど」

この二週間、いろいろと考えていた中でも、一番可能性の高そうなそれに藤木はふっと息をつく。

「それはこういうスタイルの店をそのまま、ということですか？」

「うん、基本はエスニックのレストランバーだよね。ただまあ、このまんま、ってわけにはいかないと思うんだ」

十数年前はいざ知らず、いまではエスニック系料理の店もさほどにめずらしいものではない。それこそコンビニやインスタントでも、タイやベトナムの料理は簡単に食せるのだ。

ブルーサウンドが良好な経営状態であるのは、このオープンテラスに、目の前の湘南の海があってこその話だ。ロケーションの強さで、さほどの営業努力をしなくとも、美味《うま》い酒と料理があれば充分《じゅうぶん》に黒を出せる。

だが各種の店がひしめく東京にとなれば、なにかもう少し目玉を作るなりのことはしなければならないだろう。むろん、料理についても舌の肥《こ》えた都会人を唸《うな》らせるものが必要になる。

「出店のめどはつけてるんですか？　どのあたりに、とか」

「っていうかねえ。西麻布《にしあざぶ》で空いてるテナントがあったんだよね。だから店でも出そうかなって」

「――は!?　待ってください、それじゃもう、確定なんですか!?」

うんそうよ、とにっこり笑う曾我に、頭が痛くなりそうだ。相変わらず、商売のセオリーを無視してくれる。

「西麻布って、なんでまた」

「そこ、もともとやっぱりバーだったんだけどね。オーナー店長が年で、いい加減引退したいっていうから、買い取っちゃった」

「ちゃった、って……」

道楽だからねえと笑う曾我に、どうしたものかと藤木は眉《まゆ》を下げて曖昧《あいまい》に笑う。

「それじゃあ、そのバーに誰《だれ》か適任者を置けばいいのでは」

「うーん、それはその店長がいやだって言うんだよね。あの店は自分が作ったんだから自分が潰《つぶ》すんだって。だから店やるなら全然違《ちが》うもんにしてくれって」

古き良き時代のショットバーをイメージした、頑固《がんこ》な男の酒場は、その頑固さ故《ゆえ》にきれいにこの世から消え去るらしい。

「だったらまあ、ぼくの持ってる店の中でもお気に入りのブルーサウンドと、同じような雰囲《ふんい》気《き》が持てればいいなあと思いましてねえ。どう思う？」

「どう、思うって……もう決めたんでしょう？」

にこにこと水を向けられても、言うことなど見つかるわけもない。店も既《すで》に買い取っているというし、これはもう曾我の中で決定していることだ。ため息をついて、具体的にはどうすればいいんですかと藤木は呻《うめ》くように問いかけた。

「まずは店長を捜《さが》さないとねえ。それと料理を請《う》け負ってくれるひとだけど……」

ちらっと上目遣《うわめづか》いをしてみせた曾我に、藤木は苦笑《くしょう》してかぶりを振《ふ》った。

(だから、大智がいる方がいいって言ったんだな)

実際大智の料理の腕《うで》は、そこいらの高級料理店のシェフにも引けをとらないものがあると言ったのは後輩《こうはい》である山下だ。彼自身あちこちの店に修業《しゅぎょう》に出たこともあるから、その言は確かだと思う。だが、彼には大きな問題がある。

「大智は無理ですよ、間違いなく」

大智がそうした店に腰《こし》を落ち着けることができないのは、彼の趣味《しゅみ》であり生き様そのものでもあるあの、風来坊《ふうらいぼう》的な性格によるところが大きい。あれさえなければどんな店であれ、あっという間にメインシェフになれるだろうにと山下は惜《お》しんでいた。

「やっぱりそうか。まあそれは仕方ない」

残念だなあ、と拗《す》ねた顔をしてみせる曾我に、藤木はもう少し声のトーンを落としてこう続けた。

「あと、俺も……雇《やと》われていてなんですけど、あまりここを離《はな》れたくはないんです」

「うん、藤木くんはそう言うかなあって思っていたよ」

雇用主《こようぬし》と雇われ店長の立場でありながら、こんな我が儘《まま》を通せてしまうのも、曾我の不可思議な性格があってこそだ。あっさりと頷《うなず》かれ、ほっとした藤木は胸を撫《な》で下ろす。

（それに……西麻布なんて）

新店の予定地であるその場所も、いささかひっかかるものがあった。

嘉悦の勤める会社には、電車で三十分とかからない距離《きょり》であるのだ。ましていまいるここ、神奈川よりも間違いなく近いのは言うまでもない。

それを素直《すなお》に喜べない自分に気づいて、藤木はふっと目を伏《ふ》せた。

「……どうかしたかな？」

「っ、いえ、なにも」

曾我のやわらかな声に、どこか胸の裡《うち》を探《さぐ》るような気配を感じてはっとする。取り繕《つくろ》うような笑《え》みは少しも自然なものではなかったし、曾我もそれに気づいているだろうけれど、なにも追及《ついきゅう》されることはなかった。

「まあ、近々《きんきん》でひとも全部整えてっていうのは無理だと思うから、少し考えておいてくれないかなあ。店長として行くのが無理でも、ぼくはきみに手伝ってほしいんだよね」

「俺に……ですか」

「うん。軌道《きどう》に乗るまでマネージャーみたいな形をとるとか、そういうので協力してほしい。なに、難しい話じゃないよ。この店でやっているように、ひとをまとめてくれればいい」

「まとめる、といっても……俺になにができるわけじゃ」

曾我の期待は過分な気がして、藤木は不安を隠《かく》せない。正直な話、この暢気《のんき》なオーナーと地の利の恵《めぐ》みがある店だからこそ、たいした経営ノウハウもない藤木で七年もやってこれた自覚はあるのだ。

「順当に黒字収支出しているでしょう。それにこのところの報告書もとてもよくまとまっている。いつのまにか成長したんだなあと感心したよ」

「あ、あれは……」

瀬里がいてこそできることなのにと言いかけた藤木を制するように、曾我はやんわりと微笑《ほほえ》んで立ち上がった。

「今日のところは、返事は急がないよ。ゆっくり考えて」

「お帰り……ですか」

「うん。本社にまだ顔を出してないからね」

日本に戻《もど》るなりこちらに向かったのだと言われて、ますます気がふさいだ。返事を急がないといいつつ、それだけ優先された態度を見せつけられては、断るもなにもないものだ。

「大丈夫、きみにはできますよ」

困惑顔《こんわくがお》の藤木へ、にっこりと微笑んだ曾我の瞳《ひとみ》の奥にある強い光に、藤木はただため息を押し隠すしかなかった。

「聖ちゃん、曾我ちゃんなんだったの？」

「あ？　う―ん……」

ずいぶん深刻な話だったようだけれどと、彼を見送った真雪は店に戻るなり問いかけてくる。かいつまんで、新店の予定があるらしいと告げると、彼女は複雑そうな顔をした。

「ええ？　じゃあ聖ちゃん東京に行っちゃうの？」

「いや、それは断ったんだけど……どうもねえ、このところの報告書の出来がいたくお気に召したみたいで」

「……俺の作ったやつですか？」

横にいた瀬里も、目を瞠《みは》っている。素人《しろうと》仕事であったのにと慌《あわ》てた謙虚《けんきょ》な彼に、藤木は苦笑した。

「いや実際、いままでがいままでだったしねえ。それに瀬里ちゃんの数字の読みは正しいから」

「そんなことない、というか……まあ実際いままでは、その」

丼勘定《どんぶりかんじょう》に過ぎた、過去のデータを知るだけに、瀬里も強くは言い張れなかったようだ。

この一年、瀬里の提案で日報のフォーマットを新しくしたことで、見込《みこ》みがかなり明確になったのは事実だ。前年度との売り上げ対比表もグラフ式にまとめられたことで、大まかに客の入りも読めるようになり、仕入れのロスが相当に減ったのは藤木も実感している。

「でもそうすると、瀬里が新店やるってのが正しい評価なんじゃないの？」

「じょ、冗談《じょうだん》じゃないよ！　できないよそんな！」

ふむ、と首を傾《かし》げた真雪の言葉に、瀬里はあからさまにうろたえる。だがそれもあながち悪い考えではないなと藤木は頷いた。

「ああ、その案があったね」

「お、俺まだ二十二ですし、大学も卒業してないしっ」

「……でも俺も大学出るなり、ここの店長やらされたんだけど」

「勘弁してください、無理です！」

悲鳴じみた声をあげた瀬里は本気で顔色を青くしていて、藤木は宥《なだ》めるようにその細い肩《かた》を叩《たた》いてみせた。

「はは、急にやれなんて言わないよ。でも……卒業後、うちに勤める気はあるんでしょう？」

「それは、ありますけど……」

はっきり口にはしなかったけれど、お互《たが》いそのつもりはあったのだ。そうでなければ瀬里も大学四年の秋にもなって、常勤のバイトに入るわけがない。

即戦力《そくせんりょく》である彼の就職の意志にはほっと嬉《うれ》しくなった藤木だったが、続く瀬里の真剣《しんけん》な声に、少し息を呑《の》んだ。

「でもそれは、俺は……聖司さんがいる店だから、ここがいいなって思ったんです」

「瀬里ちゃん……」

「そうじゃなかったら、やです……なんで、いまのままじゃ、だめなんですか」

甘えたことを言い過ぎたと自覚しているのだろう。うっすらと涙《なみだ》ぐみさえして、頭を下げた瀬里はそのままその場から去ってしまう。

「だから、東京には行かないって言うのに」

瀬里がこの店の中で誰よりまっすぐに自分を慕《した》ってくれていることは知っている。不器用な面もある繊細《せんさい》な彼は、ひとづきあいのうまくない自分をひどく気に病《や》んでいて、何度もフォローをいれてやった。

それが突然《とつぜん》の変化を見せつけられ、戸惑《とまど》っているのもわかるけれど、ああまで思い入れられているとは知らずにいた藤木はやや呆気《あっけ》にとられたが、真雪はあっさりこう談じた。

「……瀬里は聖ちゃんラブだからねえ。もてる男は大変だね」

「真雪。冷やかさないの」

「あれえ？　結構真面目《まじめ》に言ってるんだけど」

飄々《ひょうひょう》とした声に真剣みはないけれど、ふざけているわけではないようだ。すっと表情を変えた真雪は、さらさらとした声で藤木が思ってもみなかったことを言い出す。

「瀬里ねえ、聖ちゃんのおかげで人間不信、直ったたってゆってたんだよ」

「……俺が？　なにもしてないよ」

「なんにもしないからだよ」

「なんだそれ？」

わかるようなわからないようなことを告げる真雪に眉《まゆ》をひそめると、鈍《にぶ》いねえ、と彼女は苦《く》笑《しょう》した。

「瀬里って神経ほっそいし、そのくせ案外ドジっこじゃん。でも見た目ああだし、おべんきょはできるじゃん」

「ああ……それが？」

表情の少ない瀬里が、案外と感情の振幅《しんぷく》が激しいことを藤木は当初から見抜《みぬ》いていた。だが周囲はそうでもなかったらしいのだと真雪は言う。

「そうすっと、マジで抜けてるってこと、あんまり信じてもらえなかったりすんだってさ。でもって、自分でも勉強以外なんにも取り柄《え》ないって思ってるみたいだったし」

「……そうなの？」

「おうちもうるさいらしいんだよね。瀬里にとっては怖《こわ》い大人、多かったみたい。だから聖ちゃんみたいな大人がいるのって、すごくほっとしたんだって」

いつも穏和《おんわ》で、決して声を荒《あら》くすることもない藤木に、そんな瀬里がなつくのは当然だろうと真雪は言った。

「たいしたこと、してないのに」

「だからいいんだよ」

なにもしないからいいんだよと、真雪はまた繰《く》り返す。

「あぁしろこうしろって言われてるのって、楽なこともあるけどしんどいじゃん。自分で考えたいんだよ、瀬里は。でもそうさせてもらえなかったみたいでさ」

藤木が店のデータをまかせることや、おぼつかない接客でも根気よく続けさせてくれたことで、ずいぶん助けられているのだと彼は言ったのだそうだ。

「あれが大智だとたぶん、見てらんねーとかあーしろこうしろって言うんだよね」

「うーん……そうかも」

案外と説教の多い青年に苦笑してみせた藤木だが、続く真雪の言葉には少し驚《おどろ》く。

「だから瀬里、ちょっと大智苦手みたい。真雪もそれはおんなじ。ちょっと意味違《ちが》うけど」

「そうなのか？……でも、意味が違うって？」

大智に怒《おこ》られようがどうしようが気にせずに、好き放題自分を押し通せるものだと思っていた真雪の発言とは思えない。促《うなが》すと、むうっと唇《くちびる》を尖《とが》らせた真雪は、しかし特に不満そうでもなくこう言った。

「大智は別に、言うだけなんだよね。そんで言ったことに別に責任とんないよ。そっから先選ぶのはおまえだーって、根っこじゃ思ってるよ、あいつ」

根本的に厳しいのは、だから大智の方だ。

「それに大智って結局、自分こそ自分の好きなようにしかしないじゃん」

「まあ、それは。確かに」

そこが藤木と根本的に違うのだと、なにも考えていないふりで時折鋭《するど》い彼女は言った。

「聖ちゃんはなんにも言わないけど、失敗してもいいからって、ただ見ててくれんの。そういうのすごい嬉しいんだよ」

「……そう？」

「うん。信じてくれてるなあって思えるからね。……そうでしょ？」

念を押すように覗《のぞ》きこまれて、藤木は素直《すなお》に頷《うなず》けなかった。真雪の言うように穏和なやさしさを見せる自分が、どこかしら少しひととの距離《きょり》を置いているからこそ、鷹揚《おうよう》な態度をとっているのではないかと心の奥にひっかかっていたせいだ。

だがそのためらいさえもわかっていると、真雪は悪戯《いたずら》っぽく微笑《ほほえ》む。

「……ばかだね聖ちゃん。そういうときは、そうだよって言えばいいの」

「真雪……」

仕方のない、とため息をつくように言って、真雪は藤木の背中を強く叩いた。

「いてっ」

「まあ新店のことは、それこそマイペンライなんじゃないの？」

「真雪？」

「あたしは、聖ちゃんが好きにすればいいと思ってるからね」

あとはなるようになれだ、と歌うように呟《つぶや》いて、真雪も仕事に戻《もど》ると告げ、藤木に背を向けた。どこまでも強い背中を見送って、藤木はただため息をついてしまう。

「なんだからって、急にいろいろ……」

この数年間、なんの変化もない日々を送り、ただ静かに朽《く》ちていくときを待っていた。

それがここ数週間での慌《あわ》ただしさときたらない。嘉悦とは再会してしまうし、曾我はややこしい問題を持ちこんで、否応《いやおう》なしに藤木も変わらざるを得なくなった。

——なんで、いまのままじゃ、だめなんですか。

瀬里の少し痛々しいような声に動揺《どうよう》したのは、あれが藤木自身感じていることだったからだろう。

単調に変わらぬ日々の安寧《あんねい》に、ただぬるく浸《ひた》っていた時間は終わりになってしまった。それがいつか来る変容であることも、心のどこかでわかっていた。

(なにも変わらないものなんか、ない)

絶対のものを失ってしまった藤木にとっては、揺《ゆ》るぎない足場などないも同然だ。むしろずいぶん長いこと、曾我にも甘やかされてきたと思うし、店の仲間も変わらずにいてくれた方だ。

全部わかっていた。それが本心であるのなら、どうしてこんなに心許《こころもと》ないのだろう。

「聖ちゃーん、電話ー」

「……あ、はいっ」

真雪の声に沈《しず》んでいた意識を強引《ごういん》に引き戻され、少し焦《あせ》りながら藤木は受話器を取り上げる。

「お待たせしました——」

『藤木か』

「あ、……はい。どうしました?」

耳に流れこんできた声に、どきりとする。嘉悦と再びこうして言葉を交《か》わすことに、この数週間を過ぎてもまだ慣れない自分には嗤《わら》いさえ零《こぼ》れてしまいそうだ。

『悪い。明日の約束だが、急に行けなくなった』

「そう……」

低い声を耳にして、一瞬《いっしゅん》で浮《う》き上がった気持ちはまた同じほどの短さでずんと重いものになる。声が沈んでしまったのを嘉悦も気づいたのだろう、少しだけ早口に「だが」と続けた。

『そっちの都合がついたらの話になるけど、二十三日は空いてるか』

嘉悦の言葉に、壁《かべ》にかかったカレンダーを眺《なが》めて藤木は首を傾《かし》げた。

「え……水曜でしょう。うちは定休日だけど」

『代わりの休みを取る。都合は?』

聞かれるまでもなく、空けるに決まっている。けれどあまりに勢いこんで返事をするのは、なぜかためらわれた。

「ちょっといま、即答《そくとう》できないから……あとでかけても?」

『ああ。かまわない』

電話するからと告げて、受話器を下ろした。ほっと息をつくそれが、どこか安堵《あんど》の気持ちを表していて少し、いやになる。

（だめだ、まだ……少し、緊張《きんちょう》する）

あくまでもやさしく接してくれる彼に、ひどく甘えたい気持ちと同時に、どうしようもない罪悪感がある。拭《ぬぐ》い去れない不安は、喜びが大きければ大きいほどに藤木の心に負担をかけた。

嘉悦と新しくはじめた関係は、ひどく穏《おだ》やかで居心地《いごこち》のいいものであったけれど、そこかしこに違和感《いわかん》は拭えなかった。

東京に住む企業人《きぎようじん》の嘉悦と、湘南住まいの飲食店の藤木では、まず休日をあわせることさえ難しい。実際、明日の約束もようやくこれで三度目の逢瀬《おうせ》だった。

また、会ったところで隣県《りんけん》とはいえ近いと言えない距離のせいで、さほど密接に過ごすことはできない。藤木の自宅には真雪がいるし、となれば毎度どこかで落ち合う羽目になる。

もっと傍《そば》にいたいと思いながら、あからさまな生活を見ずに済む距離に安堵しているのも事実なのだ。

（しょっちゅう会える状況《じようきよう》になったら……逆につらいかもしれない）

曾我の新店の話にひっかかったのは、情けないながらそのせいもある。店長就任を断ったもののの、マネジメントをと言われたからには、あれはほぼ本決まりの話だろう。

店を軌道《きどう》に乗せるまでには二年ほどかかるだろうし、通うにしても遠すぎる。立ち上げのときにはしばらく、東京に住まいを移す可能性も出てくるだろう。

(そうしたら、どうなっちゃうんだろう……)

出店先は西麻布、嘉悦の会社からもそう遠くはない。真雪に言えば「近くなってよかったじゃん」とでも言われてしまうだろうけれど、ことはそう単純ではない。

よけいに離《はな》れがたくなってしまう上に、近い距離を行き来することでますます彼が『帰りやすく』なってしまうのがいやだったのだ。

(浅ましいな)

秘密の匂《にお》いのする関係に、徐々《じょじょ》に息苦しさを感じている。家に帰ると彼が告げるたび、燃えるように腹の中が熱くなって、その嫉妬《しっと》を見せないようにするだけで藤木はもう精一杯《せいいっぱい》だ。

考えることが多すぎる。けれどそのすべてを考えたくない。

「嘉悦さん……」

皮肉なことに、縋《すが》るように呟いた名前は、いま藤木の心をかき乱している男のものだ。

不安でたまらない。だからなにも考えられないほど強く抱《だ》いて、そうしてこの鬱屈《うっくつ》を忘れさせてくれと思ってしまう。原因そのものである、あの男に。

「しっかり、しろ」

甘えすぎるなと呟き、藤木は手のひらに爪《つめ》が食いこむほどに拳《こぶし》を握《にぎ》って、弱い心を戒《いまし》めた。

＊　＊　＊

嘉悦とは、一度寝《ね》てしまうとそのあとはもう、なし崩《くず》し、という感じだった。

お互《たが》い、若かった頃《ころ》には知らずにいた淫《みだ》らさを晒《さら》しあうことにもはやためらいはなく、会うたびに行為《こうい》は激しさを増した。

なかなか会えずにいる分、その衝動《しょうどう》は強いのかもしれない。泊《と》まりでいられると聞いた日には、近頃ではもうどこかで静かな時間を過ごすより、早くふたりになりたいと急《せ》いて、昼日中からホテルのベッドの上にいることも少なくはなかった。

「濡《ぬ》れてる……」

嘉悦の押し殺したような声がそのまま性感を刺激《しげき》して、手のひらに捕《と》らわれたものからさらに溢《あふ》れるものがあった。

「いや、いや、……いいっ、あ、……いい……！」

奥で動く嘉悦の感触《かんしょく》も、厚い逞《たくま》しい肩《かた》に縋ったときの安堵も、なにもかもが藤木を追いつめ、狂《くる》わせる。繋《つな》がった部分では嘉悦が動くたびに濡れた音がひどくなって、お互いの体液が滲《にじ》むせいだと思えばもう、たまらなかった。

この夜は久しぶりのせいだろうか、嘉悦がひどく性急で、強引にベッドに引きずりこむようにされ、その荒《あら》い気配に藤木もまた昂《たか》ぶっていた。

口づけて、肌《はだ》を暴《あば》かれて、脚《あし》を開かれる。再会してからもう数回目の行為は、嘉悦に対してどこまでも従順に、そして淫らに溶《と》け堕《お》ちることを藤木の身体《からだ》に染《し》みつかせている。慣れて厭《あ》きるどころか、回数をこなすたびに官能は深まり、底のないような欲情はどこまでもきりがない。

「悪い……藤木」

「あ、あ、……なに？　んっ、あっあっあう！」

汗《あせ》が沁《し》みるのだろうか、目を眇《すが》めた嘉悦がもうこちらのことなどかまっていられないというように激しく揺さぶりをかけてくる。

「ど、したの、ねえっ……なにっ？　あ、ん、強い……っ」

精悍《せいかん》な頬《ほお》を伝うそれを、おぼつかない手つきで拭っていた藤木の手を取り、きつく歯を立てられて仰《の》け反った途端《とたん》、熱っぽい声が囁《ささや》いた。

「どうも……もたない、いく」

「えっ？　あっ……あ、……あぁ、んっ！」

ぐっと腰《こし》を摑《つか》まれ、奥まで押しつけるようにされて、戸惑《とまど》う暇《いとま》さえなかった。

その言葉と、普段《ふだん》にもまして淫らな動きをみせたそれから放たれるものの感触に、藤木も急激な到達《とうたつ》を迎《むか》える。

「あっ、や、……やだぁっ、ん、中に……っ」

正気を保ったまま引きずりこまれるようにして辿《たど》りついた官能の淵《ふち》は、あまりにもなまなましい射精の感触によるものだった。

（うわ、なんか……なに、これ……っ）

いままで何度も同じことをしてきたはずなのに、過度なまでの羞恥《しゅうち》を覚えて藤木は泣きそうになる。

「ふぃ……っ、も、いや……あ、出さない、でっ」

「だめだ、出させろ……全部」

宣言通り、嘉悦は最後まで動きを止めないまま藤木の中へと熱情を吐《は》き出した。全身が総毛立つような感触に、ひどく怖《こわ》いと思った。

たぶんこれでは終わらない。まだこの先がある。そして嘉悦は強引にでも、藤木をそこに連れていく。

「や、やだ、ちょっと待って……！」

「悪い、待てない」

休みなくそのままさらに動かれて、身体と意識のバランスの悪さに混乱したまま、藤木は身《み》悶《もだ》える。抗《あらが》う腕《うで》を押さえこまれ、ひどいくらいに身体の奥を好き勝手にされて、それでどうしてこんなに感じてしまうのだろうと思う。

「あ、奥……っ、だめ、奥が、あ……！」

嘉悦が動くたび、とんでもない音が立っている。聴覚《ちょうかく》からの刺激と内部で感じるそれとが、当然ながら連動していることに気づいて、藤木は泣き声をあげた。

おまけに啜《すす》り泣く藤木を逃《に》がさないように両腕で押さえつけ、シーツに縫《ぬ》い止めた嘉悦は、揺《ゆ》さぶる動きを止めないままにひそめた声で問いかけてくる。

「奥が……？　どうなってる？」

「あ、ぐ……ぐしょぐしょっ……あっあっあっ！」

唆《そそのか》される卑猥《ひわい》な言葉を口にした瞬間《しゅんかん》、胸がざわざわとして、皮膚《ひふ》の下で走る血流さえも激しくなった気がした。同時に、泣きながら羞《は》じらいながら藤木が訴《うった》えた瞬間、嘉悦のそれもまたぐっと猛々《たけだけ》しさを増していく。

「や、……また、そんなにっ、お、おっき、く」

かっと頬が熱くなって、膨《ふく》らんでいくそれに怯《おび》えるけれど、嘉悦は悪びれず目を眇め、片頬で笑った。

「そうしたのは誰《だれ》だ……そんな声出して、こんなに、きつくして」

ここでこんなに、と耳朶《みみたぶ》を咬《か》みながら、嘉悦が言うところの要因である場所を強くさすられた。大きな手のひらは震《ふる》えるその入り口にかかり、やわらかな丸みを撫《な》で回してくる。

「あ、いや……っ」

見つめてくる嘉悦の熱っぽく淫らな視線にも、その悪い手つきにもくらくらとして、藤木が大きくしゃくり上げた、そのときだ。

快楽に溺《おぼ》れきっていた思考を冷ますように、携帯《けいたい》電話のコール音が鳴り響《ひび》く。

「……っと、悪い。音、切るの忘れてた」

ぎくりと身を竦《すく》めた藤木に、驚《おどろ》かせたと思ったのだろう。身体を繋いだままの嘉悦は宥《なだ》めるように頬に口づけてくれて、しかしなかなかその呼び出しは終わりそうにない。

「電話……出たら？」

中途半端《ちゅうとはんぱ》にしらけた気分になりそうで、藤木はふっと息をついて苦笑《くしょう》してみせる。悪い、と手を挙げた嘉悦はその長い腕を伸《の》ばしたけれど、藤木の予想に反し、身体を離すことはしなかった。

「――もしもし。ああ、……どうした？」

（え、ちょっと……）

まさかこの状態のまま電話に出るとは思っていなかっただけに、ぎょっとなった藤木の半開きの唇《くちびる》へ、静かに、というように嘉悦が指を添《そ》える。

あまり気分のいい話ではなかったようで、ひと言ふたことを返す嘉悦の声には、藤木が知らないような強く鋭《するど》いものがあった。

「わかった、その話は戻《もど》ってからする。……ああ、いま取り込んでるんだ。それじゃ」

眉間《みけん》に皺《しわ》を刻んでいかにも億劫《おっくう》そうにため息をつき、さっさと話を切り上げた嘉悦に「どうかしたのか」と藤木は目顔で問いかけた。

「なんでもない。ちょっと仕事の方で、確認《かくにん》されただけだ」

通話をオフにしたあと、彼は電源を切った携帯をベッドの先のソファへと放《ほう》りながら藤木にそう説明する。

中断したことを詫《わ》びるように髪《かみ》を撫で、唇を啄《ついば》まれる。不安な顔でもしてしまったのだろうと、いつにも増してやさしい仕草に気づかされ、藤木はできるだけ平静を装《よそお》おうとした。

だが、こんなに近い――身体の距離《きょり》をなくした状態では、揺れた感情はごまかしきれるものではなかったのだろう。

「でも……いいの？」

「休みの日まで追いかけ回されたくはない」

瞼《まぶた》や頬、額と、あやすように口づけられて、甘やかすようなその仕草に気恥《きは》ずかしくなった。

（宥めるの、うまくなったなあ……）

機嫌《きげん》を損《そこ》ねた藤木相手に、かつての嘉悦は戸惑ったように口をつぐむばかりだった。嘘《うそ》のつけないひとで、誠実な言葉を探そうとするからこその沈黙《ちんもく》だと知っていても、それでさらに腹を立てたこともなくはない。

けれど、慣れを知らしめるようなこの甘さは、どうしてかあの頃のもどかしさ以上に藤木を

苦しくさせた。

「ほんとに……いいの？　大丈夫《だいじょうぶ》？」

「うん？」

「あっち、に。戻らなくても……せっかく、休みなのに」

うっかりと本音が零《こぼ》れたのは、やさしすぎる仕草に息がつまったからだ。含《ふく》むところの多い言葉に、嘉悦はただ微笑《ほほえ》んで、頬を撫でてくれる。

「だから、ここにいるんだろう。よけいな心配するな」

「でも、仕事のって……」

「休みは休みで徹底《てってい》するように言ってあるんだ。だらだらしたって、効率はあがらない」

その代わり働くときは無茶なくらいでいいんだと、笑う目元に自信が滲《にじ》む。うっかりとそれに見惚《みと》れながらも、恨《うら》み言《ごと》が口をついた。

「……この間は帰ったくせに」

「あー……それは、悪かった。ちょっとややこしいトラブルだったから」

「課長さんじゃないと始末つかなかったんだろ。いいけどさ」

藤木が拗《す》ねてみせた通り、嘉悦はかなり多忙《たぼう》らしく、泊《と》まる予定になっていても、いまのように携帯で呼び出されて飛んで帰ることも少なくはなかった。

それが先週のことで、結局二時間ほど食事をして東京にとって返すことになった彼を見送った藤木の胸の中には、いやな淀《よど》みが広がっていた。

(電話……本当に、会社なのかな)

あるいは彼の妻からの連絡《れんらく》ではないのか。疑いはじめればきりはなく、だが藤木にはその真実の判別をすることができない。また、それを責める資格さえもともとからないのだ。

「怒《おこ》ってるのか」

「怒ってないよ……」

ただ哀《かな》しいだけだと目を伏《ふ》せて、誘《さそ》うように顎《あご》を噛《か》む。冷めかけた熱を呼び戻すかのように、四肢《しし》を絡《から》めて唇を求めた。

「んんっ……」

熾火《おきび》の残る身体《からだ》はあっけないほど簡単に燃え上がり、濡《ぬ》れた舌が奏《かな》でるものと同じ種類のそれが下肢の奥から聞こえる頃《ころ》には、物憂《ものう》げな思いなど藤木の頭から消えていく。

ただただ、嘉悦を欲《ほっ》して走る身体にすべてを任せ、ただ貪《むさぼ》るだけの存在になる。

「吸いこまれそうだ……そんなに、腰《こし》使うな。またいっちまう」

「ひ……やだっ、言うな、ばかぁ……っ」

喉奥《のどおく》で笑いながらの、低く甘い声で紡《つむ》がれる淫靡《いんび》な揶揄《やゆ》が、藤木の脳までかき乱す。

犯《おか》されているのは身体ばかりでなく、心の奥までもだと感じて、どうしていいのかわからないときつく目をつぶった。

（ああ、すごい、すごく……されてる）

強く意識に残るのは、衣擦《きぬず》れの音、荒《あ》れた呼吸。視界を閉《と》ざせば、自分がなにをされているかひどく感じさせる揺れる部屋を見ずに済むけれど、その代わり揺する動きやささやかな物音、そして身体の中をかき乱していく性器の感触《かんしょく》が一気に襲《おそ》ってくる。

「あ、あ、あ……っ！　あ、やだ、も、やぁ……！」

そしてはっとして目を瞠《みは》ると、嘉悦の乱れた髪や濡れた肌《はだ》が目の前にあるのだ。引き締《し》まった広い胸に浮《う》かぶ汗《あせ》が滴《したた》って、自分の身体に降ってくるさまさえ見て取り、もう五感のすべてを彼に支配されていると思う。

「こら……逃《に》げるな」

「ふ、う……っ、うっ……」

声を殺して喘《あえ》ぎながら、逃げを打つ身体をさらに押さえこまれ、縋《すが》る目をした藤木は人差し指の先をきつく噛む。

感覚を堪《こら》えるためだけでなく、喜悦が深まるほどに指先がじんと疼《うず》いて、放っておけば耐《た》え難《がた》いくらいになってしまうせいだったけれど、その艶《なま》めかしい所作を見た嘉悦はどうしてかほっとしたように笑った。

「ん、な、に……っあ」

「いや……指を、噛むのが」

「あ、やだっ」

きつく歯形が残るほどになっていた手を取り上げられ、痕《あと》のついたそこに舌を当てられ、藤木は駆《か》け上がりそうになった身体を震わせた。

「やめ、やめて嘉悦さん、……離《はな》し、てっ」

ただでさえ過敏《かびん》になっている状態で、ゆるやかに腰を送りこまれながらそんなことをされては、おかしくなってしまう。半ば泣きそうになりながら指先をもがかせると、きつく抱《だ》きすくめてきた嘉悦が嬉《うれ》しそうに呟《つぶや》いた。

「……変わってないな、こういうところは」

「ん？　あ、……えっ？　あ、ああっ……だめ！」

「感じると……指を噛むんだ、いつも」

こんな風にと歯を立てられて、藤木は声もなく仰《の》け反った。繋《つな》がった腰の奥が複雑な蠢動《しゅんどう》を繰《く》り返し、嘉悦の喉からも低い呻《うめ》きを引きずり出す。

(覚えて……たのか)

自分でさえ、気づかなかったくせだった。嘉悦と寝《ね》ていた頃にはそんな余裕《よゆう》がなく、藤木がそれと自覚したのは、別の誰《だれ》かに抱かれたときだ。

それも、指が疼いたせいではない。まったく反対に、終わりの時間を告げるまで、一度も指に歯を立てずにいたからだ。

なにか相手が違《ちが》うというだけではない違和感《いわかん》を覚えて、その事実にようやく気づいたときの、あのなんともいえない空虚《くうきょ》な気分は言葉では表せない。

(あれから、一度もそんな風にならなかったのに)

もうこんな風にちりちりと指先が疼くことなど二度とないと思っていたのに、結局嘉悦に抱かれてしまえば、あっさりとそのくせはよみがえる。

「……い、いやぁ、や……っ」

「いやじゃ、ないだろう……?」

そればかりか、新しい弱点を見つけたとばかりに敏感な指先をくわえられ、ぞくぞくと震《ふる》える身体を何度も穿《うが》たれ、揺《ゆ》さぶられてしまった。

「い、……いいっ、あ、……だめ、いぃ……っ」

やめてと言いながら、逞《たくま》しい肩《かた》にゆるく嚙みつく。広い背中に縋って、腰をあわせて蠢《うごめ》かす。

たまらない、溶《と》けて崩《くず》れてもう、戻《もど》れなくなると、藤木は泣きながらかぶりを振《ふ》る。

「嘉悦さ、ん、……あ、すっご、い……っ」

「……っ、どっちがだ、おまえ……こんなに、して」

「あっあっ、んー……あ、うんっ」

かつて嘉悦と寝ていた頃には、こんないやらしいセックスはしたことがなかったと朦朧《もうろう》とするまま藤木は思う。

「そこ、そこいい……あ、あ、も……もっと」

「もっと……なんだ？」

「うご、いて……そこ、強くっい、……いじ、ってっ」

恥《は》ずかしい言葉で煽《あお》って、感じる場所を教えてさらに昂《たか》めあうようなことをするにはあの頃のふたりは、あまりに真摯《しんし》に思い詰《つ》めていた気がする。

若かったし、遠慮《えんりょ》もあった。乱れすぎて嫌《きら》われたらと思うと怖《こわ》くて、うまく声も出せなかった時期もある。けれどいまは。

（もっと、もっと溺《おぼ》れて……欲しがって）

この身体ひとつで搦《から》め捕《と》れるものなら、どこまでだって淫《みだ》らになれる。恥《はじ》も捨てる。腰を振ってもっと奥へと誘いこんで、離さない。

それ以上に、奇跡《きせき》のように感じあえるいまの幸福を逃《のが》したくはなかった。

「嘉悦さん、嘉悦さん……っ、す、すき」

「藤木……？」

「そこ、そこが好き……あ、あ、……離さないで……っ」

淫靡な睦言《むつごと》に交えて、本音を漏《も》らす。だがそれをどうとでも受け取れるように、裸《はだか》の肩にしがみつき、腰を絞《しぼ》って揺らめかせる。

「い、いきたい……いっても、いい？」

自分がそうしたときは、いいもいやもなくこの身体に出したくせに、身悶《みもだ》えする藤木の性器を長い指で搦め捕った嘉悦は、残酷《ざんこく》にその瞬間《しゅんかん》を引き延ばそうとする。

「やだっ、いく……っいき、いきたいっ」

哀願《あいがん》するように濡れた声でせがみ、早くと急《せ》かすようにうねる身体を押しつける。膝《ひざ》を曲げて男の身体をきつく挟《はさ》みこみ、焦《じ》らされるそれがつらいと藤木はみずから駆け上がろうとした。

「……せっかち」

「ど、っちが……っ、意地、悪い……！　さっき、勝手に、したくせにっ」

「ああ。……だから今度はゆっくりにしてるだろう」

「しな、くてい……っ、ああ、ああもう……いっいっ」

いやらしいなと笑われて、涙《なみだ》ぐみながらなじると胸をきつく摘《つま》まれる。薄《うす》い肉づきの身体を揉《も》みくちゃにされて、もう痛いのか気持ちいいのかわからないと藤木はしゃくりあげた。

「お願い、もう……ゆる、して」

「いやなのか？」

「いい、けど……いいけどっ、よすぎっ……あ、んんん！」

ひどいくらいに揺さぶられ、淫らに綻《ほころ》びることを思い出した粘膜《ねんまく》が震え上がる。腰を回され、攪拌《かくはん》するように内壁《ないへき》を抉《えぐ》られてしまうと、爪先《つまさき》から脳までひと息に強烈《きょうれつ》なものが走った。

「いいなら、やめない」

「ひ、い……あ、あ……——!!」

もう意味のある言葉など紡《つむ》ぐこともできないまま、藤木は壊《こわ》れたような喘ぎ声だけを細い喉《のど》から迸《ほとばし》らせた。

(怖い、いやだ……怖い)

過ぎた愉悦《ゆえつ》は恐怖《きょうふ》にも似ていて、混乱のまま藤木はただ泣きじゃくる。おぼつかない仕草で握《にぎ》った手の甲《こう》を噛《か》み、嘉悦に振り回される身体《からだ》がばらばらになりそうだと怯《おび》えた。

「うっ……ふ、っう、ふぇ……っ」

「……きついか?」

「さ、っきからそう、言って、言ってる、のに……っあ、もぉ、やぁあ……!」

けれどそうして泣いて乱れただけ、嘉悦の手も声もやさしくなるのを知っている。だから、いやだと逃げて追いかけさせ、怖いと泣いて抱きしめさせる。

この時間だけは好きなだけ甘えていいと、なにもわからないから縋っているのだと、そうして自分に言い訳をしている。

(好き、好き、もっと……)

どうしてか口にできない睦言を胸の中で何度も呟いて、破裂《はれつ》しそうな心臓を堪えて忙《せわ》しない呼吸を繰り返す。

「もっと、ずっと……いて」

「……藤木？」

抱かれるたび、嘉悦への執着《しゅうちゃく》も希求もひどくなるばかりで少しも薄くなってくれない。求めた端《はし》から飢《う》えていく。

肌《はだ》は濡《ぬ》れるのに、身体の奥は潤《うる》むのに、心は乾《かわ》いて、ひび割れそうだ。それをどうにか贖《あがな》いたくて、身体の欲ばかりが先走るのがむなしく哀《かな》しいとも思う。

けれどほかに、衒《てら》いなく求めていいと思えるものがなにもない。

「中に、いて、……ここ、もっとして……っ」

せつない本音はすべて淫靡《いんび》な喘《あえ》ぎにすり替《か》え、藤木は広い背中を抱きしめる。

ここに、遠慮なしで縋《すが》りつきたい。いっそ掻《か》きむしるくらいに爪《つめ》を立てて、全部壊してしまいたい。そう思う瞬間は何度も訪《おとず》れ、けれど結局は拳《こぶし》を握り、指を立てることができない。

きれいな背中を、傷つけることだけは、どうしても。

(しないから、だからもっと)

きつく抱いて揺さぶって、いっそ壊して。離さないで、帰らないで、ここにいて。

泣きながら自分の指に強く歯を立て、藤木は言えない言葉をすべて、吞《の》みこんだ。

そうして胸の奥に次第《しだい》に淀《よど》んでいく、愛情に裏打ちされた歪《ゆが》んだ感情に、どこまで自分は耐《た》えられるだろうと思った。

そう思ってしまう時点で、既《すで》に無理を感じているのだと本当は知りながらも、二度の終わりを知りたくはない藤木はただ、目をつぶり続けていた。

＊　＊　＊

派手に日焼けした大智が帰国したのは予定通り、彼がカンボジアに向かってからきれいに一ヶ月後のことだった。

「ども、ただいま戻りましたー」

「ああ、大智おかえっ……」

元気な声で帰宅の挨拶《あいさつ》をした彼に、店の面子《メンツ》は最初はぱっと表情を明るくしたが、その風体《ふうてい》を見るなりあるものは顔をしかめ、あるものはうんざりと首を振る。

「うわー、また今回一段とむさーい……」

「うるせえっ」

「きちゃない、くさそう。つうか、誰《だれ》あんた？　人相違《ちが》うよ大智」

一番正直な感想を述べたのはやはり真雪で、えんがちょ、と小学生のように指をクロスさせて逃《に》げる彼女へと、無精髭《ぶしょうひげ》の生えた浅黒い顔で大智はすごんだ。

服装はミリタリーベストにカーゴパンツ。動きやすさ重視のことではあるのだろうけれど、そこかしこが泥《どろ》だかなんだかわからないものにまみれていて、ワークブーツもまたしかりだ。

「大智、ちょっと。店から入らないで、家戻《もど》ってきれいにしてきて」

こめかみを押さえながら、藤木は吐息《といき》混じりに宣言した。

発展途上国《とじょうこく》に行くたび、どこのゲリラだという有様で帰ってくる大智ではあるけれど、今回はまたあまりに胡散臭《うさんくさ》すぎる。

「あ、やっぱ汚《きたな》い？　向こう出るとき、ちょうどスコールぶちあたって、車がぬかるみに——」

「理由はいいからっ。もう、汚いのレベルが違う……今回またひどすぎだよ」

これでよく成田《なりた》の税関を通ってこれたものだとさしもの藤木もため息をついて、飲食店に現れる格好ではないと犬を追い払《はら》うように手を振《ふ》った。

「そんなしっしってしなくても……。聖司さん、ひどい」

「ひどくないよ、お客さん来る前にきれいにしてきなさい！」

きりきりとした声をあげると、藤木は鈍《にぶ》く痛む頭を片手で押さえる。どうも朝から頭痛が去らず、調子が悪かったけれども、大智の登場でなおひどくなった気がする。

「うわー、床《ゆか》も階段も泥べたに……瀬里ちゃんモップ持ってきて」

「あ、はいっ」

ブルーサウンドに入って一年足らずと、大智とのつきあいが比《ひ》較的《かくてき》浅い瀬里は、ここまで汚らしい大智を見たことがなかったのだろう。目を丸くしたまま硬直《こうちょく》していた彼は、藤木の声にはっとしたように、あたふたとモップを抱《かか》えて飛んでくる。

「あっあっ、大智さん、そこ歩いちゃだめ！　靴《くつ》せめてきれいにして、泥がつく！　っていうかそれほんとに泥⁉　変な菌《きん》とかついてないよね⁉」

「せ、瀬里ちゃん……俺ごと拭《ふ》かないで」

モップで追い立てるようにして汚《よご》れを拭く瀬里は、普段《ふだん》ずいぶんとあからさまな大智への苦手意識も、あまりの汚さの前に吹《ふ》っ飛んだようだ。悲鳴をあげながら、靴あとのついた床を拭いてまわり、しまいには大智の足先までモップを擦《こす》りつけている。

「なんか俺バイキン扱《あつか》い……？　とにかく着替《きが》えます」

「はいはい。……おかえり」

やはり彼がいるだけで、その場が賑《にぎ》やかになるようだ。微笑《ほほえ》ましくその光景を見守っていた藤木は、上に行くと告げて階段を上りかけた大智がふと、眉《まゆ》を寄せたのに気づいた。

「……ん、なに？」

「なに、って。……聖司さんこそどうしたの」

「どうもしてないけど？」

一瞬《いっしゅん》で鋭《するど》くなった目つきに、無意識に身体が強《こわ》ばる。なにが、ととぼけて首を傾《かし》げてみせたけれど、ごまかされてくれる様子はなかった。

「顔色悪い。それに……なに、さっきから頭押さえて」

「こめかみ押さえてるってことは、風邪《かぜ》じゃないね」

「……ちょっとね」

　藤木は疲労《ひろう》を覚えると偏頭痛《へんずつう》がひどくなることを大智は知っている。それが自律神経失調症《しょう》から来るもので、主に精神的な疲《つか》れのせいであることも。

　嘉悦と別れたあとや、父が亡《な》くなったのちにもしばらくこの痛みに悩《なや》まされていた。というよりあの時期のストレスが、この偏頭痛を習慣的なものにした感がある。

　そして今回の原因は、もうこれは考えるまでもなく嘉悦とのことだ。

「まあ、大丈夫《だいじょうぶ》だよ……いつものことだし」

　取り繕《つくろ》うように藤木は笑った。だがすっと身を屈《かが》め、藤木にだけ聞こえるよう声をひそめた大智の言葉に、ぎくりとした。

「そんな、思いっきり『しました』って顔に出てるようで、大丈夫もなにもないだろ」

　指摘《してき》されるのは覚悟《かくご》していたものの、かっと頬《ほお》が熱くなる。そのストレートな反応にも、呆《あき》れたように大智はため息をつくばかりだ。

「し……しました、って」

「なんつうのこういうの。色疲れ？」

「……またそれはすごい表現だね、大智」

「んじゃーストレートにセックス疲れ？」

雑《ま》ぜ返そうとしても無駄《むだ》だったようだ。さらに大胆《だいたん》なことを言われて、藤木はその場にしゃがみこみたくなってしまう。

「そういう、お色気垂れ流しモードはまずいんじゃないの？　余裕《よゆう》なさそうじゃん」

「そんなの垂れ流してないけどねえ」

真面目《まじめ》に言ってるのにさ、とやんちゃな表情で大智は唇《くちびる》を尖《とが》らせてみせる。だがふざけているのは口ぶりだけで、藤木を見る目は明らかに、咎《とが》めたてるものになっていた。

なにも言い切れず、藤木は曖昧《あいまい》に笑った。近頃《ちかごろ》ではずいぶんと馴染《なじ》んだこの表情は自覚もしていて、大智はふうっと短い息を吐《は》き、きつく眉を寄せたまま首を振る。

「まあ……いいや。いない間の話は、あとでね」

「うん。ああ、電話でも言ったけど曾我さんからいろいろあったから」

帰国の連絡《れんらく》があった際に、新店の話が出たと大智にも打ち明けてある。

「相談、そっちにも行くと思うよ」

「はいよ……了解《りょうかい》」

それももちろんだけれどと背の高い青年は難しい顔で頷《うなず》いて、そのあとは無言のままひらりと手を振り、藤木に背を向けた。

（やっぱりばれたか）

大智には顔を見られたらごまかしきれないとは思っていた。事態を知って空とぼけている真雪はともかく、ほかの面子は気づいてもいないけれど、藤木は疲れきっている。

理由は最悪だ。寝《ね》る間も惜《お》しんで好きな男とセックスしている。

昨晩も嘉悦に会ったばかりだった。それも土日連休が取れた彼とは違《ちが》い、藤木は店を休みもしないまま、二日続けて寝た。ろくでもない疲れはあからさまに顔に出ているだろう。

再会した当初こそ、嘉悦の方が比較的休みをあわせてくれていたけれど、やはりそれも限度があるようだった。もともと役職づきの彼は代休を取ることすら困難なようで、それでも遠い距離《きょり》を休みを潰《つぶ》してまで来てくれる嘉悦に会うためには、藤木も無理を押すしかない。

昨日などはもう自分でも最悪だと思った。夕刻からは東京に戻らなければならないという彼のために、午後の数時間を抜《ぬ》け出しホテルまで行って、会うなり服を脱《ぬ》いで抱《だ》き合った。

――ね、早く……抱いて。時間、ないから。

別にそこまでしなくても、顔を見られたらそれでいいと告げる彼の唇をふさいで、したいんだ、と縋《すが》りついた。

――お願い、ねえ。いっぱい……して。

会うたびに行為《こうい》をねだる藤木に、嘉悦もいささか複雑そうな表情で、それでもお願いだと泣きつけば抱いてくれる。

そればかりになるのは、口を利《き》くのが怖《こわ》いからだ。少しでも嘉悦のうしろに普段の生活が透《す》けて見えることを拒否《きょひ》したくて、なにも考えられないよう身体《からだ》の欲に溺《おぼ》れている。

大智の帰国は、だから怖かった。藤木をよく知り、また嘉悦とのことも教えてしまった彼に、この関係を間違《まちが》いなく咎められるとわかっているからだ。

藤木の甘えと逃避《とうひ》を、真雪はなにも言わずただ黙《だま》ってフォローしてくれているけれど、そうして許されているからこそ却《かえ》って後ろめたさは増していた。

大智の正しい瞳《ひとみ》と言葉で示される断罪を待つように、藤木は細い首をうなだれ、薄《うす》い唇を綻《ほころ》ばせる。

彼の帰国に怯《おび》えていたくせに、実際責められれば歪《ゆが》んだ安堵《あんど》が押し寄せて、どこまでも弱い自分を情けなく思った。

「子どもじゃあるまいし……」

悪いことをしている。自覚はあって、許されるよりいっそ誰《だれ》かに叱《しか》られたいのだ。そうでもしなければもう、いろんな感情が絡《から》まりあったいまの自分に疲れきっている藤木は、身動きさえも取れないでいる。

嘉悦を好きだ。離《はな》れたくないし離したくない。

けれど、誰かのもとに帰る彼を止められずにいることが、苦しすぎてたまらない。

アンビバレンツに引き裂《さ》かれ、自分がもうなにをどうしていいのか、どうしたいのか、藤木にはわからなくなっていた。

店じまいを済ませるまでは、大智はなにも言ってこなかった。だが通常通りに閉店したあと、今日いっぱいは休みだからと自宅で待ちかまえていた彼に藤木は捕《つか》まった。

「――で。なにがどうなっちゃったわけですか」

「なにが、って……」

もうあの日のように部屋に行こうとも言わないで、リビングに仁王立《におうだ》ちした大智の前に、なんとなく正座して藤木はうなだれる。

剣呑《けんのん》な空気を感じたのか、真雪はシャワーを浴びるといって早々に部屋に引っこもうとした。けれど許さず、怒《おこ》ったままの顔の大智はおまえも座れと真雪を呼びつける。

「おまえ知っててほっといたのか？」

「なにをさー」

「なにをじゃねえよ！　聖司さんこんな顔してんのに、なんでなんとかしなかったんだよ」

ぶうっと膨《ふく》れた真雪は、大智の説教にいかにもいやそうな顔をして、「知らないよそんなの」と塗《ぬ》りかけだったネイルカラーの瓶《びん》をいじった。

その態度にも苛立《いらだ》たしげに首を振《ふ》って、大智はじろりと藤木を睨《ね》めつける。

「嘉悦さん。なんかあったでしょう」

単刀直入に切りこまれ、知っているならいいじゃないかと藤木は子どものように内心思った。

だがその怜悧《れいり》な頬に浮《う》かぶ微笑《びしょう》は、およそ子どもが浮かべるたぐいのものではない。なにかを諦《あきら》めた人間だけが浮かべる、静かすぎる笑《え》みだ。

大智は痛ましそうに顔を歪めてそれを見つめ、吐息《といき》混じりに言う。

「……そんな顔して笑うのよしなって」

「そんな顔って言われても……」

もう自分がどんな顔をしているのか、まるでわからない。どんな顔をすればいいのかもよくわからなくなっているのだと、藤木は苦笑した。

「あのひとの前でも、そんな顔してんの？」

広い肩《かた》を上下させ、自分こそが年かさのように宥《なだ》める声を発した大智が、目を合わせるようにしゃがみこんでくる。膝《ひざ》を抱《かか》えるようにしてじっと目を合わせられ、藤木は首を傾《かし》げた。

「どう……なんだろう。よくわかんない、けど……でも、たぶんしてないよ」

「なんでそう思うの」

「セックスしてばっかりだから」

悪辣《あくらつ》な冗談《じょうだん》のように、あえてさらりと言ってのけた。これも甘えだろう。案の定大智は頭が痛いとでも言いたげにこめかみを押さえて首を振る。

「そーゆー大人のおつきあいなの？」

「どうなんだろう……」

似合ってないよと、どこか哀《かな》しげな声で大智は言って、藤木はまた笑うしかない。

「……聖司さんはそれでいいの？」

自分こそが痛いような顔をした大智に静かに問われて、藤木はなにも答えられなかった。

「忘れられなかったって、あのひとのこと話してたときのこと、俺覚えてるよ。あんな顔してまで待ってたひとに奥さんいて、身体だけみたいなつきあいして、それでほんとに満足できるのかよ」

俺はいやだよと、大智は大きな手のひらを両肩にかけてくる。

「――ねえ、それって愛人だよ」

大智の言葉が胸を抉《えぐ》って、藤木は言葉もない。わかっている、わかっていたと頷く以外、なにもできない。

「聖司さんには、幸せになってほしいよ。俺じゃなくってもいいんだ、でも、……でも誰かを泣かせるような恋愛《れんあい》して、それでほんとにいいのか？」

案じてくれる彼に、厳しいなと思いながら薄く微笑《ほほえ》んで藤木は言う。

「……いいんだ」

そんな風にきれいな自分じゃないんだと、ただかぶりを振った。

そしてなぜ、大智に叱られたかったのかをようやく、理解した。

心の中で、彼と同じ言葉を吐《は》く自分がいた。相反する感情をたったひとりで持て余すことに疲《つか》れて、だからそれを大智に代弁させて、否定してしまいたかったのだ。

ずるくて弱い自分は、ひとりでは思い切れなかったから。

「だって、あのひとが、……嘉悦さんが、いるんだ。俺はもうそれだけなんだ」

「でも嘉悦さんは、聖司さんだけじゃないじゃんか」

言うなと顔を覆《おお》って、藤木はかぶりを振った。

肌《はだ》を重ねたとき、抱き方が違っていることも本当はわかっていた。お互《たが》いにもう、互いの姿以外に見えなかった時期はとっくに過ぎていたのに、不完全燃焼になっていた恋愛をやり直すことに躍起《やっき》になっているような気もしている。

自分を抱いたその腕《うで》が、家に戻《もど》って別の誰かと――と考えるだけで、本当は頭がおかしくなりそうでいる。

「そういうの平気なタイプじゃ、全然ないくせに、それだけなんて言うなよ」

「わかってるよ！　でも……でもあのひとがいない方が苦しいんだ！」

それでも離れられるのかと自分に問いかけてみると、答えは結局「NO」だ。一度別れたときのあの痛みはもう二度と味わいたくはなく、無意味なジレンマに陥《おちい》って、ただ迷うまま。

「聖司さん……」

「もうずっと、諦めて……諦めたふりで、でもずっと待ってたんだ……っ」

藤木はもう、この想《おも》いを捨てられない。若かったあの頃《ころ》でさえ耐《た》え難《がた》く、十年をかけて風化させた痛み。それを再び手にしてしまっては、もう自分から手放せる強さは残っていない。

身体《からだ》を求めるのも、逃避だけではない。嘉悦の熱を、あのあたたかさをなによりわかりやすく肌に刻んで、離したくなかったからだ。

「……そんなに、好き？」

息を呑《の》んだ大智が問いかけてきて、手で顔を覆ったまま藤木は何度も頷《うなず》いた。

「結局、奥さんとこ帰ってっちゃうひとだよ。そんなの、あんまりじゃ」

「勝てっこなくたって、それでいいんだ……！　あのひとが好きなんだ、俺はあのひとだけなんだから、……っもう、もう二度と、離れたくないんだ！」

咎《とが》められても、呆《あき》れられてももう、止められないのだとそうして訴《うった》える藤木に、もう一度彼はなにかを言おうとした気配があった。

「——だから、大智はうざいって言うんだよ」

だが、それを止めたのは真雪だ。重い会話の間中、聞きたくないとでも言うように背を向けて延々爪《つめ》を整えていた彼女は、唐突《とうとつ》に口を挟《はさ》んでくる。

しらけきったような声で、ネイルカラーのキャップを閉めた彼女はくるりと振り向いた。

「愛人がなに。そんなもん、相手にさっさと見切りつけさせればいいじゃん。奥さんと別れてもらっちゃえばいいんじゃん」

ストレートに幼い響《ひび》きで、誰よりもえげつないことを言った真雪に、大智はぎょっとしたように目を剝《む》いた。

「おまえ、わかってないのに口出すなよ！　だいたい、ちゃんと止めてやればいいだろっ」

「わかってないの大智でしょ、なんで止めなきゃなんないの」

ふん、と鼻を鳴らした真雪はソファから立ち上がり、涙《なみだ》ぐんでいる藤木の腕を取る。

「あたしは聖ちゃんの味方だもん。聖ちゃんがなにしたって全部許す。あんたみたいに、いちいち偉《えら》そうにお説教なんかしないよ」

「そっ……うっせえよ、ばか！」

偉そう、と言われてぐっと大智が唇《くちびる》を引き結ぶ。困惑《こんわく》しつつも藤木が真雪を見下ろすと、彼女は言葉通り、なにもかも許すように笑っていた。

「そだよ。まゆきち頭悪いからね。理屈《りくつ》なんかいらないの。味方だと思ったら味方、敵だと思ったら敵」

あたしは聖ちゃん好きだからいいの、と真雪はふわりと笑う。

「聖ちゃんの彼氏に奥さんいる？　だからなによ。先に好きだったの聖ちゃんじゃん」

「真雪、そういう話じゃ」

「聖ちゃんがいま、そのひとのこと好きならそれでいいんだよ。それが一番大事。あとのことなんか、あたしは知らない」

さすがに窘《たしな》めようとした藤木の声さえ遮《さえぎ》って、真雪は高らかに言い放った。そして、悪戯《いたずら》っぽく瞳《ひとみ》を輝《かがや》かせながら、藤木の顔を覗《のぞ》きこんでくる。

「ねえ、聖ちゃん。あのオジサンとセックスして気持ちよかった？」

「まゆ……っ」

「ちゃんといけた？　幸せ感じたりした？」

直球の問いかけにかっと頬《ほお》を赤らめ、それでもじっと見上げてくる真雪の黒く澄《す》んだ瞳に、藤木は抗《あらが》いきれなかった。

「……すごく、よかった。……幸せ……だと、思った」

頬を染めつつも答えたのは、茶化すのではなく、冷やかしでもなく、ごく真面目《まじめ》に真雪が問いかけていると理解したからだ。

そしてまた、黙《だま》って許す真雪は、本当にただ藤木の意志だけを尊重してくれていたことも同時に気づいて、泣きたくなる。

「んじゃ、いいんじゃん。っていうか、そうかー。上手なのかな、オジサン」

きわどいことを言う割に、ひどく清潔な表情で真雪は微笑んだ。

ふわふわした声に、胸の奥がよじれたような痛みをやわらげられ、藤木もまたそっと唇を綻《ほころ》ばせたけれど、真雪は同じ表情のまま残酷《ざんこく》な台詞《せりふ》を告げる。

「でもね、聖ちゃんが泣いたら、あのオジサン、殺しても許さない」

「……真雪」

「安心してね。聖ちゃん捨てられたりしたら、真雪がエボシ岩にくっって沈《しず》めてあげるから」

ぞっとしないことを、それだけの話だと言い切る真雪の声に、もう誰《だれ》も反論できなかった。

「おまえ、つええな」

勝てねえよとぼやいた大智に、「だから男はだめなんだよねえ」と真雪はまた笑う。

「女は勝ち負けじゃないんだよ。負けないからね。どっかで負けたって別のどっかで勝てばそれでいい」

だからね、と藤木の腕を摑《つか》んで揺《ゆ》らし、真雪は言った。

「聖ちゃんもさ。オジサンのオンナになったなら、そう思ってなよ」

「まゆ……」

「奥さんは奥さんって立場で、んー、なんつの、社会的地位？　で勝ちかもしんないけど、そのオジサンは聖ちゃんのことそれでも欲しがってるんだから。それに十年も忘れてないんだから、気持ちでは聖ちゃんの勝ち。ね？　愛されちゃってんだもん。いいじゃん」

やわらかい細い真雪の身体がひどく大きく見えて、不思議な気分になる。

強引《ごういん》で、勝手な言葉でしかなかった。幼く、なにも考えてないからこその傲慢《ごうまん》なそれだった。

けれども心の奥底に淀《よど》んでいるものを、こんなにもあっさりと軽《かろ》やかに告げられて、藤木がどこか救われたような気分でいるのは事実だ。

「ね、真雪。……俺の好きなひと、オジサンって、言わないであげて？」

涙ぐみながら少し笑うと、真雪はほっとしたように息をつき、しかしぷっと唇を尖《とが》らせた。

「だあって三十過ぎてんじゃん」

「俺ももうすぐなんだけどねえ」

「聖ちゃんはきれいだから、いーの」

ようやく腕を離《はな》した真雪はアイス食べよう、と冷蔵庫の方へ走っていく。

「聖ちゃんアイスはー？　ガリガリ君食べる？」

「俺はいいよ。大智は？」

「あー、ビールとって、まゆきち」

「はあいー」

性的なニュアンスのなにもない、ほのかなぬくもりが去ったのを少し寂《さび》しく思いつつ、会話が日常モードに戻ったことに安堵《あんど》した。微笑《ほほえ》んでいた藤木は、しかし真っ青なソーダアイスをかじった真雪の言葉にさらに目を剝く。

「でも、聖ちゃんいいなー。気持ちいいセックスできて」

「まっ、真雪……っ？」

「あたし、もうエッチはいいや。つまんないし、海の方がいい」

けろりと言い放つ真雪に対し、放《ほう》り投げられたビールをキャッチした大智は興味深そうに問いかけた。

「おまえ、えらい深いことというけど、そんなに男の経験あんのかよ」

「大智……またそういう、セクハラは」

遠慮会釈《えんりよえしやく》のない問いかけに、藤木は頭を抱《かか》えてしまう。どうもこのジェネレーションギャップは埋《う》め難《がた》いとため息をつけば、「あるよ」とけろりと言った真雪は三本の指を立てた。

「三人か、まあ普通《ふつう》だな」

「ふ、普通なのか？」

二十歳《はたち》で三人もか、と同じ年の頃《ころ》には嘉悦以外知らなかった藤木は仰天《ぎようてん》したのだが、大智はなんということもなく頷いている。

しかし、その後続いた真雪の告白には、さすがの大智も言葉を失った。

「やだなあ、誰が、単位『人』だっつったのさ」

「え……？」

平然としたままリビングに戻《もど》り、ガリガリ君をかじった真雪は世にも恐《おそ》ろしいことを言った。

「桁《けた》だよ。頭の数は忘れたけどね」

「さ……さん、けた？」

「うん。まあ一日六人こなしたこともあるけどねー。おかげでセックス厭《あ》きちゃった。あ、言っとくけど売りとかしてないし、病気もないからね。普通にやっただけ」

「普通に……」

色気もなくキャミソールにハーフパンツであぐらをかき、若かったからなあ、としみじみ告げ頷《うなず》いた真雪の邪気《じゃき》のない表情に呆気《あっけ》にとられたのはさすがの大智も同じだったようだ。

「……おまえ、なんでそれでバストアップブラで照れるの」

「あ？　それとこれと関係ないじゃん。ひとの貧しい乳、人前で指摘《してき》するのは差別じゃん」

いやあるだろう、と遠い目になった大智の横で、くらくらと藤木はかぶりを振《ふ》った。

「だ、大智……これもワカモノ文化なんだろうか」

「だから俺もわかんないですってば……」

鼻歌でも歌うような勢いで、気に入りのアイスをかじる真雪は、面食《めんく》らう男ふたりに言うでもなく、ぽつりと呟《つぶや》く。

「なんかね。携帯《けいたい》三つも四つも持ってて、いっぱい友達いたつもりだったんだよね。男もそう」

「……真雪？」

ぼうっと、猫《ねこ》のような目を天井《てんじょう》に向ける真雪の中にも、やはり捨ててきた過去があるのだろうか。幼いとさえ言える普段《ふだん》からは想像のつかない、深みのある表情に藤木は息を呑《の》んだ。

「でも、ケー番いくらいっぱい知ってても、メモリー登録満杯《まんぱい》でも、それ別に友達多いわけじゃないんだよね。みんなで繋《つな》がっちゃってると、あたしもその『みんな』の中のいっこになっちゃうの。あたしがいないの」

かりこりと真っ青なアイスをかじる小さな唇《くちびる》は、どんな苦みを知っているのだろう。真摯《しんし》でさえある声に藤木は口を閉《と》ざし、真雪の声に耳を傾《かたむ》ける。

出会って二年目にして、ようやく自身のバックボーンを口にした彼女の言葉を、聞き逃《のが》してはいけない気がした。

「エッチもそうだよ。いっぱいすればするほどわけわかんなくなって、誰のこと好きかもわかんなくなって、それ知りたくてもっとやったけど、やっぱり厭きちゃった。……だから真雪、聖ちゃんがちょっと羨《うらや》ましいかなー」

「羨ましい？」

「うん。だっていけないなーって思ってるのに、すごいきつそうなのに、オジサンのこと好きなのすごいわかるもん。きついのに、やめないんだなあって。聖ちゃん強いなあって思う」

「そんな、ことは……俺はただ」

強くないよと藤木が返す前に、真雪はいつものようにけろっと笑って振り返る。

「それ、海みたいだよね」

「うん……？」

唐突《とうとつ》な言葉に面食らっていると、言葉が足りないかと食べ終えたガリガリ君のバーを歯に挟《はさ》んで上下させつつ、真雪は首を傾《かし》げた。

「えっと、なんていうかねー。乗りたいときに波は来ないし、来たと思ってもでかすぎて乗れないし。どーにもなんないの、波って。ほんっとになにがどうしても、自分じゃなんともなんないの」

だから、はまったんだ、と真雪は邪気なく笑う。

「どんなに巧《うま》くなったって、やっぱりお天気次第《しだい》だからさ。それはきっとずっとおんなじ。でもたまに、こっち向いてくれるみたいに、タイミング合うでしょ。ふわって乗るでしょ。そうすっとぞくぞくすんの」

予定調和の友情や、疑似恋愛《ぎじれんあい》のようなセックスにむなしさを感じていた真雪にとって、おのれの意志ではなにひとつままならないサーフィンは、あまりに魅力的《みりょくてき》だったと言うそれらの言葉は、主語を置き換《か》えれば藤木にも覚えがある。

ままならなくて、もどかしくて。どんなに経験を積んでも、相手次第で振り回される。けれどごくたまに、なにかが重なったと知れる瞬間《しゅんかん》、たまらなく嬉《うれ》しいから。

「だから楽しいの。好きなの。もっかいこっち向け！　って思ってずっと待つの」

「……うん」

「つっても真雪、全然へたっぴなんだけど。でもいつかもっかい、乗ってみせるの」

わかるでしょう、とにっこり微笑まれて、藤木も大智も頷くしかなかった。

「聖ちゃんもさ。……捨てられないなら、持ってれば？」

ここにあるものを、と。胸を指で軽く突《つ》かれる。小さな痛みが走って、藤木は無意識に手のひらでそこを押さえた。

「いいんじゃないの？　好きなら好きで。好きはとまんないよ」

だが、そのひと言にはやはり藤木はぎこちなく、曖昧《あいまい》な表情を浮《う》かべるほかになかった。

真雪のように素直《すなお》に、愛情を傾けるものへと接することができないのは、つきまとうしがらみや彼の妻の存在があるからこそだ。

（俺ばっかり、情けない……）

大智も真雪も正しくて、強い。なぜ自分は屈託《くったく》ない彼らのようにいられないのだと思いながら、藤木は疲《つか》れを滲《にじ》ませる青白い瞼《まぶた》を閉じる。

「……俺はもう、なにも言わないよ」

静かな大智の声に伏《ふ》せた目を上げると、お節介《せっかい》が過ぎたと彼は笑ってみせる。

「ただ、覚えておいて。俺も、聖司さんの味方なんだからね？」

肩《かた》を叩《たた》かれて、滲んだ涙《なみだ》が左の目からほろりと零《こぼ》れた。そうしてずっと、泣きたかったのだと自覚すれば、それはもう止まらない。

「あっ、大智が泣かせた！　聖ちゃん泣かせたっ」

「ばっ、ちが……！」

殺す！　と叫《さけ》んで脚《あし》を蹴《け》り上げる真雪に、大げさに悲鳴をあげる大智の姿に、泣きながら藤木は思わず笑った。

ふたりとも、なんてやさしい。そして自分はなんて弱い。

「……もうちょっと、待ってて」

泣き笑いながら少し、胸のつかえが軽くなる気がして、次第にしゃくり上げるほどひどくなったそれに咳《せ》きこみながら、やさしい同居人たちに告げる。

「もう少しだけ、待って。きっと、ちゃんと、答え……出すから」

いずれこのままではいられないだろう。嘉悦に答えを求める日は、おそらくはそう遠くない。それが彼の妻との別離《べつり》であるのか、自分とのそれであるのかは、彼に選択《せんたく》を委《ゆだ》ねるほかにないのだ。

「出して、もらうから……っ」

ただもうしばらくは、弱いまま許してくれと目元を覆《おお》えば、あたたかいものが頭に触《ふ》れた。真雪の小さな手は、藤木の涙が止まるまでそうして、まるで幼い子どもにするような手つきのまま、髪《かみ》を撫《な》で続けてくれていた。

＊　　＊　　＊

大智が帰国してしばらくが経《た》ち、季節はゆっくりと冬に近づいていた。

海の色も少しずつその濃《こ》さを増していく。海風の冷たさに、めっきり湘南の海からもひとの姿が少なくなり、客足の遠のくこの時季に喜ぶのは観光客に邪魔《じゃま》をされずサーフィンができる真雪くらいのものだろう。

秋から新しくはじめた嘉悦との関係は、相変わらず藤木に複雑な痛みを覚えさせるままだった。都合がつけば顔を合わせ、ついでに寝《ね》ることもある。

だが、一時期のように身体《からだ》ばかり求めることはさすがにやめた。体力的に無茶なことでもあったし、むなしさは増す一方だと、誰《だれ》に言われる前から藤木自身気づいていたからだ。

また、そうしようにも嘉悦の方の都合がつかないことが増えてきて、ここしばらくはふられてばかりというのが実情だった。

『悪い。どうもばたばたしてる』

「こっちもいろいろ忙《せわ》しなくなってきてるし……相変わらずなんだろ？」

二週間近く間が空き、久しぶりの電話はやはり数日後の約束の、反故《ほご》を伝えるものだった。

この日は定休日であったため、めずらしく自宅の方へと電話はかかってきていた。自室のドアを閉め、滅多《めった》に使わない子機の音声が少し聞き取りづらいと思いつつ、無理を押して訪ねてくれることはない、と藤木は告げた。

『ようやく試作品があがってきたところで、茶葉の原産地の絞《しぼ》り込みに入ってるところだ』

嘉悦の関《かか》わっている中国茶のプロジェクトもかなり佳境《かきょう》にきているようで、このところは会社で寝泊《ねと》まりをするありさまなのだと、彼は冗談《じょうだん》めかして言った。

『今日も出先で、いまは車の中なんだ』

時々電波状況《じようきよう》が悪くなるため、会話が途切《とぎ》れることも多い。運転中は危ないだろうと藤木が咎《とが》めれば、いまは駐車場《ちゆうしやじよう》に停《と》めているのだと言った。

『まだこれから会社に戻《もど》る途中だが、ちょっと腹が減ったからコンビニに寄った』

「こんな時間に……？」

時計を見れば既《すで》に十時を回っている。これから会社に戻るとなれば、確実にまた徹夜《てつや》か、社内の仮眠室《かみんしつ》で朝を迎《むか》えるのだろう。

「身体は平気？　無理してない？」

『できる範囲《はんい》の無理しかしない。……大丈夫《だいじようぶ》だ』

寂《さび》しいよりも心配の方が先に立つのは、少し疲れの混じる声で吐息《といき》する気配を感じたからだ。

「……もうしばらくは、会えないね」

『これが終わったら少し、のんびりしたいとは思ってる。……おまえとも、もう少しゆっくり話もしたいし』

「いましてるじゃん」

『電話じゃなくてな。それに……余裕《よゆう》がなくてばたばたすると、却《かえ》っていやだろう？』

苦笑《くしよう》混じりで告げた彼の真意を既に読み取れず、そんな自分にもどかしくなりながら藤木はただ「そうだね」と返した途端《とたん》、鈍《にぶ》い頭痛を感じて顔をしかめる。

「――……っ」

『どうした？』

「ああ、なんでもない。……気圧低いせいかな、頭痛くて」

大丈夫かと告げる嘉悦の声に、藤木はごまかすように笑ってみせた。実際には気圧のせいなどではなく、あの神経性の偏頭痛《へんずつう》だということはわかっている。

「たいしたことないから、大丈夫」

『……なら、いいが』

本当に大丈夫かと念を押されて、平気だと答えた。しかし嘉悦は納得《なっとく》しきれなかったらしく、声のトーンを落としてしまう。

『一時期はなんだか、気が急《せ》いたみたいな感じがしてたから……そっちこそ、無理はしてなかったか』

「別に、そんな……俺は、全然」

いい年をして気ぜわしい逢瀬《おうせ》を繰《く》り返した秋口のことをほのめかされ、藤木は一瞬《いっしゅん》言葉につまる。

あるいは、会うたびに身体の欲ばかり先走らせた藤木に呆《あき》れているのだろうかとさえ思ってしまい、その暗すぎる思考に自分で辟易《へきえき》した。

嘉悦の声に混じる、ふと疲れたような気配がひどく、怖《こわ》いのだ。

それが単なる仕事の疲れなのか、こうして藤木への気遣《きづか》いをすることへの面倒《めんどう》さなのかと、そんな疑いさえ芽生えそうになる。

(お願い。これ以上我が儘《まま》言わないから……面倒に、ならないで)

近頃《ちかごろ》はいつもそうだ。嘉悦にやさしくされてもつれなくされても、胸の奥には常に同じ種類のざらつきが残って、素直《すなお》に受け取れなくなっている。

(俺も……疲れてる)

会えばつらくて、会えないともっとつらい。鬱屈《うっくつ》は、胸の奥で澱《おり》のように沈殿《ちんでん》し、次第《しだい》にその水位をあげていく。

だがそれでも藤木は、なにげない顔を装《よそお》えていると思っていた。

少なくとも嘉悦の前に、あからさまな痛みのある表情を見せつけたことはないし、会えないと言われて『素直に残念がる自分』を演じられる程度には冷静でいると、そう信じこんでいた。

「まあ、もう少し暇《ひま》ができてからでいいから。……また、会ってよ」

言葉の端々《はしばし》に滲む、どこか卑屈《ひくつ》な言葉に嘉悦は気づいていないのか、時間が取れるようにするとあっさり請《う》け負ってくれた。

『なるべく早く、片づくようにする』

「あ、でも……無理は、しなくていいから」

言葉こそ気にしないでと言いながら、どうしても自分の声に覇気《はき》がなくなるのは止められなかった。無意識のまま大きなため息をついてしまい、それは受話器越《ご》しにも伝わってしまったようだ。

『……おまえの方こそ、なんだか疲《つか》れてないか』

「え、いや……」

『ごまかすな。最近特に、口数が減ってる。頭痛いって言ってたろう、さっきも』

指摘《してき》されて、どきりとする。ざわざわと胸が騒《さわ》いで、なんでもないよと笑ってみせるのがひどく堪《こた》えた。

「たいしたこと、ないけど」

『……自覚してないなら、なおまずいだろう。全然たいしたことないなんて声じゃない』

心配しているのだと言われて、無意識に口元が綻《ほころ》ぶ。けれど心は、同じほどにはやわらいでなどいない。

なんのために笑っているのか、藤木は時々わからなくなる。いっそ心のまま、嘉悦をずるいとなじることができたら、楽だろうかとぼんやり思うこともある。

しかしそれらを口に出せるようであれば、こんな物思いは抱《かか》えることはなかったのだと、理由づけを探しあてた藤木はあえて疲れたように息をついた。

「んー……ちょっと、仕事の方でね。こっちも慌《あわ》ただしいから、そのせいで疲れてる、かも」

『店で、なにか？』

曾我の新店企画《きかく》については、いまだ保留のままでいる。しかしいつまでも返事を引っ張れる話ではなく、ややこしい問題に頭が痛いのも実際のことだったから、それはするりと口をついて出た。

「秋ぐらいから、オーナーに新店の話を持ちかけられててね……マネージャーみたいなこと、やってくれって」

『それは、いまの店の方と別にってことか？　まあそこまで言うならテナントは確保してるんだろうけど、人手の方はどうなんだ』

仕事の話となるとさすがに呑《の》み込みが早い。まったく関係のない業種であるにもかかわらず、嘉悦はするりと突《つ》っ込んだことを訊《き》いてきた。

「うん、まあ……最初はそっちの店長やるかって言われたけど、俺はこの店、離《はな》れる気はないんだよね。で、どう転ぶにしても新しい管理職の人間と、料理の担当者がいるし」

『それで？』

「うーん、しばらくはダブルで、俺が監督《かんとく》をやるってことになっちゃいそうなんだよね……」

大変じゃないかと嘉悦が声を低くして、ことは業務の煩雑《はんざつ》さだけではないのだと藤木はぼやいた。

「またそれが、東京だからさ……通うのも、どうしようかと」

『え？　神奈川のどこかじゃないのか』

「んん。西麻布らしいよ」

言うつもりはなかったそれがつるりと零《こぼ》れたのは、少し試《ため》したい気持ちもあったのかもしれない。

いまよりもなお近くに藤木が現れて、嘉悦はそのときどう思うだろう。

『——西麻布だって？』

「うん。……だから、どっかウイークリーマンション借りるとかしなきゃかもね」

自分の生活圏内《けんない》から遠い藤木であるから、愛人として扱《あつか》うに楽だと考えてはいないのだろうか。嘘《うそ》のつけない距離《きょり》にいて、邪魔《じゃま》に感じることはないのだろうか。

（結局、信じてないのは俺の方か）

わかっていて、わざわざもったいぶった風に言う自分のいやらしさに、ひどく疲れた気分になる。

『うちの会社から近いな』

「そう……だね」

嘉悦の声が、ひどく嬉《うれ》しそうに聞こえた。けれどそれがどういう気持ちからのものかさえ、藤木はよくわからない。

惑《まど》い、揺《ゆ》れる気持ちのまま、なぜかいやな予感を覚えてまたこめかみを押さえれば、嘉悦がさらりと言ったそれに、呼吸が止まった。

『だったら、俺のってを当たってみるか？』

「え……？」

『部屋。どこか借りなきゃならないんだろう、まだ特に決めてないなら、知り合いの会社が管理してるマンションがあるんだ。うちの若い連中が社宅に使ったりしてるし、安く借りられると思うけど』

どうして、そこまでしてくれるというのだろう。どういう意味だろうと戸惑ううちに、さらに嘉悦はこう続ける。

『おまえは大変かもしれないが……俺としては、却《かえ》って都合いいんじゃないかと思ってる。いままでのままじゃ、なにせ遠くて会うにもままならないし』

「……都合？」

その瞬間《しゅんかん》、どうしてか藤木はなにも言えなくなった。ただなにか、ひどく屈辱的《くつじょくてき》なことを言われたような気がして、わんわんと残響《ざんきょう》する言葉を脳で反芻《はんすう》する。

（……痛い）

こめかみの疼《うず》きがひどくなり、なにも考えられなくなっていく。

「で、も。……そこまで、してもらうわけには」

喘《あえ》ぐようにしながら、頼《たの》むからやめてくれと藤木は思った。

しかし、続く嘉悦の言葉に藤木は、そんな淀《よど》んだ鬱屈など吹《ふ》き飛ばすほどの衝撃《しょうげき》をうけてしまった。

『それくらいはさせてくれ。……俺の勝手につきあわせて、悪いと思ってるんだ。おまえには……いろいろ』

「——……それ、って」

悪い、とはなにが。

勝手とは、どういう意味で。

胸の奥に鉛《なまり》を詰《つ》めこまれたような気分で、藤木は自分の喉《のど》がひゅっと音を立てるのを感じた。目が見開かれ、まばたきもできない。おかしくもないのに唇《くちびる》が笑《え》みを形どり、かたかたと小刻みに指先が震《ふる》えた。

「それって、ど……いう、意味なのかな」

『え？　意味って……なにがだ』

鳩尾《みぞおち》が熱く、そのくせ背中はしんと冷たく冷えている。声を発するにもひどい力が必要で、そのくせ考えるより先に言葉が勝手に溢《あふ》れ出す。

「い、……いいんだけどさ。わかってるんだけど、……いろいろ、都合、あるもんね？」

いままでに感じたことがないほど自分が怒《おこ》っているのだと、胃を焼くような冷たい熱にようやく自覚して、藤木の放った声は凍《こお》りつくほどの醒《さ》めた響《ひび》きになった。

「でも、でもさ。部屋まで用意してもらって、……いつ来るんだかわからないあんたを、俺はぼーっとそこで、待ってるのかよ」

なんだか安っぽいドラマみたいだと、藤木はうつろに嗤《わら》いを漏《も》らした。そのしらけきった声は、自分で耳にしてさえ神経を引っ掻《か》くようにいやな響きだと思って、案の定嘉悦は驚《おどろ》いたように声をあげる。

『おい、藤木？　なに言ってるんだ』

「わ……悪いけど、そこまで都合よくはなれないから」

面食《めんく》らったような嘉悦の声に、よけいに腹が立った。慣れない感情のボルテージに振《ふ》り回された藤木は、もう理性的に物事を考える余裕《よゆう》などない。

「ちょっと、あんまり……情けなくて、言うのやだったけど……っ」

『なにがだ、おまえいったい』

頭の芯《しん》が煮《に》えたように熱くて、息が乱れ、止まらない叫《さけ》びを受話器にぶつけてしまう。

「い……いい加減、諦《あきら》めてるけど。……わかってるけど、そこまで露骨《ろこつ》に愛人やってらんないよ……っ！」

『――……なんだって？』

だが、その悲痛な叫びに、嘉悦はむしろ不機嫌《ふきげん》そうな声を返してくる。一瞬《いっしゅん》で冷水を浴びせられた気分になるほど、不機嫌そうなきつい声だった。

『ちょっと待てよ、おまえ。なんか……勘違《かんちが》いしてないか』

「……っか、勘違いって」

なにかひどく不快そうな、低く冷たい声にざっくりと傷つけられた。ざわっと産毛《うぶげ》が逆立ち、もう閉じることさえ忘れた瞳《ひとみ》に涙《なみだ》が滲《にじ》むのを知る。

(勘違い……って。あんまりだ。そこまで思い上がるなってことかよ)

なじる権利さえないと言うのかと、藤木は絶望的な気分になる。涙を呑《の》んで押し黙《だま》ると、さらに嘉悦は、まるで責めるような強い、詰問《きつもん》口調になった。

『おまえ、なに言ってるんださっきから。……全部わかってるんじゃ、なかったのか?』

「わか、……ってるよ……っ」

やはり本音など、言ってはいけなかったのだ。こんなひどい嘉悦の声を聞く羽目になって、改めて藤木は思う。

それでもやはり、限界だったのだろう。もうここでおさめなければと思うけれど、もう嘉悦にぶつける言葉が止まらない。

「愛人でもいいって思ったし、お……奥さん、いてもいいけどっ」

『藤木、だからそれは』

「でも、そういうの寂《さび》しいって思うのもだめなのかよ……!」

なにか言いかけた嘉悦を遮《さえぎ》り、喉を引き絞《しぼ》るような声で告げた瞬間、涙が出た。

「おっ……俺だって、こんなこと、言いたくなかっ……!」

ここで泣くのはあんまりに惨《みじ》めだと思ったけれど、堪《こら》えに堪えたものがもう、とっくに自分の中では押さえきれなくなっていたのだろう。

電話口からは、困惑《こんわく》を滲ませた沈黙《ちんもく》だけが返ってくる。なにか言葉を失ったような嘉悦に、終わりかもしれないと藤木は思った。

『ちょっと……落ち着いて話をさせてくれないか』

「……っ、も、いい……っ」

長い沈黙のあと、深々と息をついた嘉悦の声に、みっともなく上擦《うわず》った声で「話すことはない」と藤木は答えた。

「ごめん、もういい、しんどい……っ」

『おい、藤木、待て！』

「もう、会わないからっ」

『まっ――』

感情のまま言いはなったそれは、まるで癇癪《かんしゃく》を起こして暴れる子どものようだった。嘉悦がなにか言っていた気がしたけれど、もう聞いていられないと強引《ごういん》に通話を切り、ばたばたとリビングに飛び出した藤木は親機のコードを引き抜《ぬ》く。

（疲《つか》れた……）

泣きながら肩《かた》で息をついて、藤木は乱れた呼吸を整えようと息を吸う。

誰《だれ》かに対して声を荒《あら》らげ、怒鳴《どな》りつけたことなどこの数年なかった。ひどく体力を消耗《しょうもう》するものだなと、ぼんやり思いながら立ち竦《すく》んでいると、やんわりした声がかけられた。

「……聖ちゃん、これ」

目の前に差し出されたタオルに、激しい怒鳴り声がすべて真雪に聞こえていたのだと知る。それを摑《つか》むこともできないまま、のろのろと赤い目をそちらに向けると、真雪は軽く眉《まゆ》をひそめて藤木の顔を拭《ふ》いてくれた。

「は、……はは、言っちゃった」

「……うん」

やわらかい清潔なタオルの感触《かんしょく》と、洗剤《せんざい》の香《かお》りがささくれた神経にひどく沁《し》みて、拭かれる先からぼたぼたと雫《しずく》が落ちていく。

「俺、だめだね真雪……愛人も満足にやってやれないの」

「んん。普通《ふつう》あんまりやれないと思うよ。お手当もらってんでもなきゃさ」

さばさばした口調で、真雪はえげつないことを言ってみせる。それでも「聖ちゃんには無理だと思っていたよ」とは決して言わない真雪のやさしさに、藤木はただ縋《すが》りついた。

「でも、それでもよかっ……よかったのに、自分でだめに、しちゃ……っ」

あはは、とうつろに笑うと、もう拭《ぬぐ》うだけ無駄《むだ》だと思ったのだろう。藤木の顔にタオルを押しつけ、真雪はぎゅっと頭を抱《かか》えこんでくれる。

「お疲れ、聖ちゃん」

「ふ……はは、は……っう、……うー……」

「んん。よしよし」

やんわりした真雪の声に、いよいよそれは止まらなくなり、声をあげて藤木は泣いた。十も年下の女の子に縋りついて慰《なぐさ》められて、もうこれ以上の恥《はじ》はないと思った。

それでもどこか、すっきりとした気分なのは、ようやく本音をぶつけられたからだろうか。

十年前の別れの日から、ずっと嘘《うそ》をつき続けて。

新しくはじめるつもりでいても、やはりどこかにしこりは残っていた。

正面切って、自分を選べとも言えず、割り切って諦めることもうまくできず、半端《はんぱ》でどうしようもない自分が一番いやだったのだ。

「……エボシ岩決定」

「あははは っ」

真雪の言葉に壊《こわ》れたように笑って、藤木は涙が溢れるのに任せた。本当に最後まで、なにひとつ口出しせずにただ、ここにいると教えてくれる彼女の存在がありがたかった。

そうして、三十分以上は泣いていただろうか。

「……ふ、は」

しゃくり上げるほどになっていたそれも徐々《じょじょ》に落ち着いて、泣きすぎてさらに痛くなった頭を真雪に撫《な》でられていると、今度は目の前に冷たい水の入ったグラスが現れる。長い指に差し出されたそれを受け取ると、持ってきた本人は苦笑《くしょう》の中に痛ましさを滲ませて、ただ静かにかぶりを振って言った。

「……おう。役得だなまゆきち」

「いいでしょ。ゆずんないよ」

同じように、藤木の声が聞こえていただろうになにも言わずにいた大智は、そんな冗談《じょうだん》でこの場の雰囲気《ふんいき》を変えようとしてくれている。

「聖司さん、顔洗ったら。明日、目ぇ腫《は》れるよそれじゃ」

「……っ、そ、だね」

まだ横隔膜《おうかくまく》の痙攣《けいれん》は収まりきらず、熱っぽい息を吐《は》いて藤木は水を飲んだ。すっきりと喉《のど》を滑《すべ》り落ちていくそれに、なにか淀《よど》んでいたものを浄化《じょうか》される気がした。あるいは涙とともに、すべての澱《おり》が流れていったのかもしれなかった。

ため息をついて、しかしそれはこのところ習慣になっていた息苦しいものとはまるで違《ちが》う。肩が軽くて、本当に疲れていたんだとしみじみ思いながら、大智の言うように顔でも洗おうかと思っていたときだった。

「……なんだ？」

来客を告げるチャイムが鳴り響《ひび》き、ふっと大智が表情を変える。まさかと身を強《こわ》ばらせた藤木を、きつい表情になった真雪が抱えこむようにした。

「オジサン?」

「まさか……」

嘉悦との電話を切ってまだ一時間も経《た》っていないいま、こんな場所に来られるわけが——と言いかけて、出先の車の中だと言っていた言葉を思い出す。

あれがもしや、都内ではなく神奈川にいたというのならば、彼である可能性は確かに高い。

「どうする?」

思惑《おもわく》の読めない顔で大智が顎《あご》をしゃくった。インターホンの音は合間を置かず鳴り続け、音量の変わらないはずのそれがだんだん藤木の中で大きくなっていく。

(なに、なんで、どうして)

あんな切り方をして、黙って引き下がるとは思えなかった。けれどまさか、この夜中に車を飛ばしてまで来るとも思えない。

もうどうしていいのかわからないとかぶりを振《ふ》ったとき、どん、と玄関《げんかん》のドアが叩《たた》かれる音がした。

「——……藤木! いるんだろうが、開けろ!」

「わーお。すっげー声」

続いて怒気もあらわな嘉悦の声がして、びくりと藤木は身を竦める。その肩を一度、ぎゅっと摑んだあとにひややかな声で呟《つぶや》いた真雪はすくっと立ち上がった。

「んだ、真雪。いよいよエボシ岩？」

「大智手伝う？」

にやにやと笑いあう彼らが玄関へ向かうのを、藤木は途方《とほう》に暮れた顔で見上げた。だが、大智がドアに手をかけたのを見て取った瞬間《しゅんかん》、弾《はじ》かれたように立ち上がる。

「おっ……俺が、出るから」

「聖司さん……？」

自分で答えを出すと言ったのだから、最後にちゃんと話すのは自分でやるべきだ。こうまで甘えて、幕引きまで年下の彼らに任せられないと思った。

「自分で、……話すから」

大丈夫《だいじょうぶ》かとじっと見つめるふたりに頷《うなず》いて、がくがくと震《ふる》える手でドアを開ける。

そこには、息を切らした嘉悦が立っていた。おそらく、三階までの階段を一気に駆《か》け上がってきたのだろう。普段《ふだん》整えている髪《かみ》が乱れて崩《くず》れ、額にうっすらと汗《あせ》が浮《う》いている。

「あ……」

どうしようもない混乱と、それから憤《いきどお》りのようなものが端整《たんせい》な顔には浮かんでいて、帰ってくれと言うつもりの藤木の言葉は喉奥に引っかかったまま出てこない。

（なんで、そんな必死な顔するの）

本当にずるい。そんな顔をされたら、また捕《つか》まってしまうじゃないかと下唇《したくちびる》を噛《か》みしめると、いい加減涸《か》れたと思った涙《なみだ》がまた滲《にじ》みそうになった。

「おまえ……おまえな」

藤木の沈黙《ちんもく》に、なにごとかを言いかけた嘉悦は軽く咳《せ》きこんだ。そして疲れたように何度か深呼吸を繰《く》り返したあと、どういうことなんだ、と呻《うめ》くように言う。

「わけのわからないこと言って……根本的に、なんか、間違《まちが》ってないか」

「間違い、って……」

ことの起こりから間違いだらけの関係に、なにを言うのかと皮肉に笑《ふ》おうとして、藤木は失敗する。恨《うら》み言《ごと》は結局言葉にならないまま、もういいのだと目を伏せた。

「だから、終わりに」

「そうやって勝手に決めつけるな、いつもいつも！　このばか！」

怒鳴られて、びくりと肩が竦む。部にいた頃《ころ》、グラウンド中に響く声量を持っていた嘉悦に本気で声をあげられると、耳が破れそうなほどだった。

「どっ……怒鳴《どな》ることないだろ、俺はっ」

「どこの誰《だれ》が愛人だなんて言った、奥さんってなんなんだ！」

反射的にかっとなって言い返そうとした言葉を、同時に発せられた凄《すさ》まじい声が消し去る。一瞬呆気《いっしゅんあっけ》にとられて目を瞠《みは》った藤木に、いらいらと嘉悦は髪を掻《か》きむしった。

「おまえ、わかったって、どこまでわかってたんだ!? なにがどういいんだ、言ってみろ！」

真っ向から叱《しか》りとばすように言われて、いっそ毒気が抜《ぬ》けてしまう。あまりの嘉悦の剣幕《けんまく》にたじたじとなったまま、藤木はおぼつかない言葉で知っているだけの事実を口にした。

「だ、から。……あんた俺と別れて一年も経たないうちに、けっ……結婚《けっこん》したって、先生に聞いて」

「やっぱりそこか……っ」

途端《とたん》、がっくりと肩《かた》を落として嘉悦は片手で顔を覆《おお》った。なにかひどく、疲《つか》れ果てた様子をみせた男はそのまま深々と長い息をつく。

「や、やっぱりってなんだよ……なんであんたがそんなに怒《おこ》るんだよ！」

ずるいのはそっちじゃないかと藤木も声を大きくする。

「だからわかってたって言ったじゃんか！ それでもいいって思ったし、でも……っ」

結婚していることも知っている、それでかまわないと思ったけれど、やっぱり誰かと嘉悦を共有することなどできない。

「でも、俺っ……やっぱりそういうの、きついから……！」

藤木の悲痛な声に対して、嘉悦はさらに怒ったように目を眇《すが》めた。わかってもくれないのかと唇を震わせ、だからもう帰ってくれと言いかけた唇に、いつかのように長い指が触《ふ》れる。

「ちょっとそこは置いておけ。……おまえ、丘野先生と会ったのはいつだ」

「い、つって。……だ、大学の、ときで」

ゆっくりと顔を上げた嘉悦は、口元だけはなぜか笑っていた。けれど、鋭《するど》い瞳《ひとみ》には少しもやわらいだ色などなく、彼がどうしようもなく怒っていることを教えてくる。

「ああ。俺も先生にはそれくらいから会ってない。ついでに言えばだ」

あまりの険しさに反射的に後じされれば、腕《うで》を掴《つか》まれた。そうして、凄味《すごみ》のある笑《え》みを浮かべたまま、嘉悦は藤木が思ってもみないことを言いはなった。

「高校時代の恩師に結婚の報告くらいはしても、離婚《りこん》の連絡《れんらく》はいちいちしないだろう、普通《ふつう》」

「は……？」

「俺の戸籍《こせき》には、十年前に既《すで》にバツがでっかくついてるぞ」

呆然《ぼうぜん》と口を開けた藤木に苛立《いらだ》ったように、なおも嘉悦は続けた。だがにわかには信じられないまま、藤木はかぶりを振る。

「う……嘘《うそ》だ」

「なにが嘘だ」

もどかしげに呻く嘉悦の広い肩には、脱力感《だつりよくかん》が滲んでいる。けれど、深々と吐息《といき》して崩れた髪をかき上げた彼の左手を見て、藤木ははっとなった。

「だ……だって、指輪が」

「あ？　だからしてないだろう」

わざわざはずしたのかと聞いたのは誰だと睨《にら》まれて、藤木は必死に言い返した。

「あれは、あっ、……愛人相手に気を遣《つか》ってばかだって意味で」

「おまえなあ……ここまで説明させて愛人愛人繰り返すなっ」

まだわからないのかとさらに声を険しくして、息を吸った嘉悦が「だから」と言いかけた、そのときだ。

「……あのう。中に入って話したら?」

「あ」

その声に振り返ると、呆《あき》れかえった顔の真雪と、おおよそを呑《の》み込んでため息をつく大智がいる。すっかり存在を忘れていたふたりにまで、咎《とが》めるような視線を向けられ、藤木は首を竦《すく》めた。

その頼《たよ》りない姿を見下ろして、いかにも仕方ないと言うように広い肩を竦めた青年は、そのまま玄関《げんかん》に降りて靴《くつ》を引っかける。

「どうもなんっか、ものすっごーい勘違《かんちが》いがある気がするんで、ゆっくり中でどうぞ。俺ら、はずしますんで」

「え、大智……」

大智は不服そうな目をする真雪の肩を叩いて、とにかく上がってくれと嘉悦に告げる。

「行くぞまゆきち」

「えーなんでっ？　真雪も聞きたい」

「ばか。場を読め、場を」

いいから来い、と真雪の腕をかなり強引《ごういん》に引き、大智は出て行った。

けんか腰《ごし》の会話をしつつ消えたふたりを見送り、ドアが閉まったところで、藤木は途方に暮れてしまう。

「あ……あがる？」

「そうさせてもらおうか。どうも長い話になりそうだからな」

玄関先で腕を組み、不遜《ふそん》な態度で言いきった嘉悦にじろりと睨まれて、藤木はうなだれる。

（こ、怖《こわ》い……）

いつも穏和《おんわ》に接してくれるから忘れていたけれども、嘉悦の体格と顔立ちで凄まれると、本能的な恐怖《きょうふ》を感じてしまう。

裏を返せば、普段どれだけ藤木に対して嘉悦が甘い対応をしているかということなのだと、それでようやく気がついた。

「……なんか、飲む？」

「いらない。いいから座れ」

リビングのソファを勧《すす》めて、どうしたものだかと思いながら問いかけると、ぐったりと座り込んだ嘉悦は頭が痛いように拳《こぶし》を額に押し当てている。その隣《となり》に、少し距離《きょり》を置いて腰掛《こしか》けると、目を伏せたままの嘉悦が苦い顔のまま掠《かす》れた声を発した。

「……で。なんだったか」

「で、って……」

「もう、気になることは全部言え。訊《き》きたいことは片《かた》っ端《ぱし》から訊け。全部答えてやる」

相変わらず嘉悦はひどく怒ったままで、広い肩から放出する怒《いか》りのオーラに圧倒《あっとう》され、藤木はおずおずと口を開いた。

「じ……十年前ってどういうこと……」

「どうもこうも。俺が結婚してた期間は半年もない」

そんなことがあるのだろうかと、ぐるぐる回り出した頭で藤木は考える。

「確かに別れたあと、あっさり結婚したってところは腹も立つだろうとは思ったけどな」

混乱して、なにから問えばいいのかよくわからない様子でいるのを察したのだろう、小さく息をついた嘉悦は藤木の頭を軽く小突《こづ》いて、ゆっくりと話し出した。

「言わせてもらうが。おまえがもう終わりだって言ってから、俺も荒《あ》れたぞ」

「荒れた、って……」

「どうでもいい相手と、顔もろくに知らないまま結婚する程度にはやけくそだった」

吐《は》き捨てるようにした言葉が藤木の肩を重くして、悄然《しょうぜん》とうなだれて見せると、今度は小突いた頭を撫《な》でられる。

「アメリカに行くのも就職していきなりとは思ってなかったから、心の準備なんかなかった。それでもどうにか待っててくれと言えばおまえは待てないって言うし」

「……う」

「ふられた上に、手続きだなんだで慌《あわ》ただしいわ、親はうるさいわだ。正直、見合いの話を断る気力もなかった」

流された、と自嘲《じちょう》する嘉悦の瞳が昏《くら》い光を放って、そうまで追いつめたのは自分だったのだろうかと藤木は悔恨《かいこん》を噛《か》みしめる。

「どうでもよかったんだ。あとはまあ……おまえに当てつけたかったのかもしれない。ばかな話だ」

「当てつけって……」

「わざわざ、丘野先生に報告を入れたのもそれだ。共通の知人なんかほかにいなかったからな。聞いて、少しは……傷ついてでもくれればいいと、そんな気分もあった」

ソファの背もたれに身体《からだ》を預け、嘉悦は「だから失敗した」と笑う。自虐《じぎゃく》的な笑みも、藤木に対して当てつけたという言葉もあまりに彼に不似合いで、胸が痛い。

そのくせ、この男にこんな顔をさせたのは自分かと思えば、哀《かな》しいくせに嬉《うれ》しいのだ。

なにごとにも揺《ゆ》るがない嘉悦が、こんなにぐらぐらとしたさまを見せて、確かに傷ついている。そうまでできるのは、自分だけなのだろうかと思うと、後ろ暗いような歓喜《かんき》があった。

最低な自分を知りながら、まだ肝心《かんじん》の部分を訊いてはいないと、そっと問いかけてみる。

「離婚……なんで」

「ああ……。半年で離婚っても、実際一緒《いっしょ》にいたのは三ヶ月もないんだが」

その当時のことを思い出したのか、嘉悦はなんとも言えないような複雑な笑みを浮《う》かべた。

「あっちに行って、会社の仕事とビジネススクールの二重生活で、俺はまったく余裕《よゆう》はなかった。おまけに別に好きでもない相手で、こまめに気を遣《つか》う気にもなれなかったんだが」

けれどそれだけのことではないと、嘉悦は深々と息をつく。

「正直、相手も悪かったんだ。奈々《なな》——まあ、結婚《けっこん》した彼女だが、これがまったく英語が喋《しゃべ》れなかったんだ」

「え……？」

それでよくアメリカまでついて行ったと藤木が目を瞠《みは》れば、子どものような女だったと嘉悦は苦々しく呟《つぶや》いた。

「親に大事大事で育てられて、女子大に入れられるまで、ろくに男とつきあったこともないようなタイプで。なんていうのか……『お嫁《よめ》さん』になることだけを生きる目標にしてるような、そういう感じの」

「ああ……」

「お茶とお花は完璧《かんぺき》だが、家のこともろくにできない。料理はまあできないことはないが、信じられないことに、シチューを作るのに六時間かけるんだ」

「ろ……六時間？　ルーから作って煮込《にこ》むから、とか」

「いや、市販《しはん》のやつだったな。ただ材料を揃《そろ》えて切って準備するのにおそろしく手間がかかっただけだ。おまけにできあがれば生煮えで、食えたもんじゃない」

あれはひどかったと顔を歪《ゆが》めた嘉悦は、できるだけあしざまに言わないよう気をつけているのだろうけれど、そこかしこに毒が滲《にじ》む。

「ちなみに、俺の脱《ぬ》いだ下着と自分のそれを別々に洗濯《せんたく》する程度には神経質だった。それも俺の分は触《さわ》りたくないから自分でやってくれ、ときた日には、反論する気もなくなったが」

「そ……れは、また。すごいね」

思春期の少女でもあるまいに、それはいったいなんだと藤木は目を丸くする。というよりも、そんな幼さで、よく結婚する気になどなれたものだ。

彼もまたそれについては同感なのだろう。疲《つか》れきったその口調からも、精神的にあまりに幼かった元妻に、嘉悦が決していい思い出など持っていないことが偲《しの》ばれた。

「まあそんなこんなで三ヶ月間、ろくに話もしなかったけど……ある日帰ってきたら家がもぬけの殻《から》で。おまけに奈々だけじゃなく、彼女の持ってきた荷物も服も全部なくなってる。なにがあったんだと思ってたら、あっちの父親から国際便が来てた」

中身は離婚届《りこんとどけ》で、その後面食《めんく》らった嘉悦が電話をかけても、一度として彼女は電話に出なかったという。

「ノイローゼにするまで娘《むすめ》を追いつめて、なんのつもりだってな。離婚まで親に全部面倒《めんどう》見させて、こっちの方がなんのつもりだと訊きたかった」

「い……一回も？　話さないまま？」

「ああ。無事に調停が済むまで、俺はあっちの父親としか話してない。考えてみたら結婚するまでも同じようなもんだったな」

おかげでどんな性格で顔だったのか、ほとんど覚えていないと疲れきったように嘉悦は肩《かた》を上下させた。

ノイローゼなどといえばずいぶんな話のように思えるが、なんのことはないただのホームシック程度のことだったようだ。なにしろ日本に帰りたいとあげ連ねた理由の中で最大だったものが、手荒《てあ》れが哀しいということだったから呆《あき》れてしまう。

「普通《ふつう》に家事をやってりゃ、その程度は当たり前だろう。それも別にこき使ったわけでもなし、俺はほとんど家にいないから、自分の分だけやってりゃよかっただけの話だ」

だがそれも、蝶《ちょう》よ花よと育てられた彼女には耐《た》え難《がた》いことであったらしい。ママのご飯が食べたいと泣きついて、それが彼女の両親にすると「ろくに食事もさせないで」と変換《へんかん》されるのだと聞いて、藤木はもはや言葉を失った。

「確かに知り合いも誰《だれ》もいない、言葉も通じない国で大変だろうとは思った。けど、そんなのは最初からわかってたことだ。むしろ、なにも考えないままセレブ気取りで喜んでいたことの方が、俺には理解しがたいと思ったが……そんな甘ったれた性格で、ろくに口もきいたことのない男と結婚しようと思う方がもっとよくわからなかったな」

まあそんな感じだ、と息をついて、あまりの事実に相づちも打てなくなった藤木を横目に見る。納得《なっとく》したのか、と視線で訊かれて頷《うなず》きつつ、藤木はおずおずと問いかけた。

「じゃ、……じゃあなんで、指輪は」

再会した最初の日まで、確かにその長い指にはリングがあった。そんな思いをした結婚生活の記憶《きおく》をなぜ放《ほう》っておいたのかという問いに、嘉悦は「そんな顚末《てんまつ》だったからだ」と苦笑《くしょう》した。

「一応、就職してからの結婚だったんで、社内にも知れ渡《わた》ってたしな。さすがに半年で離婚ってのは外聞が悪すぎるから、しばらくその話は伏《ふ》せてた。まあ二年もした頃《ころ》には暗黙《あんもく》の了解《りょうかい》で、皆《みな》知ってたが」

そのまま数年放っておいたら、指のサイズが変わって抜《ぬ》けなくなったのだと、嘉悦はかすかに痕《あと》の残った左手を藤木の前にかざす。

「もういまさらの話で、取る必要もなかったし、面倒で放っておいただけだ……知らない人間にはその方が、いろいろ言われなくて気楽だったからな」

虫除《むしよ》けだと悪びれず呟く嘉悦に、かつてにはなかったしたたかさを感じ取る。だがそのずいような言いざまは、藤木をひとつも失望させるものではなかった。

「それから。……あとでわかったけど、おまえ。別れる前に、俺の母になんかよけいなこと言われてたんだってな」

しばしの沈黙《ちんもく》のあと、だいぶ険の取れた声で指摘《してき》され、藤木はどきりとする。

「べ、つに……」

「ごまかすな。もう聞いてる」

「聞いた、って。なんで……」

別れを決意するきっかけになったとも言える、嘉悦の母の発言は、改まって言うようなことでもないはずだ。なにか聞き出すようなことが起きたのかと、にわかに不安になった。

「式のときに、藤木はなんで来てないんだって訊《き》かれて。そのときに見合い話の前におまえに裏を取ったんだと母が言っただけだ」

内心の動揺《どうよう》をあらわにした藤木の頰《ほお》を撫でて、嘉悦はそっと、ようやく自然に微笑《ほほえ》んだ。

藤木にとって見慣れた、やさしく包むような目をして。

「……だから心配するな。カミングアウトをかますほど子どもじゃない」

「し、心配、とかじゃ……」

肩を引き寄せられて告げられたそれに、ひやりと胸の中が冷たくなる。強《こわ》ばった頰に手を添《そ》えて、責めているのではないと告げるように嘉悦が撫《な》でてくる。

「もしそうなっても、おまえの名前はいっさい出さない」

だから責任を感じることはないという嘉悦に、胸がつまった。そうやっていつも自分ひとりで抱《かか》えようとするからいやなのだと、思う気持ちが言葉にならない。

「まあ、離婚のいきさつがいきさつだったから、あのひともいまじゃすっかり口出しもしてこないし、安心しろ。そもそもこの十年、一緒に住んでるわけでもないし、いまは兄貴の子どもがふたりいて、親たちは孫に夢中だ」

親族ももはや嘉悦の再婚《さいこん》は諦《あきら》めている。スピード離婚はあまりに外聞も悪く、またあの件がトラウマになったと告げれば、その後は無理をおしてくることはなかったと嘉悦は言う。

「出世、とか、……響《ひび》かないの？」

だがそれでも、社会的な立場として大丈夫《だいじょうぶ》なのだろうかと藤木は細い声を発したけれど、それに対して返ってきたのはやはり、呆れたような声音《こわね》だった。

「あのなあ……。嫁の関係で縁故《えんこ》採用されたならともかく、自力で入った会社に関係あるかそんなもの。第一、その程度のことで潰《つぶ》されるようなスキルは積んでないつもりだ」

おかげさまでいまは無事に役職づきだろうがと、嘉悦は不遜《ふそん》なまでに言い切った。

「だいたい、嫁を持たなきゃ一人前じゃないなんていつの時代の話だ。そもそも首相がバツイチの国だぞ、ここは。アメリカにしたって離婚大国だ。なにもめずらしい話じゃない」

「そ、それは……そうだけ、ど」

理詰《りづ》めでつけつけといわれてしまえば、もうなにひとつ反論することが見つからず、藤木はじっと彼の左手を見つめた。

「ほんとに、大丈夫……なの？」

いまさら指輪をはずしたことに、詮索《せんさく》はないのだろうか。そっと取り上げた薬指の甲《こう》を撫でながら問うと、問題ないと嘉悦は笑う。

「食い込みすぎて鬱血《うっけつ》したから取ったと言えば、誰もなにも言わなかった」

「……どうやって取ったの」

よく見ればそこだけ肉がくぼんでいる。身体《からだ》の形さえ変えるほどのそれは、はずすのにずいぶん苦労したのではないかと眉《まゆ》をひそめれば、さらりと嘉悦は言う。

「知り合いの工房《こうぼう》に頼《たの》んで、電動カッターで強引《ごういん》に切った」

こういう回転するやつ、と手で示されたのはかなりの大きさがあって、想像するだにぞっとしないと藤木は身体を震《ふる》わせた。

「あ、ぶな……！　怪我《けが》したら、どうする」

「専門の人間だから別に危ないことはない。まあ、肉に食い込んでたから結構難儀《なんぎ》したけど」

平気だとは言いつつも実際には相当無理矢理断《た》ち切ってはずしたのだと教えられ、藤木は腰《こし》が抜けそうになる。

「やっぱり危ないじゃないか……！」

「まあ、あとになって消防署に行けば、もっと確実で安全にはずせたって聞いたけどな。とにかくすぐにやってくれって頼みこんだんで、そのときはそれしかなかった」

藤木に会った翌日、わざわざその工房まで足を運んだのだという。なんでそこまで、と顔を歪《ゆが》めてしまった藤木に、嘉悦はまたさらりと告げた。

「おまえに会いに行くのに、あんなものをはめたままにしたくなかった」

「そ……んな」

「まあそれに、面倒で放っておいたってのはちょっと嘘《うそ》だな。……あれは戒《いまし》めみたいなもんだったから」

自分が犯《おか》した失敗の象徴《しょうちょう》だからと、嘉悦はほろ苦く笑う。

指輪を見るたびに、浅はかな行動を取った自分を覚えていようと思った。

そうして手放した藤木のことを、忘れずにいようとも。

「変な話だが、指輪を見ても奈々のことは全然思い出さないんだ。ただ……おまえにもう少しなにか、言ってやることができたら、こんなものしないで済んだなと、それだけだ」

吹《ふ》っ切れたように言って、嘉悦は口元を綻《ほころ》ばせる。反して、泣き出しそうに歪んだ顔を我慢《がまん》できずに藤木は唇《くちびる》を噛《か》む。

少しでもなにか言ったら、また泣いてしまいそうだった。

「……まだ疑うなら、役所に書類見に行くか。正真正銘《しょうしんしょうめい》のバツイチだが」

沈黙に、藤木がまだ信じきれていないとでも思ったのだろう。軽い口調で、けれど本音を滲《にじ》ませた声で嘉悦にそう言われて、藤木はぶんぶんと首を振《ふ》った。前髪《まえがみ》が頬に当たって痛いくらいに何度もそうしていると、いい加減にしろと言うように両頬を大きな手に包まれた。

「あとはもう、ないのか？」

せっかく堪《こら》えようと思っていたのに、言ってみろと額に口づけられて、甘い仕草に唇が奇妙《きみょう》に歪む。変な顔を見ないでくれと思うのに、嘉悦は離《はな》してくれない。

いいのだろうか。

甘えるだけ甘えても、すべてを預けても。

「けっ……携帯《けいたい》、しか、連絡先《れんらくさき》ないのは？」

「言った通りだ。四六時中出回ってるから家にいつかないんで、家電《いえでん》は日本に戻《もど》ってからは、そもそも使ってない」

振りほどかれないだろうかと怯《おび》えながら袖口《そでぐち》を摑《つか》んでみると、逆にしっかりと手を握《にぎ》られた。額を合わせて、繰《く》り言《ごと》を言う藤木のそれに辛抱強《しんぼうづよ》く嘉悦は答えてくれる。

「す、……スーツとか、洗濯《せんたく》とか……誰《だれ》がしてんの？」

「……世の中にはクリーニングってサービスがあるのは、おまえが一番知ってるんじゃないのか。それにここ十年のひとり暮らしで、俺だってたいがいのことはできるようになってる」

それこそ、奈々のおかげだなと茶化す言葉に藤木は変じゃないかと口を尖《とが》らせた。

「お……俺がいると、なんにも、しないくせに」

「それに関しては甘えたな。すまない。誰かに面倒《めんどう》見てもらえるのは久々だったから……ちゃんと、感謝はしてるぞ」

感謝などと言いながら、やはり嘉悦はどこか偉《えら》そうだ。

けれど、藤木にあれこれと手をかけてもらうのは単純に嬉《うれ》しかったと言われてしまえば、もう怒《おこ》れない。拗《す》ねるポーズさえもできないで、上目にじっと見つめてしまう。

「……ほんとに？」

「ああ。……だから言っただろう、俺の勝手につきあわせて悪いって」

真っ赤になった涙目《なみだめ》で、たぶん鼻も赤いだろう。ぐずぐずと鼻を啜《すす》って見苦しい顔をさらしているのが恥《は》ずかしく、けれど嘉悦のまなざしは少しも失望の色がない。

「約束は破るしろくに時間は取ってやれてない。会えばあったで俺の都合ですぐ帰る羽目になるのに、おまえは文句も言わないから」

「そういう意味だったの、あれ」

いとおしいと教えてくれる雄弁《ゆうべん》な視線は、目を合わせればすぐにもわかったのに。

「部屋を借りてみようかって言ったのも、いちから部屋を探すよりは、ツテを辿《たど》った方が安くあがるし、おまえも楽かと思っただけの話だ」

誰かと自分を両方まとめて秤《はかり》にかけるような、そんな器用なひとではないと、知っていた。

そのくせに疑わしく思っていたのは、藤木の曇《くも》った瞳《ひとみ》のせいだ。

「俺、……ばかみたい？」

「というより、ストレートにばかだな実際。誰が愛人で囲いものだ。ひとの好意をくさしやがって」

きつい声で決めつけられ、それでもそろりと抱《だ》きしめられて、ごめんなさいと子どものように謝った。

（もうほんとに、ばかみたいだ……）

勘違《かんちが》いも甚《はなは》だしくて、拍子抜《ひょうしぬ》けするような気分もあった。ここしばらくの苦悩《くのう》はなんだったのだと頭を抱《かか》えたくなってしまうけれど、それでも——どうしようもなく嬉しい。

額を、広い肩《かた》に押しつけて甘えてみる。拒《こば》まれずうなじを包むように抱きしめられて、じんわりと伝わってくる手のひらの熱がかたくなな心を溶《と》かしていく。

「まあしかし、……これでいろいろ納得《なっとく》は行った」

「な、っとく？」

ふわふわと甘い気分でいる藤木の髪に鼻先を埋《うず》めた嘉悦がしみじみと呟《つぶや》き、なにがだと顔を上げると赤くなった目元を拭《ぬぐ》われた。

「会うたびに塞《ふさ》ぎこんでいくからな。どうかしたのかと思ってたが……しかし」

誤解が解けてよかったとは、単純にはいかなかったようだ。実に複雑そうな表情をした嘉悦は、くしゃくしゃと藤木の髪を荒《あら》っぽくかき混ぜて、咎《とが》めるように言った。

「俺は、惚《ほ》れた相手を愛人扱《あつか》いしてふたまたかけるような、そういう人間だとおまえに思われてた事実の方が、よっぽどショックだ……」

「ご、めん」

さすがに情けないのだろう。疲《つか》れきった声でうなだれた嘉悦に、どこから詫《わ》びたらいいのかわからないと藤木は目を泳がせた。

「ごめんって言われてもな……ちょっとさすがに、簡単に許す気になれない。俺をなんだと思ってるんだ？　おまえは」

「う、ご、……ごめんなさい……」

じろりと睨《にら》まれて、首を竦《すく》める。これについてはもう、謝り倒《たお》すほかにないと藤木が小さくなっていると、頬《ほお》を軽く抓《つね》られた。

お仕置きだとでもいうような、そんな仕草で、だが痛みさえも甘い。

「まったく……おまえ、どれだけ泣いたんだ。明日間違《まちが》いなく顔腫《は》れるぞ。少し冷やせ」

「う、ん……」

怒っていると言いながら、嘉悦は痛々しいと目を細める。そのあと、促《うなが》すように軽く肩を叩《たた》かれて身体《からだ》を離される。

顔を洗ってこいという意味だとはわかったものの、広い胸を離れがたく、藤木はぐずぐずとまた鼻を鳴らして、小さく問いかけた。

「顔、洗ったら……帰るの？」

明日も仕事で、藤木にも店がある。

いままでのように聞き分けよく、無理をしないで帰って寝《ね》てくれと言わなければならないとわかっているのに、彼のシャツを握りしめた手がほどけない。

「帰ってほしいのか？」

おまけに意地悪く笑いながら、嘉悦は濡《ぬ》れた瞳を覗《のぞ》きこんでくる。じっとそのきれいな目を見つめたまま、ふるふるとかぶりを振って藤木は呟いた。

「帰っちゃやだ……」

「だったら最初からそう言え」

喉奥《のどおく》で笑いながら、軽く背中を叩かれる。離す気はないと、言葉と仕草に知らされて、甘えたい気分がひどくなった。

「でも、……だって、仕事」

「うちは基本的にはフレックスだ。問題ない」

ぐずぐずと言いつのると、気にしなくていいと笑う嘉悦に強く抱きしめられる。だったらいつもはなんだったのかと藤木が怪訝《けげん》な表情をすれば、ふっと小さく息をついて彼は言った。

「おまえの負担になりたくなかったからな」

「俺……？」

「ほんとのところ、昼夜逆転してるだろう、おまえは。でも俺に合わせて、朝は絶対起きてこようとするし、きつそうにしてることもあったし」

それなりに気を遣《つか》ってはいたんだと教えられて、目を瞠《みは》る。さっさと切り上げて帰る彼につれないなどと思っていた、あれも完全に言葉の足りないすれ違《ちが》いだったというのか。

「でも、そんなの……一緒《いっしょ》に、いてくれれば俺」

「それでいいなんて言っても、あとで結局しんどいのはおまえだろう」

それだけで嬉しいのにと言いかけた藤木の唇を、悪戯《いたずら》でもするような手つきでふわりと摘《つま》み、嘉悦は言葉を封《ふう》じた。伏《ふ》し目にして笑う目元に影《かげ》が落ちて、端整《たんせい》な面差《おもざ》しにかすかな苦みが浮《う》かぶ。

「……あのなあ。俺はもう、重くなりたくなかったんだ」

「そ……それ、って」

十年前、心ない言葉で嘉悦につけた傷は、藤木が自覚するよりもひどいものであったのだと教えられ、愕然《がくぜん》となってしまう。

「だからしつこくもしないようにした。できるだけ……楽なつきあいを、おまえがしたいんだと思ってた」

頰を撫《な》でる手に、慈《いっく》しむようなやさしい熱があった。声もなく後悔《こうかい》を嚙《か》みしめる藤木の歪《ゆが》む目元までを何度も撫でさすり、責めるようなつもりはないと教えてくれる。

「けどな。……縛《しば》っていいなら、遠慮《えんりょ》しない」

「か……嘉悦さ……っ」

「もうとにかくおまえには全部言う。わかってるんだろうなんて思ってると、またどんな勘違いがあるかわかったもんじゃないし」

覚悟《かくご》しろよと笑われて、やさしいだけではないその表情に藤木はなぜかぞくりとする。

「言っておくがしつこいんだ、俺は。……ああ、遠慮なしついでに、今度から名字じゃなくて名前で呼ばせろ」

せつなさに胸を焼かれて、だが突然《とつぜん》、思いついたというように告げた嘉悦の言葉には面食《めんく》らった。

「な……なに、それ？」

「おまえのとこの、若い連中が全員そう呼んでるのには、正直妬《や》けるんだ」

「なん、なにそれっ、ばかじゃないの⁉」

「おまえに関しては、それこそばかでいいさ」

およそ嘉悦は平静な顔をしたまま、恥《は》ずかしいことを言ってくれるので、藤木の方が茹《ゆ》であがる羽目になる。

「だいたい十年も、ふられた男のことを引きずってた時点で、それは自覚してるんだ」

表情を改めた嘉悦の声に、身体中が軋《きし》むようなつらさを感じた。冗談《じょうだん》めかした口調だけれど、胸に突《つ》き刺《さ》さるほどに、痛い言葉だった。

「あの頃《ころ》だって、本当に嫌《いや》がってるのかどうか……その見極《みきわ》めさえついてれば、あんなにあっさり引き下がらなかった」

自分も不安だったせいで、見誤ったんだと悔《くや》しげに嘉悦が吐《は》き捨て、藤木はその強い語気にも痛ましく歪んだ目元にも、唇《くちびる》を震《ふる》わせた。

「嘉悦、さん……」

「俺はおまえに嫌《きら》われることだけ怖《こわ》いんだ。嫌《いや》がられたら手も足も出ない。……でも意地を張ってるだけなら、離《はな》さない」

十年の時間を経て、育ちのよさが故《ゆえ》にどこか押しの弱かったやさしい青年は、ふてぶてしくも逞《たくま》しい男の顔を身につけ、藤木の身体を抱《だ》きしめる。

「そんな、こと、言っ……言わなく、ても」

「……聖司」

名を呼ばれて、たかがそれだけのことで、嬉《うれ》しさのあまり死んでしまうかと思った。

もうずっと、諦《あきら》めないといけないと思い詰《つ》めていた。

嘉悦を好きでいることはただつらくてせつなくて、それでもやめられなくて――けれど、自分だけのものにならないのなら、やはりこの手を離さないといけないのだと思っていた。

「愛してるんだ」

そうでなければ、自分ばかりが好きすぎてつらかった。誰《だれ》かと嘉悦を共有することなど耐《た》えられなかった。同じほどには想《おも》ってくれていないのだと考えると、泣けて仕方なくて。

「もう誰にもなにも言わせないし、俺も傍《そば》を離れない。だからもういい加減、おまえも諦めてくれ」

「なに、をっ……」

なのにこの男は、たかが従業員が名前を呼ぶだけで妬くのだと言うし、痛いくらいに藤木を抱きしめて離そうとはしない。

信じられない。夢のようで、足が地に着いていない。

「俺を、好きだと言ってくれ。……同じだと、教えてくれ」

おまけに嘉悦は、縋《すが》りつくみたいな声で、そんなことまでせがむのだ。

「もう、そんなの……知ってる、だろう？」

「わからない、そんなの」

決してひとに頭を下げることなど似合わないような、気高い男が藤木ごときに頼《たの》むからと繰《く》り返し。

そのくせ少しも濁《にご》りのない、通りのいいあの低い声で、藤木の腰《こし》を砕《くだ》かせる。

「頼む。不安なんだ……おまえはすぐ、消えそうで」

「か……えつ、さん」

「もう後悔《こうかい》したくない。嫌でも……離せない」

頬をすり寄せた囁《ささや》きの熱量の高さにくらりとした。視界が一気にぼやけて、ぶわっと膨《ふく》らんだ涙《なみだ》は堪《こら》える暇《いとま》もなく溢《あふ》れていく。

「……す、……すき」

ちゃんと答えようと思ったのに、かすれた声が声帯でひっかかって縺《もつ》れた。

あまりきれいな声で言えなかったことが悔しくも恥ずかしかったのは、あんな情けない台詞《せりふ》でも少しも惨《みじ》めにならない嘉悦と、あまりに違うことだったろうか。

「好きに、決まって……る、だろ。……俺っ、ちゃんと……言ったじゃん……っ」

「聖司……」

「わっ、忘れてなかったの、俺のほ、だってっ、いっ……言ったのにっ……」

喉が痙攣《けいれん》して、言葉もまともに紡《つむ》げない。必死にしがみついて子どものように嘉悦のスーツをしわくちゃにして、溢れ出す涙も気持ちももう、止められない。

「お、俺だけのものになってよ、俺っ……俺のこと、愛してて」

「……ああ」

「俺は、……っ、俺は愛人なんかやだ、恋人《こいびと》にしてよぉ……っ」

「だから最初からそう言ってるってのに」

藤木はばかみたいに必死なのに、喉奥で笑う余裕《よゆう》が悔しかった。

「笑うなっ」

「ああ、悪い」

子どもにするように髪《かみ》を撫でられ、濡《ぬ》れた頬《ほお》を大きな手のひらで拭《ぬぐ》われて、そのあとそっと瞼《まぶた》に口づけを落とされる。涙に痛んだ目元がふわりと甘くなるような、そんなキスだった。

「なんだよっ……だいたい俺、むかついてんだから」

「なにが?」

拗《す》ねた口ぶりに、嘉悦は笑うばかりだ。いなされて悔しくて、けれどようやくこんな風に、彼の前でふて腐《くさ》れることができたことにほっとしている。

それは嘉悦も同じだったのだろう。羞恥《しゅうち》に目を尖《とが》らせて突っかかる藤木を、面白《おもしろ》そうに眺《なが》めるばかりだ。

「すっかりアメリカナイズされやがって。あんたこんな、瞼にちゅーっとか、できるキャラじゃなかったくせにっ！　なにその慣れた感じ！」

「あー……そうかもな。嫌だったら悪かった」

自覚もしているのだろう。苦笑《くしょう》してそれでも悪びれない嘉悦に、つくづく扱《あつか》いにくい男になってしまったと感じる。もとよりあまり動じない男ではあったけれど、それでも色事には結構うろたえる一面も確かにあったのに。

(ちくしょう……あっさりしやがって)

オープンな国で、彼の神経の太さと剛胆《ごうたん》さに拍車《はくしゃ》がかかったのは間違《まちが》いない。それをなんだか面はゆくも眩《まぶ》しく感じ、同時に少し口惜《くちお》しい。

あの頃にもしも、嘉悦にこのふてぶてしさがあったなら、きっと別れることはなかっただろう。けれどそれもやはり、仮定の話でしかない。

いま藤木が胸を焦《こ》がすのは、思い出の中の少し繊細《せんさい》で潔癖《けっぺき》な青年ではなく、自由の地にいた数年間が育てた嘉悦なのだ。

「……別に、嫌じゃない」

「ん？」

「もっと、して」

鼻を啜《すす》って、拗ねた顔で目を閉じると、小さく笑った嘉悦がそっと唇を落としてくれる。ふわりとやわらかい感触《かんしょく》に胸が震えて息を呑《の》むと、自然に開いた唇にも口づけが落とされた。

「……んんっ」

すぐに舌を入れられて、逃《に》げを打った身体《からだ》を捕《つか》まえられる。のっけから深くを探《さぐ》られて、頭の中まで舐《な》められているような錯覚《さっかく》に藤木は甘く声をあげる。

「んう、あ……っ」

「……ひとのこと言えないだろうが」

「あ、あん……っ、んん？」

腰を撫《な》でられてぞくりと背中を震わせると、少し苦い声で嘉悦がぼそりと呟《つぶや》く。

「おまえこそ十年前、あんなにセックスうまくなかったろう」

「……なんの、こと？　っ、ん、あ」

やはり気づいていたかとぎくりとするが、さして咎《とが》める口調でもない。ただ少しなにかを惜しむような声で、嘉悦は静かに背中から尻《しり》までを撫で続ける。

「あ、ん……腰、やだ」

「こんなに感じやすくもなかったと思うけどな……」

「ちょっと、……ちょ、と、こらっ」

ふむ、と首を傾《かし》げつつ観察するような余裕が腹立たしくて、藤木は眦《まなじり》を尖らせたまま顎《あご》に噛《か》みついてやる。

「あのね……言っとくけど、俺が感じやすいなら、それ、嘉悦さんのせいだから」

「俺？」

「ここ数ヶ月で、俺のことさらに開発したの、どこの誰だよ……っ」

「あー……それはそうか」

喉奥《のどおく》で笑って、嘉悦はこの話を終わりにすると決めたようだ。

あっさりした引き際《ぎわ》にはほっとするような、悔《くや》しいような気分もするけれど、いずれにしろあまり追及《ついきゅう》されたいことではない。

「……俺だって」

「ん？」

けれどもやさしく抱きしめられ、髪を撫でられてつい、藤木はぽつりと呟いた。甘えて、少し試《ため》したいような気分になっていたのかもしれない。

「俺だって、嘉悦さんしか知りたくなかっ……！」

「——言うな、ばか」

後悔の滲《にじ》んだそれを、同じほどの苦い声で窘《たしな》めて、嘉悦が唇《くちびる》をふさいでくる。目元を大きな手のひらで覆《おお》われ、泣いているのだと気づかされて苦しくなった。

「言っただろう。やり直しじゃないんだ。これからなんだから、過去はもういい」

「ごめん、なさい……」

「……その代わり、ここから先は浮気《うわき》厳禁だ」

「しない……」

いいな？　と少しからかうように微笑《ほほえ》まれて、するわけがないと縋りつく。

「できない、もう、そんなの……嘉悦さんしか、いやだ」

「聖司」

「ほかになんか、誰《だれ》も……なんにもいらないっ……」

涙混じりの声で告げた唇を、また塞《ふさ》がれた。激しく濃厚《のうこう》なそれにあっという間に意識をさらわれそうになって、広い背中を抱《だ》き返した瞬間《しゅんかん》だ。

「うぐっ⁉」

「――……いてっ」

がん！　と玄関《げんかん》からひとつ、大きな音がして、びくりとした藤木は反射的に嘉悦の舌を噛んでしまった。

「ご、ごめん……びっくりした」

「いや……なんだ、いまの」

口元を押さえた嘉悦が顔をしかめて、その身体の下から這《は》い出した藤木はおそるおそる玄関へと向かう。

「……あ」

ドアを開くと、一枚の紙がひらりと舞《ま》い落ちた。拾い上げ、そこにある文字を読んで絶句した藤木の手元を、背後からやってきた嘉悦が覗《のぞ》きこんでくる。

同じように目を瞠《みは》った彼は、なんともつかない顔でため息混じりに言った。

「これは……またずいぶん気の回る店員がいるもんだな」

「だ……大智……っ」

店で使っている、休日申請《しんせい》の用紙だった。枠《わく》を無視して、マジックで大きく紙面いっぱいに大智の性格を表すのびのびとした字で書いてあるのは『明日臨時休業』のひと言。

その下に小さく『ごゆっくり』とハートマーク付きで添《そ》えたのは間違いなく真雪だ。

「ふ、ふたりとも、もう……！」

ぐしゃぐしゃとその紙を丸めて、藤木は耳まで赤くなる。だがその半分は八つ当たりだ。

席を外すと言ったふたりのことをうっかり失念して、リビングのソファでなだれこみかけた自分が一番恥《は》ずかしいのは言うまでもない。

「で、……どうする？」

「ど、どうするって、ど……っ」

こんなお膳立《ぜんだ》てまでされては、恥ずかしくていたたまれない。真っ赤になっておたおたと背後を振《ふ》り仰《あお》ぐと、意地悪く笑う嘉悦が耳を噛んでくる。

「あっ、……や」

敏感《びんかん》な部分を何度も甘噛みされて、腰《こし》に両手を添えられた。それだけで足下《あしもと》が頼《たよ》りなくなって、縋《すが》るように振り向いて抱きつくなり、また唇を奪《うば》われる。

「んー……っ」

身長差のある嘉悦に立ったまま本気でキスを仕掛《しか》けられると、真上から口腔《こうこう》を穿《うが》たれるようで怖《こわ》くて苦しい。

そして、感じて感じて、どうしようもなくなってしまう。

「……やめるか？」

「それ、も、……やだ」

至近距離《きょり》で囁《ささや》く嘉悦の唇が濡《ぬ》れている。同じように自分のそれも淫《みだ》らに光っているのだろうと思うと、ぞくぞくと震《ふる》えが止まらなくなって、咄嗟《とっさ》に藤木は俯《うつむ》いた。

「……だめ、顔見ないで」

「聖司……？　どうしたんだ」

どうしよう、どうしたらいいんだろう。

もう再会してから何度も繋《つな》いだ身体を晒《さら》すのも、顔を見られるだけでも恥ずかしくてたまらない。

なんだか気持ちまで全部、裸《はだか》にされた気がするせいだろうか。

「お、俺絶対、変な顔してる」

「別に、真っ赤になってかわいいぞ」

「か、かわいくなんかないっ……」

しれっと言われて、藤木はさらに茹《ゆ》であがった。あまり口の回るタイプではなかったはずなのに、どうしてこうオープンな男になってしまったのか、本当に勘弁《かんべん》してほしい。

（この声が悪いんだ）

それでも、寡黙《かもく》な彼も甘い言葉を囁く彼も、結局どちらであれ藤木は好きなのだ。結局いいように振り回されている気がして、なんだか悔しい。

もう少し、さっきみたいにうろたえてくれれば、わかりやすくていいのに。

「……ん？」

頬《ほお》を撫でる手のひらに口づけると、嘉悦がくっと息をつめた。頬ずりをするようにして唇を擦《こす》りつけ、悪戯《いたずら》にちろりと舐めた長い指は少し汗《あせ》ばんだ味がする。

こんな仕草で、誘《さそ》われてくれるものだろうかと思ったけれど、案外にそれは簡単だったようだ。ふっと瞳《ひとみ》の色を変えた嘉悦の視線の強さに、嬉《うれ》しくなる。

「煽《あお》ってるのか？」

「うん……」

誘ってるよと長い指を唇に含《ふく》んで、藤木は猫《ねこ》のように瞳を細くする。腰を抱いた嘉悦の腕《うで》はさらに強くなり、背中を撫《な》でる手つきに淫らな作為《さくい》がこめられて、無意識に零《こぼ》れた藤木の吐息《といき》には、あからさまに欲情の色が乗せられた。

「加減できないぞ」

「しないで、いい……明日、休むし」

もうここは、真雪と大智に乗せられておこうと思う。当面冷やかされたりするだろうけれど、それもうかまわない。

腫《は》れぼったく熱い瞼《まぶた》に口づける嘉悦の、やさしいだけでない情を知るための最大限有効な方法を、いますぐに試《ため》してしまいたい。

ひりついた唇を舐《な》めて潤《うるお》し、それがなによりの誘惑《ゆうわく》となって、飽《あ》くことのない口づけが続く。離《はな》れがたく抱き合ったまま脚《あし》を進めたのは、藤木のもっともプライベートな空間だ。

「……ど、しよう」

「うん……？」

もう半ば砕《くだ》けた腰を預けるようにベッドに腰掛けるまでの間も、お互《たが》いの身体《からだ》のどこかに触《ふ》れていた。シャツのボタンを手早くはずされて、あっけなく乱れる呼吸に羞恥《しゅうち》を感じつつ、藤木は自分の胸を探《さぐ》る手をじっと見つめる。

「なんか……なんか、変になりそう」

「まだなんにも、してないだろ」

「だ、だってもう……あっ」

つんと尖《とが》ったそこをすぐに探り当てられ、あっという間に指先で硬《かた》くされる。あ、あ、と小さく声をあげて腕にしがみつくと、襟《えり》を引き下ろされたうなじに唇《くちびる》が触れた。

「なあ。……いま思ったんだが、部屋の話」

「ん、なに……？　あ、あっやだ、強い、よ」

何度も忙《せわ》しなく首筋から背中まで唇を押し当てられながら、ぼそりと嘉悦がなにか呟《つぶや》く。けれどもう、半ば官能の中に沈《しず》みかけた頭ではうまく聞き取れず、まだ胸を触《さわ》られているだけなのに息をあげた藤木は切れ切れの声で聞き返した。

「だからな。東京に部屋を借りるって、あれだ」

「あ……あれが、なに?」

服を脱《ぬ》がされながら、気が散るから喋《しゃべ》らないでくれと思う。手も口も止めないままの嘉悦を見れば淡々《たんたん》としているからよけい悔《くや》しくて、肩口《かたぐち》にある形よい頭をうしろに腕を伸《の》ばして抱《かか》えこみ、ついでにもう片方の手を別の場所に添える。

「ねえ、なにっ……」

「……っ、別に、わざわざ借りる必要も、ないなと」

焦《じ》れったいと訴《うった》えるように長い脚の間を撫で回すと、くっと息をつめた嘉悦が「そうくるか」と笑って首筋を噛《か》んでくる。

「ん? それ、どういう」

「だからな――」

歯の食いこむ甘い痛みに背を反らすと、そのままベッドに倒《たお》された。開ききったシャツの中に手を入れながら、嘉悦が自分の上着を脱ぎ捨てる。

「あ、だめ、スーツ」

そのまま放《ほう》ろうとするから慌《あわ》てて起きあがり、皺《しわ》になるからと手を伸ばした。

「おまえ、なんでそういうところは冷静なんだ」

「だって、明日帰るときにどうすんだよ」

話しながらあれこれ仕掛ける嘉悦に少しばかり不服で、あえて冷静を装《よそお》っている部分もありながら、しれっと藤木は答えてみせる。

脱がせたそれを壁《かべ》にあるハンガーにかけていると、苦笑《くしょう》した嘉悦がネクタイをほどく。流されろよと細めた目に語られても、いやなものはいやだ。

「俺はね、嘉悦さんによれよれの服なんか着せたくないの」

正直に言っただけなのだが、一瞬《いっしゅん》嘉悦はふっと口をつぐみ、そのあとひどく照れたような顔をした。

「それは、またなんだか……」

「なんだよ、いいから脱いで全部」

なにがそんなに恥《は》ずかしかったのだろうと乱れた服のまま手を出し、ついでに全部よこせとネクタイも長い脚を包んだスラックスも全部引き取ってきちんとかけた。

「おまえの、こういうところがなあ」

「……ん、なに？　こういうって」

参ったと心底おかしそうに笑っている嘉悦の姿は既《すで》に下着一枚で、けれど少しも情けなくはない。かっちりと引き締《し》まった身体はこの十年を経ても少しもそのラインを崩《くず》しておらず、むしろ学生の当時よりもしっかりした厚みが出たかもしれない。

「いや。……そんなだから結局、俺がうぬぼれたんだなと」

「え？　意味がよく……あ、ちょっと」

ベッドに近寄ると、座ったままの嘉悦に腰を引き寄せられる。腹に顔を埋《うず》めるようにされて、彼の腰掛けた脇《わき》に片膝《かたひざ》だけをつくと、臍《へそ》のあたりを啄《ついば》まれて身体が崩れそうになる。

「は、話、なに。話はっ、部屋がなに？」

「ああ。だから——別にどこか借りなくても、俺のところに来ればいいだろう」

「……は？」

脇腹を嚙まれながら言われたそれに、一瞬藤木は反応が遅《おく》れた。意味することを脳が理解するのに時間がかかるのに、それと意識するより早く身体が熱くなる。

「え、あの……嘉悦さんとこって」

「広尾《ひろお》からなら楽に行けるんじゃないのか？　部屋も余ってるし」

一緒《いっしょ》に住めよと、徐々《じょじょ》に唇を這《は》い上らせながら——そして藤木を引き寄せながら、嘉悦は細い腕の中でにやりと笑う。

「や、でも、……なん、なんでそんな」

「言っただろう、遠慮《えんりょ》しないって」

「それ、そういう話っ……あ、や、……急に」

「そういう話だ」

面食《めんく》らっている藤木をきつく引き寄せた嘉悦に、弾《はず》む心臓の上を強く吸われる。なにか大事なことを言われているようで、だから考えなければと思うのに、乳首《ちくび》を舐めた嘉悦の舌に思考がばらばらにされてしまう。

「な、んでこんな、とき、そゆこと言うっ……」

「いまのうちに言っておかないと、素に戻《もど》って逃《に》げられそうだからな」

向かい合わせに膝《ひざ》の上に乗り上がらされジーンズを引き下ろされて、ぎゅっと嘉悦の頭を抱《だ》きしめ、逃げないと伝える声はもう濡《ぬ》れている。

「じゃあ、いいな？」

「いい、って……ま、待って、やだそこ待ってっ」

敏感《びんかん》な背中から腰《こし》にかけてをしつこくさすられて、不安定な体勢が怖《こわ》いとなおのことしがみつけば、くるりと身体を倒してもう一度ベッドに横たえられる。

「一緒に住めよ」

「かえ、つさん……」

「それでさっきみたいに、俺の面倒《めんどう》みてくれ」

偉《えら》そうな言いざまなのに、目がやさしくて手がやさしくて泣きそうになった。子どものように口を歪《ゆが》めて、藤木は鼻をぐすりといわせる。

「おまえ、覚えてないだろうけど。別れる別れる言い出してからも絶対に、俺の服ちゃんとああして、片づけるんだ」

「……そう、だっけ？　でもそれ単に、俺がだらしないのいやだから」

なんだか所帯臭《くさ》いと言われたようであまり嬉《うれ》しくない。ぶすっと顔をしかめた藤木に、そういう話じゃないと嘉悦はまた喉《のど》を震《ふる》わせた。

「まあそれも、そうなんだろうけどな」

なにがおかしいのか、投げ出した藤木の脚をゆっくりと撫でながら含み笑った嘉悦は耳朶《みみたぶ》を嚙んでくる。ちりちりと肌《はだ》が痺《しび》れて思わず彼の髪《かみ》に指を差し込み、そこから頰《ほお》までをそっと撫でていると、なぜか安心したような吐息《といき》を嘉悦は漏《も》らした。

「俺は、そうやっておまえに甘やかされたり、世話を焼かれるのは気持ちいい」

「う……、そ、う？」

手首を摑《つか》まれて、手のひらに口づけられた。そして嘉悦はやっぱりずるいなと思う。ナチュラルに偉そうなのに甘えるのもうまくて、たったひと言でなんでもしてあげたくなってしまう。

「だから、来いよ」

「ん、……んん、あ」

大きな手のひらに、上下する胸を撫《な》でさすられた。心地《ここち》よさに潤《うる》む瞳《ひとみ》を閉じて、意味もなくかぶりを振《ふ》ると「いやなのか」とひそめた声が耳を舐《な》める。

「……いいって言うまで触るぞ、ここ」

「あ、う……や、いやっ、や……」

涼《すず》しげな顔をしたまま、尖りきった胸の先をしつこくいじる嘉悦の逞《たくま》しい腕《うで》に手をかけて、そんなことを言われたらいつまでもいいと言えなくなるのにと藤木は思う。

「いやなのか？」

「やだ、触って……」

「じゃあ、いいって言え」

駆《か》け引きにもなっていない言葉遊びに、甘ったるい気分がひどくなる。縋《すが》るように背中を抱いて、ふといつものように拳《こぶし》を握《にぎ》りしめていた藤木はそっと、その指を開いた。

「……い、い」

おずおずと背中を抱《だ》いた途端《とたん》、きわどい部分を手のひらに捕《と》らわれて、息を弾ませながらようやく答えたのに、嘉悦はにやりと笑って最悪なことを言った。

「どっちが？」

「ばかっ……もうっ。オヤジみたいなこと言うな！」

わめいて、わざと背中に爪《つめ》を立てる。痛いと言いながら嘉悦はまだ笑っていて、ささやかな報復を試みるのに藤木がどれだけ嬉しくなっているかわかっているのだろうか。

「こら、痛いって」

「だ、だいたい面倒みろってなに。どこの関白亭主《ていしゅ》だよっ」

こっちは仕事で行くんだぞと目を尖《とが》らせて、けれどそんな強がりももう、ばれているのだろう。からから笑《え》みを引っ込めて、皺のよった眉間《みけん》に唇《くちびる》を落としながら、ゆっくりと藤木の下着の中へと手を入れてくる。

「それは冗談《じょうだん》だ。……俺が、一緒にいたいだけだ」

「ん、や……っ」

長い指に触《ふ》れられて、小さく濡れた音が立った。もうそんなにしていたのかと自分が恥ずかしくなり、捩《ねじ》れた腰で逃げようとすれば腰骨《こしぼね》のあたりをもう片方の手でさすられる。

「……いいか？」

「んん、い……っ、ふぁ、き、きもちい……」

下着を引き下ろされながらの今度の問いは別に含《ふく》むところもなかったので、素直《すなお》に頷《うなず》いて嘉悦の唇を受け止める。藤木の手のひらは広い背中を滑《すべ》り落ち、引き締まった腰にかかって、彼が下着を脱《ぬ》ぐのを手伝いつつ、煽《あお》るようにそこを撫で続けた。

（うあ、すごい……）

邪魔《じゃま》な布を放《ほう》ったあと、肌に直《じか》に触れた熱にくらくらする。合わせた胸には蒸《む》れたような熱がこもって、目の前にあるきれいな鎖骨《さこつ》に唇を押しつけたまま、そっと舐めた。

「……ずっとは、いられないよ？」

「ああ」

静かにお互《たが》いの身体《からだ》を愛撫《あいぶ》しあって、ゆったりと高めあいながら藤木が呟《つぶや》いたそれに主語はなかったけれど、嘉悦は頷く。

「しっ……新店、たぶん二年くらい、で。誰《だれ》か……店長立てるし、そうなったら俺、ここにずっといる、し」

会話の合間に、忙《せわ》しない息が混じり出す。重なった腰を揺《ゆ》らせばそろそろ身体も限界で、立てた膝で嘉悦の腰を挟《はさ》んだ藤木は、肌を擦《こす》りつけるように抱きついた。

「そうなったらその頃《ころ》には俺がこの辺に越《こ》してもいい」

「ほ、ほんと……？　あ、無理じゃ、ない？」

「いまもあちこち飛び歩いてるからな。別に、住むところは会社の近くだろうとどこだろうと同じだ」

考えてみれば、月に数回は海外に飛んでいく嘉悦だ。たかが東京と神奈川程度の移動は、たいした距離《きょり》でも手間でもないのだろう。

（もう、いいかな……）

遠慮とか、怯《おび》えとか、そんなよけいなものはいい加減捨ててもかまわないだろうか。

これだけ熱をこめてかき口説かれて、ぐずぐずするのは逆に見苦しいかと藤木は思った。

「じゃあ……家賃、入れる」

素直でない言いざまで口元を綻《ほころ》ばせると、ほっとしたように嘉悦も破顔した。

「別にいらないけどな」

「囲いものはいやなんで。たぶん住居手当出るから……その分だけ」

わかったとため息混じりに言う嘉悦の声は、唇に押しつけられる。

「んン……っ」

幾度《いくど》か啄《ついば》みあったあと薄《うす》く開いたそこに熱いものが滑りこんできて、いよいよまともな会話は終わりだと知らしめる舌の動きにぞくぞくした。

「あ、あ、……ふあっ」

汗《あせ》ばんだ肌を滑っていく手のひらが、ひりひりとした痺れを宥《なだ》めるように撫でさすってくる。そしてまた触れられた先から焦《じ》れて、藤木は声が止まらなくなる。

いやではないのに、どんどん昂《たかぶ》ってくるのが怖くて無意識に身体が逃《に》げる。無防備な背中を晒《さら》し、うしろから抱きしめられればますます嘉悦の熱を危《あや》うげな場所に感じて、それだけで頭までじんと痺れた。

「あ、もう……ね、ねえ」

「ん？」

背中から抱きしめられたまま、腿《もも》から尻《しり》までを何度も往復する指が、ぎりぎりまで来ては逸《そ》らされる。そっと入り口をかすめては去る意地の悪さにはたまらなくなって、早くと藤木は腰を揺すった。

「もう、ゆ……指、いれて」

「ここに？」

「く……ん、うん、そこ……いれて」

ようやくぴたりとあてがわれて、必死に頷く藤木は、乾《かわ》いた場所を撫でる指のざらついた感《かん》触《しょく》に喉を鳴らした。

「なんか、代わりのあるか」

「そこ……ハンドクリーム、あるから」

普段《ふだん》手荒《てあ》れのケアをするために使っているチューブから目を逸らし、本当になにをしているのかと思わなくもない。

決して男の手で濡《ぬ》れるようにはできていないはずの、そんな場所が疼《うず》くようになったのも、この男の指が気持ちよすぎるせいだ。そして、嘉悦をどうしようもなく好きで、無理をしてでも欲しいからだ。

「これで平気か」

「うん、そこ……ん、あっ……それ、好き……っああ！」

ねっとりしたそれを丁寧《ていねい》に塗《ぬ》りつけられ、ぬらりと入りこんできた長い指の感触に、背筋がきれいなアーチを描《えが》いて反る。

俯《うつぶ》せたままの体勢では、それが嘉悦に腰を突《つ》き出すような仕草になると気づいていたけれど、かまわなかった。

「ああ……」

うっとりとため息をつき、ひくひくとそれを締《し》めつけた藤木の身体がうねる。試《ため》すように指の腹で感じる部分を捏《こ》ねられて、啜《すす》り泣くような声をあげてシーツをきつく握りしめた。

「もう、こんなにしてるのか？」

「や、あ……」

綻びきったそこが、嘉悦の指にはどんな感触を与《あた》えているのかなど容易に想像がついた。

ここしばらくの行為《こうい》の最中にもなかったほど、やわらかに蕩《とろ》けて濡れそぼち、まるで吸うように彼の指を締めつけている。

（あ、どうしよう……動いちゃう）

堪《こら》えようと思うからよけいに腰が揺れてしまって、物欲しげにうずうずとするそこを形のよい指が何度も探《さぐ》っている。やさしいけれどたまらなく卑猥《ひわい》な動きが、恥《は》ずかしくて気持ちいい。

「よさそうだな」

頬《ほお》に口づけられ、背中を包むように抱かれながら笑み含んだ声に静かに問われると、頬がかっと熱くなった。

「うん……いい」

すごくいい、と小さな声で答えて、藤木は腰を抱いた腕《うで》に縋《すが》りつく。

いままで、もっと淫《みだ》らな言葉も交《か》わしたし、恥ずかしい格好もしてきたのに、気持ちひとつでこんなにも違《ちが》うものだろうか。

闇雲《やみくも》な興奮ではなく、幸福感が肌《はだ》をざざめかせている。ゆっくりゆっくりと溶《と》けていくようで、だからもっと欲しくなる。

いまこの身体を抱きしめるひとが、いとおしいと思う。

「嘉悦、さん……」

「うん？」

もう、思うままに胸の中にあるものを言ってもいいのだと思うとたまらなく嬉《うれ》しく、そして恥ずかしい。どきどきと胸が高鳴って、けれどそこにあの冷たい罪悪感は存在しない。

「……好き」

どれが、とか、なにが、とか。もうごまかさなくていい。ただ嘉悦を好きだと思うまま、告げていいと思えばそれだけで昂って、どうしてか涙《なみだ》が出た。

「すごく好き……」

「……ああ」

嘉悦もどこか痛みを堪えるような顔をして、そのあときつく抱きしめられる。身体の中に入りこんだ彼の指が淫らさを増し、ゆるゆるとかき乱されて目眩《めまい》がする。

（あ、……気持ちいい、すごくいい）

やわらかく溶けきった身体は簡単に次の指も呑《の》みこんで、次第《しだい》に大胆《だいたん》になる動きもなにもかも全部許し、藤木は甘い声をあげ続けた。

「どう、しよ……ねえ、どうしようっ……」

「なにがだ？」

たいしたこともされていないのに、もう骨まで溶けそうになっている。過敏《かびん》な反応には気づいているだろうに、喉奥《のどおく》で笑った嘉悦は穿《うが》つ指の動きをことさらゆるやかにして、藤木から啜り泣くような声を引き出した。

「あ、ゆ、指で……いっちゃい、そう……っ」

ひくひくと痙攣《けいれん》しはじめた下腹部を自分の手のひらで押さえる。無意識の、だからこそ艶《なま》めかしい仕草に目を細め、うなじを啄んだ嘉悦はさらに手つきを卑猥にした。

「それも楽しそうだが……今日は、だめだ」

「んんっ……な、なに、楽しいって」

さらりととんでもないことを言ってくれた嘉悦に、頭が煮《に》えそうだ。

「言った通りだろう」

「ば、ばか……あう、え……っ？」

がくがくと崩《くず》れそうな膝《ひざ》の震《ふる》えに、腰を支えた腕が強くなる。ころりと身体を転がされ、膝《ひざ》頭《がしら》を摑《つか》んでいきなり脚《あし》を開かされて、赤裸々《せきらら》な体勢に藤木は身体中を赤くした。

「い、いや……や、やだこれ……っは、恥《は》ずかし……」

「なんだよ。この間まではもっといろいろしてたくせに」

「あ、あれは……！」

気持ちをセーブしていた頃《ころ》には平気でも、今日は羞恥《しゅうち》の度合いがひどいのだ。

あの大胆さはどこにいったとにやにやしている嘉悦は、藤木のうろたえがどこから来るものかなどとうにわかっているはずで、しかし少しも手加減してくれない。

「う、うわ……」

思いきり脚を開かれた奥に、嘉悦の熱が当たっている。からかうようにつついてくるだけでびくびくと腰が跳《は》ねてしまって、おまけにじっとそこを見られている。

はしたないほど昂った性器も、嘉悦を欲しがって疼いている場所も、視線で犯《おか》されてさらに濡れていく。

「やだ、み、見ないで……」

「却下《きやっか》だ。全部見える状態で、抱かせろ」

隠《かく》すなともがいた両手を捕《つか》まえられ、胸をあわせて抱きしめられる。重なった心音は速くて、いったいどちらのものかわからない。

「あ、やだ、……そのまんま、入れちゃ」

「このまま、するんだよ」

おまけに嘉悦は容赦《ようしゃ》なく、いやだ恥ずかしいと泣く藤木の両手首を捕まえたまま、ゆっくりと身体を倒《たお》してくる。

「う、ふあ――……っ」

硬《かた》い大きなものが、ずるりと入りこんできた。綻《ほころ》んだそこにもつらいくらいの質量に、藤木は目も口も開いたまま壊《こわ》れたような声をあげる。

「やだ、これ、やっ……」

「目を閉じるな。全部見て、……感じろ」

これが俺だと、少し卑猥に笑った嘉悦を涙目で睨《にら》んでも、動きを止めてくれる様子はない。手を離《はな》してもくれない。

汗《あせ》ばんだ端整《たんせい》な顔が、すぐ傍《そば》にある。艶《なま》めかしいような乱れた呼吸を耳にして、嘉悦がこの身体に感じているのだと思うとそれだけで意識が飛びそうなのに、嘉悦は全部見ていろと言う。

「ひ、いんっ、あっ、あっ……や、だぁ」

「なにが？」

「手っ……はな、はなし、て……！」

額を合わせ目を覗《のぞ》きこんだまま動かれるとたまらなくなる。

裸《はだか》で脚を開かれるよりも手のひらや額をぴたりとあわせることに藤木はひどく弱い。

どうしてかわからないけれど、考えていることまで全部見透《みす》かされるような気分になるからだ。そしてこんな時間に藤木の頭の中にあることなど、とてもひとに知られたくないことばかりで。

（あ、だめ、中すごい……嘉悦さんの、大きい）

どんな形でどんな風に動いて、それで腰が抜《ぬ》けそうに気持ちいいとか、嘉悦にこうされていると嬉しくてもっと欲しくなるとか。

自分でも怖《こわ》いくらい、いやらしくて恥ずかしいことを考えてしまうのに。

「お、おでこ、やだ……っあっあっ、うご、動かないで」

「おでこってまた……かわいいな」

嘉悦は幼げな口調に笑うけれど、腰《こし》の動きは止めてくれない。頭の中も身体の中もぐちゃぐちゃにされて、笑い事ではないと藤木は泣きたくなる。

「で、このおでこの中で……いやらしいこと、考えてるか？」

「や、だあ……！」

そうしてなにに怯《おび》えたのかまで指摘《してき》されて、本気で藤木は涙目になった。

身体の奥まで暴《あば》かれながらいまさらと思うけれど、もうこれは本能的な羞恥だからどうしようもない。おまけに藤木にこんなことをするのは嘉悦以外にないから、いつまで経《た》っても慣れはしない。

「や……さしく、しろ、ょおっ」

「してる、だろうが……ほら、ここ」

「んぁ、そこっ……あ、あ、そこやっ」

感じる部分を立て続けにゆっくり擦《こす》られて、ひくひくと喉を震わせた藤木はきつく腿《もも》を強《こわ》ばらせ、少しでも動きを止めるように嘉悦の腰を挟《はさ》みこむ。

「そ、それやさしくないっ、しつこい……っ」

「しつこいくらいが好きだろ」

だがその抵抗《ていこう》でますます繋《つな》がった部分が深くなり、嘉悦もくっと眉《まゆ》をひそめたあとさらに揺《ゆ》さぶりをかけてきて、身悶《みもだ》えながら泣く羽目になった。

「い、やぁっ、あ……んうっ、うぅっ、うっ」

指を噛《か》んで、のたうつ身体をシーツに押しつける。時折目を開くと涙にかすんだ視界には、見慣れた自分の部屋が映って、それがよけいいたたまれないのだと不意に気づいた。

七年暮らしたこの部屋の中には、ただ穏《おだ》やかな静寂《せいじゃく》だけがあった。

大智が訪《おとず》れ、真雪も加わって、ときには瀬里や山下らが訪ねることはあったけれど、そのいずれの記憶《きおく》もひたすらに、心安らかなあたたかさしかなかった。

それなのに、そのやさしい場所で自分はこんなに脚を開いて、男に貫《つらぬ》かれた身体をくねらせて喘《あえ》いでいる。

こんな、熱に浮《う》かされて汗にまみれて、死にそうなほどの強烈《きょうれつ》な感覚とは切り離された、藤木だけの静かな逃《に》げ場に嘉悦が自分の存在を刻みつける。

「こ、ここ、で……っひ、うっ」

「んん？」

いままで、嘉悦にしろほかの誰《だれ》かにしろ、生活と切り離されたようなセックスしかしてこなかった。学生時代は家に親がいた上、ここしばらくも同居人たちの存在があって。

（どうしよう、どうしたらいいんだろう）

考えてみれば、日常生活を営む場所で、藤木がこんなことをしたのはそれこそ、生まれてはじめてなのだと気づくと、羞恥が先ほどの比ではなく膨《ふく》れあがり、それにつれて体感も凄《すさ》まじさを増した。

天井《てんじょう》がぐらぐら揺れるほど揺さぶられて、もう嘉悦にしがみつく以外なにもできなくなりながら、藤木は切れ切れの声で言った。

「ああっ、あ、……ここで、こんなのしちゃって……俺、どう、しよ……っ」

「こんなのって……？　なんだ急に」

混乱をあらわにした藤木に、さすがに訝《いぶか》ったように嘉悦が動きを止めて覗きこんでくる。そうなったらなったでもどかしく、うずうずと控《ひか》えめに腰が揺れてしまうのを止められず、藤木は泣き顔を晒《さら》しておぼつかない言葉を紡《つむ》ぐ。

「や、やらしいことっ……俺、こんなの、したことな……っ」

「はあ……？」

いまさらなんだ、と嘉悦が目を瞠《みは》り、それでもうろうろと視線を彷徨《さまよ》わせた藤木の表情になにかを察したのだろう。思わず、というようにがっくりと肩《かた》を伏《ふ》せた彼が吹《ふ》き出して、藤木はそんな些《さ》細《さい》な動きにも身悶えた。

「や、やだ、……わ、笑うなっ」

「ああ、もう……なにをおまえは、ほんとに」

くっくっと笑いながら抱《だ》きしめられて、いや、ともがくけれど許してもらえない。

「こうなったら慣れるまでしてやる」

「や、やだっ、やっ……あ、あああんっ」

そのまま、もうまともな言葉も発せないほどぐちゃぐちゃにされた。自分の喉《のど》から迸《ほとばし》る嬌《きょう》声《せい》があまりに大きな気がして、聞かないでくれと咄嗟《とっさ》に手のひらで嘉悦の耳を塞《ふさ》ぐ。

「なに、してる……？」

「うっ、うっ……き、かないで、やだ、声っ……」

「普通《ふつう》口塞ぐもんだろうけどな……まあ、いいか」

どうもずれていておかしいと嘉悦がまた笑って、ひどいと思いながら何度も揺さぶられる。がくがくと首が揺れるほどにされ、そうすると手のひらに彼の耳が擦れて、そんなことにすら

感じるほどに藤木はだめにされた。

「い、っちゃう、いっちゃっ……あっ、あっ……んっ」

だから、いよいよ余裕《よゆう》をなくした表情の嘉悦にしゃくり上げている口を塞がれて、息苦しいのにほっとした。

(あ、もう、ぐちゃぐちゃになる……っ)

舌を絡《から》められて吸われて、身体《からだ》の奥では好き放題動かれて、気持ちよくて泣きたい。

「んんっ、んっんっんっ」

「ん、うっ……ふ」

声を塞がれるとよけいに体感の逃げ場がなくて、激しすぎる嘉悦の動きに、爪先《つまさき》を丸めながら藤木は必死についていくしかない。

(いい、いい、すごくいい。中、されてるの気持ちいい)

痛いくらい胸をいじり回されながら、奥まで入りこんで、掻《か》き回される。突《つ》き入れてくる動きも焦《じ》らすように引き抜かれるのも、全部よかった。

嘉悦ならもう、なんでもよかった。

(あ、いく、いっちゃう……嘉悦さんのも、もう……)

なにをされても全部感じた。身体の中で男の性器が膨れあがる感触《かんしょく》さえ、いまの藤木にはたまらないくらいの快感になる。

「ふー……っう、んんっ、ん！」

（あ、来る、出る……濡《ぬ》れる）

欲望で濡らして汚《よご》されたら、たまらなく嬉《うれ》しいと思いながら、想像した通りにされて骨が砕《くだ》けるほど感じた。

「んっ！……んっ、……んぅん——……！　う、あ！」

「ふ……っ」

放埒《ほうらつ》は、濃厚《のうこう》に激しく長かった。最後の瞬間《しゅんかん》まで執拗《しつよう》なまでの口づけはほどかれず、悲鳴じみた声をあげたのは身体の奥が濡れてからだった。

「はあっ、あっ、いっ……！　あう、ん……」

自分でもどきりとするような甘ったれた高い声に、達したあとの震《ふる》えがさらにひどくなる。心臓が壊《こわ》れるかと思うほどに激しくどきどきと鼓動《こどう》を繰《く》り返し、手のひらで触《ふ》れると薄《うす》い肉付きの下で痙攣《けいれん》するように動いている。

「あー、……くらくらした」

「こ、っちの、台詞《せりふ》……っなん、なに、も……っいじわ、るっ」

ふうっと息をついて肩に顔を埋《うず》めてくる嘉悦の言葉に、舌が縺《もつ》れてまだまともに言葉も紡げないまま、必死に言い返す。

「よしよし」

「よ……よしよしじゃ、な……っ」

「ん」

幼い響《ひび》きのそれにまた笑われて眉をひそめると、大きな両手が宥《なだ》めるように頰《ほお》を包んだ。そのまま両方の耳を長い指に挟まれて、泣きすぎて赤くなった鼻先に口づけが落とされる。

（また、ちゅーって……どうしてこうあっさりと）

なんだかだんだんあしらい方を覚えられた気がして腹が立つのは、それで実際丸め込まれている自覚があるからだ。

なにか少しくらいは言ってやることはないかと、顔を包んだ両手に手をかけ、ふと藤木は耳の奥にさあっという音を聞く。

「……あ」

「ん、どうした？」

嘉悦の手のひらに塞がれた耳の奥に、波音のようなものが聞こえた。それが速まっている血の流れの音だとはすぐにわからず、ふっと意識が内側に集中する。

「うん。なんか……波の音、みたいなのが」

「ああ……」

目を閉じた藤木にそっと微笑《ほほえ》んで、これか、とさらに耳を包まれた。体温が上がってもそこだけはひんやりとする耳朶《みみたぶ》が、熱っぽい手のひらにあたためられると、理由もなくほっとする。

翻弄《ほんろう》されるときには死にそうなくらい乱されるけれど、こうしてやわらかに触れられていると、そのまま眠《ねむ》ってしまいそうなほど、嘉悦の腕《うで》の中は安心する。

「……ん?」

無意識のままほどけた表情に、藤木自身はただ心地《ここち》よい安寧《あんねい》を覚えていたけれど、そろりと唇《くちびる》を重ねられて薄く目を開ける。至近距離《きょり》でじっと見つめる嘉悦の瞳《ひとみ》があまりにやわらかな色を浮かべていて、ざわっと胸が騒《さわ》いだ。

「ずっと、そういう顔してろ」

「な、に……?」

預けきった表情に自覚のない藤木は目をまたたかせ、どういう意味かと問いかけようとしたけれど、静かにまた塞がれた唇からはもう、あえかな吐息《といき》しか発することができない。

ただ、嘉悦の瞳の奥にはあの夏の、ささやかな恋《こい》のはじまりを思わせる熱があった。

瞼《まぶた》の裏で、波打ち際《ぎわ》月光に照らされた、忘れられないあの広い背中を思い浮《う》かべ、あのときからこうして彼の背中を抱きしめたかったのだと知る。

汗《あせ》ばんだそこは、闇雲《やみくも》な興奮にしがみついた時間の中で傷つきはしなかっただろうか。少し不安で確かめるように撫《な》でたけれど、傷らしい引っかかりはなにもなかった。だがたぶん、指の痕《あと》くらいは残してしまっただろうと思う。

「……くすぐったい」

「ん……」

身じろいだ嘉悦の声が、まだ塞がれた耳の奥にくぐもってやさしい。

彼の体温と自分の心臓の奏《かな》でる波音の中で、じんわりと藤木は眠くなる。睫毛《まつげ》をかすめた唇の甘さに、眠っていいと言われた気がするけれど、もったいなくて眠りたくないと身じろいでぐずる。

ようやく自分だけのものになった、傷つけたくない背中を幾度《いくど》も飽《あ》かず撫で続ける藤木の口元は、あどけないまでに幸福そうに、微笑んでいた。

＊　＊　＊

いよいよ冬の寒さも本格的になって、ブルーサウンドのオープンテラスにもよほど奇特《きとく》な客か、犬を連れた散歩客くらいしか座ることがなくなった。

冬の海にも風情《ふぜい》はあるが、それを寒風の中でじっくり眺《なが》める人間はそう多くもなく、ここしばらくのブルーサウンドは少しばかり暇《ひま》だ。

定休日前の火曜の夜はことに客足も遠のいて、早めに営業を終えた店の中では、派手なくしゃみが二重奏で響き渡《わた》っている。

「うえっくし！」

「大智さん、真雪も！　こっち向いてくしゃみしないで！」

生真面目《きまじめ》な手つきで、これだけは得意な伝票整理をしながら、飛んでくる風邪菌《かぜきん》をよけるように顔を歪《ゆが》めた瀬里は呆《あき》れたようにため息をつく。

「ほんとにもう、ただでさえ冬場は売り上げ落ちるのに……」

一週間ほど前、店が数日間の休みを余儀《よぎ》なくされたのは、主要戦力である大智と真雪がそろって風邪を引いたことによる。そしてどうも悪性だったらしいそれが、いまだに治っていないのだ。

「まとめて風邪って……同居してるからってそこまでおそろいにしなくてもいいじゃないか。なんでそんなひどくしたんだよ」

「えー、だってー」

まだ鼻をぐずぐずさせている真雪は、呆れたように言いながら瀬里に差し出されたティッシュで色気もなく鼻をかみ、くしゃくしゃと丸めたそれをゴミ箱に放《ほう》った。

「一晩ここで酒盛りしてたんだもん。大智が暖房《だんぼう》けちるから寒いしさー」

「そではおでのせいじゃないだどーが」

ずび、とさらにひどい鼻声で、意味不明瞭《ふめいりよう》なことを言いつつ真雪の頭を叩《たた》いた大智は、まだ熱が下がらないらしく顔を赤くして目を潤《うる》ませている。

「なにゆってっかわっかんないし、このケチ男」

「げちおってだんだっ」

「カンボジアで生水飲んでも正露丸《せいろがん》で治すくせに、風邪とかひくなっ」

八当たるように真雪がげしげしと大智の長い脚《あし》を蹴《け》って、ぎゃあぎゃあといつもの口げんかがはじまる。

しかし普段《ふだん》なら間に入るはずの藤木が黙《だま》り込んでいることに、瀬里は小首を傾《かし》げていた。

「……なんでふたりで酒盛り？　しかも店で」

「さ……さあ……。あ、あの俺、ちょっとオーダー聞いてくるから」

後ろめたいなどと言うものではなく、目を逸《そ》らしたまま藤木はそそくさとその場を離《はな》れる。

背後では、じっとりとした視線を向けるふたりがいて、この数日本当にいたたまれない。

「まあ、なんだ。店長の幸せのために一役買ったのよ」

「は？　なんですかそれ」

派手に鼻をかむ音がしたあと、大智がかすれきった風邪声で苦笑《くしょう》するのが聞こえて、それにさらに目を丸くしたらしい瀬里の怪訝《けげん》そうな声の、どっちも藤木の良心をちくちくと苛《さいな》んだ。

この冬場に一晩、同居人を追い出して恋人と熱っぽい一夜を過ごしたあげくに、藤木は昼までぐっすり眠ってしまったのだ。

『起きたら、店のふたりに声をかけるように』

起き抜《ぬ》けに、嘉悦のきれいな字で残されたメモを見て青ざめ、怠《だる》い身体《からだ》で店に降りていくと、店の奥で小さくなりながらじとっと睨《にら》んだのは真雪だった。

――ひどいよ聖ちゃん。忘れてたでしょ。

寒い日のテラス用に置いてある膝掛《ひざか》けをぐるぐる巻きにした真雪がズブロッカを片手に鼻を啜《すす》っており、大智は客席のテーブルに突《つ》っ伏《ぷ》して寝《ね》ていた。

――嘉悦さんは朝帰ったけどさー。起こさないでやってくれって言うから、部屋に入るに入れないし。

――べ、別に入ってきたってよかったのに。

寒いよう、と身体を震《ふる》わせる真雪に、自分の部屋に戻《もど》ればいいじゃないかと告げると、切りかえされた言葉には絶句するしかなかった。

――だって、部屋でやってるかどうかわかんないじゃん。嘉悦さん、聖ちゃんが『どこで』寝ちゃってるかまで、言わなかったモン。

――……な……っ！

うっかりリビングで盛り上がりかけた事実があるだけに、なんの反論もできないまま藤木は赤くなり、そうして今日に至るまで一週間、ちくちくとふたりに嫌味《いやみ》を言われ続けている。

「あの、お待たせしました……」

「ああ」

おまけに今日は、店を閉める少し前あたりから嘉悦が来店しているのだ。おかげで皮肉な気配も倍増しになって、なのに。

「……これ、どうしたんですか」

「いや？　来るなり大智くんが出してくれたんだが」

テーブルには既《すで》に嘉悦の好きな酒と、つまみのタコスがサーブされているのを見て問いかけると、藤木の指示じゃないのかと嘉悦も目を瞠《みは》る。

「俺はなにも言ってないんだけど……」

ため息をついて、藤木はなんだか理不尽《りふじん》だと思う。あのふたりは自分には冷たいくせに、一時期敵視さえしていた嘉悦に対しては、最近ひどくサービスがいい。

「あっ、嘉悦さんおかわりいります？」

「ああ、ありがとう。まだあるからいいよ」

鼻を啜りつつも、閉店後のテーブル席を片づけて回る真雪はにっこり微笑《ほほえ》んで、もうオジサンとは呼びもしない。

「……なんでそう、極端《きょくたん》に態度違《ちが》うの」

「聖ちゃんのばかさ加減に呆れたの。真雪、同情して損した」

あんまりだ、と眉《まゆ》を下げれば、つんと顎《あご》を反らされた。まあ確かにあの派手な勘違《かんちが》いを知ればこの態度も致《いた》し方ないとは思うが、それにしてもあからさまだ。

「真雪……」

「知らないっ」

ぷいと顔を背けて行ってしまった真雪に、情けない顔をさらしていると、嘉悦が広い肩《かた》を震《ふる》わせて笑いを堪《こら》えている。

「だから、笑わないでって！」

「あ、ああ。……まあ、かわいいもんじゃないのか。拗《す》ねてるんだろう」

そう怒《おこ》るなと宥《なだ》めるように告げられて、かわいいとはどういう意味だと藤木は目を据《す》わらせた。狭量《きょうりょう》なこととは思うけれど、嘉悦の口からほかの人間にその言葉が使われるのはいやだ。

「……おまえが拗ねるなよ」

「だって」

どうにも最近、嘉悦に対して甘えが過ぎると思うけれど、それでいいと言ったのは目の前の男なのだから、藤木も最近は遠慮《えんりょ》しないでいる。

「まあ、あれは……取られたみたいで、悔《くや》しいんだろう。普通《ふつう》に俺に当たるより、そっちにつんけんするのは、照れ隠《かく》しもあるんだろうし」

「……え？」

「実のところタコスだの辛《から》すぎるのは苦手だぞ、俺は。最初ここに来たときに、生春巻のチリソースはやめてくれと言ってあるから、知ってるはずだ」

さりげなく嫌がらせをされているのは一緒《いっしょ》だと、それでも全部許している顔で笑われて、藤木は静かに赤くなる。

「ま、いいけどな。……オーナーとの話し合いは？」

「うん。一応マネージャーは受けた。大智もしばらくは協力してくれるんで、新しく雇《やと》う人間決まったら、いよいよ準備に入るみたい」

西麻布への新店の企画《きかく》は藤木と大智の了承《りょうしょう》を取り付けた曾我が、内装のプランニングを立てているところだ。そのためオーナーはまたうきうきと、おのれの美意識を満たすインテリアを探しにどこかへ飛んでいってしまった。

「来年の春にはプレオープンにしたいらしいよ」

細かい打ち合わせの結果、ブルーサウンドと両方の業務はさすがにつらいため、週に数回の通いで新店に顔を出すことになっている。となれば問題となっていた東京での住居も、わざわざ借りるのもばかばかしいので嘉悦の提案通り彼の部屋へ泊《と》まり込むことにした。

「大智くんはどうするんだ？」

「ああ。大智はレシピ作って、週に一回様子見するだけでいいってことになったから。それに新店の厨房《ちゅうぼう》担当、山下くんに声かけてるし、場合によったら彼が店長兼《けん》コックになるかも」

実家のレストランも兄が継《つ》ぐことになっているし、そもそも本来エスニック系がやりたかったという山下は、今回の話にかなり乗り気であるらしい。あとは家族の説得だけだという状態になっていて、そうなればだいぶ藤木と大智の負担も減る。

「うまく行くといいな」

「うん……」

嘉悦の方もいよいよプロジェクトが大詰《おおづ》めで、来週にはようやく決定した茶葉の原産地に交《こう》渉《しょう》に行くのだと聞いている。となればまた忙《せわ》しない日々がやってくるのは目に見えていて、それを見越《みこ》しての今日の来訪だった。

「今日……どうすんの？」

「一応、部屋は取ってあるけど」

もういまさらながらこっそりと声を落として問いかけると、さらりとグラスを傾《かたむ》けた嘉悦が視線を流してくる。来るんだろうと目で語られて、うなじに血の色を上らせた藤木が頷《うなず》きかけた瞬間《しゅんかん》だ。

「……えっ、あのひと聖司さんの彼氏なんですか⁉」

ぎょっとしたような瀬里の声がして、藤木の方こそぎくりとする。

はっとして嘉悦を見ると、こちらも複雑な表情で笑っていた。

「つくづく思うが、……オープンな店だな」

「あのふたりだけだよ……！」

かつて、目の前の彼がひとに後ろ指を指されるのがいやで別れたことを鑑《かんが》みるまでもなく、いまの藤木の環境《かんきょう》は当時から想像もつかないほどおおらかだ。

「三人目が増えたじゃないか？」

あたふたとする藤木に笑うばかりの嘉悦は、それをどう思っているのだろう。視線でちらりと示され、藤木が振《ふ》り返ればそこには「声がでかいよ」と真雪に小突《こづ》かれている瀬里がいる。

（いやそこ声のでかさが問題じゃないし……）

大智と真雪はともかく、瀬里には個人的な事情をどうこうと教えるつもりはなかったし、色事にも疎《うと》そうな彼にはなおのこと、自分の性癖《せいへき》はなるだけ隠そうと思っていたのに。

「ちょっと、なにばらして……！」

小走りに三人の方へ向かうと、ものすごく驚《おどろ》いたような表情の瀬里がいて、藤木はなんとなく目を逸《そ》らす。

「だって、いつも来るお客さん、聖司さんしか対応しないからなんでだって瀬里が言うんだもん。この先もどうせ常連になるんでしょ？　言っておいた方がいいじゃん」

瀬里だけハブは可哀想《かわいそう》じゃん、とあっさり言ってくれる真雪に、頭がくらくらすると藤木は首を振った。

「あ、あのね。だからって言わなくても」

「だってそんだけじゃないんだもん」

ねえ、と真雪が仰《あお》ぎ見たのは大智の方で、てっきり同じようにからかってくると思った青年は、なぜか予想に反して非常に気まずそうな顔をしている。

「……なに？」

問いかけても大智は目を逸らすし、真雪はにやにやしたまま答えない。どういうことだろうと訝《いぶか》っていると、おずおずとした控《ひか》えめな声がかけられた。

「あ、あのう……ほんとなんです、か？」

震える声を発する瀬里の、小作りで甘やかな顔にはひどい緊張《きんちょう》が走っていて、彼の驚愕《きょうがく》がいかに深いかを藤木に教えた。

「あ、えっと……」

やはり瀬里のような真面目《まじめ》な青年には、刺激《しげき》が強いのだろうか。どう答えたらいいだろうと藤木が視線を彷徨《さまよ》わせていると、しかし彼は思ってもみないことを言い放つ。

「聖司さんって、……大智さんとつきあってるんじゃなかったんですか？」

「えっ!? な、なにそれ!?」

心底ぎょっとして、なにがどうしてそんな勘違いをするんだと藤木は目を瞠《みは》る。

「あの、あのね瀬里ちゃん。それは完全に誤解」

「だって、俺オーナーに聞いてます。大智さんは聖司さんに惚《ほ》れたから、ここにいるんだって」

「そっ……」

曾我もなんということを言ってくれるのか。確かに大智の派手なパフォーマンス付きの告白はオーナーの目の前で行われたことではあったし、ふらふらする彼が最初にこの店に腰《こし》を落ち着けた理由は「一目惚《ひとめぼ》れだからだ」と言い切ってもいたけれど。

(やばい……)

嘉悦に聞こえたりはしないだろうかと焦《あせ》って振り返れば、なんということのない顔をしたまグラスを傾けている彼がいて、一瞬《いっしゅん》だけほっとするけれど。

(あ、だめだ怒《おこ》った)

とん、と長い指がテーブルを叩《たた》いた仕草に、聞こえてしまったと教えられた。びくびくしながら盗《ぬす》み見た先に、あとで釈明《しゃくめい》をしてもらうと語るまなざしがあって、藤木は息を呑《の》む。

「だ……大智もなんか言ってくれよ！　誤解だって」

「うん、まあ……いや……俺もちょっといささかショックで」

「なにがっ！」

歯切れの悪い声に、なんの話だと藤木がもどかしくなっていると、隣《となり》で大きなため息が聞こえる。

「ねー。大智って自分のことだとへたれだよねー。説教魔《せっきょうま》のくせして」

「うるせえよ真雪！」

「つーかもう、ほんっと、あんたたち会話しなよちゃんと。……恋愛《れんあい》は量より質よ？」

「おまえが言うか……」

誰《だれ》にともつかず呟《つぶや》き、やってられんと両手を挙げて背を向けた真雪の発言をしばし藤木は噛《か》みしめる。

　なにか、なんだかとてもどこかで覚えのある雰囲気《ふんいき》がその場には漂《ただよ》っていて、けれど自分が当事者ではないこと以外、なにもわからない。

「……聖司、おいで」

「あ……」

　混乱したまま、嘉悦の声に呼ばれて反射的に顔を向けると、特に怒ってもいなさそうな彼が指先で手招いている。ふらふらと近寄ると、立ち上がった彼に腕《うで》を取られた。

「悪いけど、俺はこれで失礼するよ。真雪さんも帰るだろう？」

「うん。またね。聖ちゃんぐるぐるしてるけどほっといていいよ」

「え？　は？」

　どうやら事情が呑み込めているのは、この場ではこのふたりだけのようだ。大智と瀬里はなんだかお互《たが》い難しい顔のまま向き合って、そのくせ互いの顔も見ずに足下《あしもと》に目を落としている。

「あ、あれ……？」

　その表情になにかがわかりかけた気がしたけれど、嘉悦の腕が強く腰を抱《だ》いてくるので、もう考えがまとまらない。

「もういい、ほっとけ。おまえは自分のことだけ考えろ。……自分のことに関しては、彼も見えてないってことだ」

よくわからない、ぐるぐるする、と押さえたこめかみをやさしく撫《な》でられ、条件反射で頷く

「え。え?……うん」

藤木の耳に、ひらりと手を振った真雪の声が聞こえる。

「大智ー。あたし、今日は部屋譲《ゆず》んないからね」

「て、てめっ……!」

そのけろりとした声に対して返ってきたのは、怒鳴《どな》ろうとして息を吸い込み、また派手なくしゃみをした大智の、情けない上擦《うわず》った声だけだった。

END

あとがき

こんにちは、崎谷《さきや》です。ふと気づけば、ここしばらくはすっかり、湘南《しょうなん》が舞台《ぶたい》の物語ばかりで、地元大好きっ子の様相を呈《てい》しております。……といっても住み始めたのはここ数年なんで、所詮《しょせん》はエセジモですが（笑）。

と、ここまで書いて気づきましたが、ルビーさんではことに、神奈川《かながわ》区のお話しか書いていませんですね。横浜《よこはま》、葉山《はやま》ときて、今回は鎌倉《かまくら》。出不精《でぶしょう》の引きこもりですが結構頑張《がんば》って歩いたですよー、材木座《ざいもくざ》から由比ヶ浜《ゆいがはま》。とはいえ大抵《たいてい》、遊びに来た友人の観光がてらなんですが。

そういえば葛飾《かつしか》に住んでいた頃《ころ》には、舞台は下町系ばっかりでした。キャラクターたちの住んでいる町並みなどを結構こまかく考える方なので、どうも自分でロケハンできる界隈《かいわい》（ようするに近所）じゃないと、うまく話が浮《う》かばないらしいです。

あとは鎌倉湘南はおしゃれロケーションがすごく多いので、歩いているだけでも「あーここの店ネタに使いたい」「ああ、ここに住んでるキャラとかいいな」と、ぽこぽこネタが浮かんでくれるというのもあります。ただもちろん、まんま使うのはさすがにアレだったりするんで、場所や内装ほかにはアレンジを加えていますけれど。

いずれにせよ、住むには大変よい場所です。ムカデが出ますけど。ゲジも出ますけど……それは私が山に住んでいるから……。

今回のお話にも絡《から》みますが、思い出の曲って、結構皆《みな》さんお有りではないでしょうか。私はとにかく音楽が好きで、ほとんどコレクションの域であるジャンル混在のCDは既《すで》に六百枚を超《こ》えてから数えていません。ご飯を食べない日があっても音楽聴《き》かない日はないくらいで、実際学生時代はお昼を抜《ぬ》いてCD買ったりしてました。

そんな趣味《しゅみ》が出てしまうのか、毎度ながら作中でも色んな曲名が出て参りますが、今回はかなりメジャーなものが登場しています。

たぶんあの名曲を知らないひとはいないと思います。しかもそれで湘南舞台とは、これまたベッタベタなのですが（笑）実はずっと、別れ話の背後に「いとしのエリー」が流れているシチュエーションというものを書いてみたかったのです。でもずっと、それをうまく活《い》かせる話を書く機会に恵《めぐ》まれず、今回のオファーで「がっつり大人な話書いてOK」と担当さんに言われ、うきうきとあたためていたネタを書くことができました。

たぶん藤木《ふじき》同様、嘉悦《かえつ》も「いとしのエリー」が苦手だったんではないかなあ。彼のことだから、部下にカラオケにつきあわされてそこでいやな顔してみたりしてたんじゃないかしら、と思うと楽しいですね。そんな小話も書いてみたい。

嘉悦に関しては久々の、清廉真摯誠実系直球《せいれんしんし》キャラです。この手のタイプを出すと話が動かしにくいのはわかっているのですが……でも好きなんですよ。古風なお侍《さむらい》さんみたいな男のひと（笑）その分周囲のキャラに賑《にぎ》やかしをたくさん投入したりしましたけれど、こういうみんなでわいわいやっている職場はやっぱり憧《あこが》れですね。いまはひとりでちまちまキーボードを打つ仕事だからよけい。

でもって嘉悦の離婚《りこん》の件《くだり》は一部、友人Sちゃんの男友達の実話でした……（笑）むろん脚色《きゃくしょく》はしていますけれど、シチュー六時間も突然《とつぜん》家に帰ると誰《だれ》もいなくて離婚届をパパ郵送も本当の話。ほかの知人からも「離婚はすごいぞ。結婚は『男と女として』好きあってするけど、離婚のときは『人間として』嫌《きら》いになって別れるんだぞ……」という魂《たましい》の呻《うめ》きを聞き及《およ》んだりと、この年齢《ねんれい》にもなるとそれぞれ事情はなかなかディープでございます。

とかいいつつ、この本が出る頃には朋友《ほうゆう》すみこちゃんが花嫁《はなよめ》になったり。おめでとねー。あなたの人生に、そしてベビーに幸あれ。

また、離婚ネタのモデルとなったお友達さんも無事に再婚《さいこん》が決まったとか。どちらさまも、お幸せにと願うばかりの晩夏です。

あと、実は主要キャラが増えた理由のひとつに「おおや先生の絵でいろんな色男（と可愛《かわい》い女の子）が見てみたい！」というどうしようもない下心があったのは否《いな》めません（笑）。

数年このお仕事をさせて頂いておりますが、組んで下さるイラストレーターさんとの出会いは、偶然《ぐうぜん》と幸運あってのものとわたしは思います。そもそも、スケジュールが合致《がっち》しなければご縁《えん》がないのですから。今回もそんな幸運のひとつでした。拝見したラフも素晴《すば》らしくうつくしく、本当にうっとりしています。なにより嘉悦が！　想像した以上にかっこよくて、ファックスを抱《かか》えたまま動物園のシロクマのように部屋をうろうろしてしまいました。むろん藤木をはじめほかのキャラも素敵で嬉《うれ》しかったです。お忙《いそが》しい中、本当にありがとうございました。

次回は大智《だいち》主役の話でまたお世話になると思いますが、よろしくお願いいたします。

そして「今回は割と（ネタ的に）ページ少なくなると思う」と往生際《おうじょうぎわ》悪く言った私に「や、ページ気にせず好きに書いていいですから」とあっさり返して下さった、毎度のご担当さま。お言葉通りがんがんと、かつての作品中でも最長ページとなりました。……もう私のことは私より貴女《あなた》がご存じなのだろうかとさえ思いましたが（笑）これからもよろしくお願いします。

途中《とちゅう》いろいろ考えこむこともあって、毎度の友人たちに助けてもらいつつ、どうにかここまで来ました。一冊の本を出すまでにはいろんなひとの手を経て、そのすべてが表に出るものではないわけですが、私の心の中では関《かか》わって下さった方すべてに感謝しております。

むろん、読んで下さる貴方《あなた》がいてこその、本だと思います。最後までおつきあい頂き、ありがとうございました。少しでもお気に召《め》したなら、感想などお聞かせ頂ければ幸いです。

次回はおそらく、大智と瀬里《せり》のお話になるかなと思いますが、そちらもどうぞよろしく。

KADOKAWA RUBY BUNKO

目《め》を閉《と》じればいつかの海《うみ》

崎谷《さきや》はるひ

角川ルビー文庫　R83-7　13516

平成16年10月1日　初版発行
平成17年4月20日　4版発行

発行者———井上伸一郎
発行所———株式会社角川書店
東京都千代田区富士見2-13-3
電話/編集(03)3238-8697
営業(03)3238-8521
〒102-8177　振替00130-9-195208
印刷所———暁印刷　製本所———本間製本
装幀者———鈴木洋介

ISBN4-04-446807-9　C0193　定価はカバーに明記してあります。

KADOKAWA RUBY BUNKO

角川ルビー文庫

いつも「ルビー文庫」を
ご愛読いただきありがとうございます。
今回の作品はいかがでしたか？
ぜひ、ご感想をお寄せください。

〈ファンレターのあて先〉

〒102-8177 東京都千代田区富士見2-13-3
角川書店 アニメ・コミック編集部気付
「崎谷はるひ先生」係